KB264732

나나나 나나
일러스트／Parum
디자인／신도샤
남녀의 우정은 성립할까?
—아니, 하지 않아!!—
Flag 3.
그럼, 계속 나만 봐줄래?

나츠메 사쿠라
Sakura Natsume
히바리나 쿠레하와
고등학교 동창인,
유우의 '사쿠 누나'.
"나는 끌어들이지 마."
"계속 곁에 있겠다는 건
고집이잖아~?"
에노모토 쿠레하
Kureha Enomoto
도쿄에서 인기 모델로
활약 중인
리온의 '언니'.

이누즈카 히바리
Hibari Inuzuka
자칭 '형님'으로서
유우를 아끼는,
히마리의 '오빠'.

나츠메 유우
Yu Natsume
오늘도 주위의 괴짜들에게
시달리는 나날을 보내는
고등학교 2학년. 플라워
액세서리 크리에이터를
목표로 하고 있다.

"아하하! 자, 에놋치!"

이누즈카 히마리
Himari Inuzuka
유우와는 중학교 때부터
절친 사이. 최근엔 리온만
신경 쓰고 자신에게 차가운
유우 때문에 마음이 좋지
않은 모양.

에노모토 리온
Rion Enomoto

유우와 초등학생 때 만난 뒤
재회한, 서로 첫사랑인 사이.
그리고 옛 친구인 히마리와
유우를 둘러싼 사랑의
라이벌이 된다.

"히이. 차가워!"

해바라기의 장막에
가로막혀

나와 유우는
세계에서
사라져 있었다.

contents

나나나 나나
일러스트 / Parum
디자인 / 신도샤
남녀의 우정은
성립할까?
아니, 하지않아!!
Flag 3.
그럼, 계속
나만
봐줄래?

커버 그림, 본문 일러스트 | **Parum**

종막 · 두 송이의 꽃

우정에 빠지는 것이 한순간이라면, 그것이 사라지는 것도 한순간이겠지.

나의 인생이 소설이라면, 혹은 영화라면.

줄어드는 페이지 수가, 남은 상영 시간이, 이 우정의 끝이 다가오는 것을 알려줄 것이다. 클라이맥스 전에는 알기 쉬운 전개가 있을 것이고, 최대의 위기는 사전에 복선으로써 귀띔을 줄 것이다.

하지만 이것은 현실이니까.

전조도 없이 끝이 오고, 그 운명은 피할 수 없다.

꽃은 언젠가 시든다.

프리저브드 플라워로 가공해도 시간이 지나면 빛이 바래고, 최후에는 썩어 버린다. 내가 하고 있는 것은 언제나 **지연시키기**일 뿐.

영원히 계속되는 것은, 없어.

……그런 생각을 한 것은 중학교 2학년의 겨울날이었다.

히마리와 만나고 2개월이 지났다.

세상이 크리스마스를 1개월 앞둔 어느 날.

차가운 바람이 불게 되어, 등교 전에 사쿠 누나가 "너, 감기 걸리니까 이거 입고 가"라며 코트를 빌려주었다.

그런 자상한 소리를 하다니 웬일이지 싶었는데, 그 뒤에 "널 간호해야 되는 건 나니까, 귀찮은 일 시키지 마"라는 이유였다. 사쿠 누나가 자상하다니 해가 서쪽에서 뜰 일이라 생각했었으니, 살짝 안심됐던 게 기억난다.

시골이라도 역시 크리스마스는 특별하다. 상점가는 타도이온을 내세우며 연말 판매 전쟁에 들뜨고, 성질 급한 업자들의 댁에는 무척 눈부신 일루미네이션이 장식된다.

그리고 크리스마스는 내게도 특별했다.

히마리라는 절친과 맞이하는 첫 이벤트다운 이벤트.

크리스마스에는 꽃꽂이 교실에서 개인전이 열린다. 나도 거기에 출품을 하기 위해, 지금 플라워 어레인지먼트를 만들고 있었다. 히마리가 그걸 보러 와줄 것이다.

무척 의욕이 솟았다. 지금까지는 자신을 위해…… 혹은 얼굴도 어렴풋한 **그 애**를 위해 작품을 만들어왔다. 누군가에게 보여주기 위해 액세서리를 만드는 것은 처음이었다.

그리고, 그즈음에는 작은 변화가 있었다.

학교에 도착하니 신발장에서 남자에게 말이 걸렸다.

"오, 나츠메. 안녕!"

"아, 안녕……."

같은 2학년인, 상쾌한 분위기의 남자였다. 옆과 뒤를 친 짧은 머리에 탄탄한 몸. 농구부의 주전인 듯하다. 어딘가 어른스러워서 도저히 같은 중학교 2학년이라고는 믿을 수 없다.

그는 내 코트의 털을 만지며 허물없이 웃었다.

“오. 그 코트 뭔가 귀엽네?”

“아, 이거 누나한테 빌렸어…….”

“아하하. 어쩐지 여자 거 같더라.”

“이, 이상한가……?”

“나츠메는 덩치가 작으니까 괜찮지 않아?”

그렇게 말하고, 자연스럽게 어깨동무를 했다. 그게 어쩐지 ‘남자인 친구’ 느낌이라 나도 간질간질하면서 기뻤다.

작은 변화란, 내게 히가리 이외의 친구가 생긴 것이다.

반은 다르지만 어느 날 체육 시간에 말이 걸린 게 시작이었다. 그 뒤로 자주 이야기를 나누게 되고, 가끔 같이 집에 가는 일도 있었다. 평소엔 무척 어른스러운데 웃을 때는 붙임성 있는 보조개가 생기는 게 인상적이었다.

“그러고 보니 히마리는?”

“오늘은 아직 안 만났어. 그래도 슬슬 나타날 것 같은데…….”

마치 노린 듯이, 뒤에서 툭 등을 맞았다.

돌아보자 볼을 검지로 콕 찔렸다. 거기엔 내 최초의 절친인 여학생이 서 있었다.

“와아―. 유우, 걸렸다.”

“히, 히마리. 그런 거 하지 마…….”

하얀 피부에 호리호리한 체구.

아몬드 같은 커다란 눈에는 투명한 마린블루색 동공.

흐르는 듯한 길고 아름다운 머리칼은 살짝 색소가 연하고, 부드러운 웨이브가 들어가 있었다.

어딘가 투명감이 있는 요정 같은 미소녀.

이누즈카 히마리.

9월의 문화제를 계기로 어째선지 내 절친이 된 같은 학년 여자애.

우리 학교에서도 최고의 미소녀로 유명하고, 남자를 울린 다수의 일화로 '마성'이라고까지 불리는 존재다.

히마리는 요구르피 종이팩을 쪼옥 마시면서, 어딘가 흐뭇하다는 듯 싱긋싱긋 웃고 있다. 옆에 있는 친구가 그걸 보고 상냥하게 말을 걸었다.

"히마리. 안녕."

"안녕―. 오늘도 사이좋네."

뒷부분은 나를 보고 싱긋 웃으며 말했다.

뭔가 '제1절친인 나보다 두 번째를 신경 써주고 있다니 배짱이 좋구만 교육이 덜 됐나?'라는 느낌의 묘한 압박이 느껴졌다. 저쪽이랑 먼저 마주쳤으니까 당연한 거잖아. 설마 히마리에게 인사하기 전까지는 다른 사람은 전부 무시하라고? 너무한 거 아냐?

그러자 히마리가 똑같이 내 코트의 털을 만지면서 말했다.

"우와, 유우. 이 코트 세련됐는데? 어쩐 일이야?"

나를 사이에 두고 반대편에 있던 친구가 나보다 먼저 웃으면서 말했다.

"누나 거 빌렸대."

"아—, 그래서구나. 어쩐지 귀엽더라."

"그래도 나츠메는 덩치가 작아서 뭔가 어울리지 않아?"

"그치—. 유우는 얼굴도 귀염상이라 유니섹스 느낌도 나쁘지 않아."

인싸들의 품평회에 나는 무척이나 마음이 불편했다.

요새 주변 시선이 더 위험해졌다. 여태까지는 '히마리와 그 애완동물'이었는데, 한 명 늘어난 것으로 갑자기 '인싸 그룹' 분위기가 흘러나오게 된 것이다. 거기 섞인 이분자인 나는 불편하기 짝이 없었다.

오히려 내가 없는 게 보기 좋을 것 같은 기분마저 들었다. 스포츠맨인 친구와, 편한 여사친 계열의 히마리. 아무리 봐도 내가 방해꾼인 건 명백하다.

그럼에도 둘은 그런 건 신경 쓰지 않았다. 마치 입학 때부터 같이 있던 것처럼 편하게 나를 놀렸다.

"있지, 유우? 다음에 여장 도전해볼래?"

"무슨 소리야?!"

"내가 봐도 좋은 아이디어잖아. 내가 확실하게 화장시켜줄게—. 평생의 추억 삼아 귀엽게 해버리자구—?"

"그냥 네가 코고 싶은 거잖아……."

그러자 친구 쪽도 소리를 내며 웃었다.

"좋은데? 아예 히마티랑 둘이서 이온에서 헌팅 대기하는 건 어때?"

"벌칙이야?! 절대 싫어!"

"괜찮아. 진짜 끌려갈 것 같으면 내가 남친이라면서 막아 줄 거니까."

"그게 문제가 아닌데?!"

듣고 있던 히마리가 폭소했다.

그즈음부터 우리는 셋이서 행동하게 되었다. 히마리에게 단련된 덕에 나도 다른 남자와 평범하게 대화할 수 있게 되었다.

그것이 부서진 것은, 그로부터 2주쯤 뒤의 일이었다.

12월에 접어들어 점점 한파가 심해졌다.

사쿠 누나한테 빌린 코트는 어느샌가 내 것처럼 되어서, 학교에 갈 때는 늘 입었다. 히마리와 친구한테 어울린다고 칭찬받은 게 기뻐서가 아니라 달리 원하는 코트가 없는 거거든, 이라는 츤데레 같은 생각을 몇 번인가 했다.

점심시간에, 그 친구가 반에 찾아왔다.

"야, 나츠메! 밥 먹으러 가자!"

"어, 그래."

그 무렵에는 셋이서 같이 과학실에서 밥을 먹게 되었다. 친구에게는 내 취미를 알려줬고, "이거 문화제 때 여자들이 달던 거잖아. 진짜 대단한데!"라는 호응을 받았다.

늘 있는 '아싸 유우를 데려가는 이벤트'도 히마리였다가 친구였다가 날마다 달라졌다. 반 친구들 사이에선 '오늘은 어느 쪽일까?'라는 영문 모를 토토 놀이가 유행하고 있었다.

평소처럼 편의점 빵을 들고, 나는 친구와 같이 과학실로 향했다.

"히마리 오늘은 위원회래."

"아, 그렇구나."

"여자도 없으니까, 이럴 땐 야한 얘기나 할까!"

"밥 먹으면서 음담패설은 좀 그렇지 않아……?"

과학실에 도착하자마자 식사를 시작했다.

나는 빵 중에서 친구가 좋아하는 카레 빵을 건넸다. 첫날에 내가 히마리한테 카레 빵을 건네는 것을 보고, 친구도 좋아한다고 말했었다. 그때부터 남은 게 있으면 같이 가져오고 있었다.

우리는 평소처럼 별것 아닌 이야기를 나눴다. 그날은 분명 어제 했던 TV 프로그램 얘기였던 것 같다. 히마리의 영향으로 그즈음부터 나도 자주 TV를 보곤 했다. 히마리는 마츠코 디럭스나 아리요시 같은 가차 없는 연예인이 나오는 토크 버라이어티를 좋아했고, 친구는 코미디 드라마나 음악 방송을 자주 봤다.

그런 와중에, 친구가 살짝 긴장하면서 말을 꺼냈다.

"있잖아, 이번 크리스마스 말인데."

"왜?"

“그, 너랑 히마리, 뭔가 볼일이 있다고 했었잖아?”

“어. 내 꽃꽂이 교실 개인전을 보러 온다고 했는데…….”

혹시 같이 놀 생각을 해주고 있던 걸까. 남자인 친구에게 약속이 잡힌 적은 없었던지라 기뻐졌다.

“그럼! 괜찮으면 개인전 끝나고 셋이서…….”

“아니, 그런 게 아니고 말이지!”

무심코 커져 버린 내 말을 친구가 그보다 더 큰 소리로 가로막았다.

어떻게 된 거지. 내가 이상한 소리라도 했나? 아니면 나만 친구라고 생각하고 있는 거고, 얘는 그렇지 않은 건가…… 그런 사고가 머릿속을 빙글빙글 맴돌았다.

하지만 그에게서 나온 말은 내가 예상조차 못한 것이었다.

“크리스마스에…… 히마리랑 둘이 있게 해줄래?”

“어…….”

내가 멍하니 있자, 그가 살짝 시선을 돌렸다.

의미는 이해했다. 모를 수가 없지. 아마 그는 내가 히마리를 이성으로서 좋아하고 있다고 착각하는 것이리라.

(나랑 한 개인전 약속은, 엄청나게 중요한 건 아니기는 한데…….)

문득 히마리의 미소가 그려졌다.

실제로 본 기억은 없다. 개인전에 온다면, 하는 내 망상 속 히마리였다. 그 히마리는 사복 차림으로, 유니클로의 라이트 다운재킷을 고급 브랜드인 것처럼 멋지게 입고 있었다…….

그리고 내 작품 앞에서, 지금까지 본 것 중에 가장 눈부신 미소로 "좋은데?"라고 말해주었다.

그것이 뇌리에 스쳤다가 금세 사라졌다.

나는 애매한 미소를 지으며 말했다.

"……아, 알았어. 그래."

애초에 나한테 허락받을 필요 없는데, 라든가. 잘 됐으면 좋겠네, 라든가. 그런 말이 입에서 나왔던 것 같다. 하지만 잘 기억이 안 난다.

나는 그 일을 기쁘게 생각했다.

히마리가 계속 연애를 나쁜 것이라고 생각하는 건, 나도 싫다.

절친이 즐거운 시간을 보내기를 바라는 건 당연하다. 본인에게는 쓸데없는 참견일지도 모르지만, 나도 히마리를 생각해서 하는 일이다. 친구라면 히마리가 연애를 싫어하게 만든 그 전 남친 같은 멍청한 짓은 하지 않을 테니 괜찮다. 잘 어울려.

그렇게 기쁘게 생각하는데, 어찐지 이상하게 가슴이 괴로웠던 건…… 기억이 잘 난다.

"개인전이 중지됐어.

이유는, 그게…… 아, 꽃꽂이 교실 선생님이 화분에 살짝 발이 걸려서 다리가 골절…… 아니아니! 병문안 같은 건 괜찮아! 그리고 골절이 아니라 염좌였나 그럴걸?

아무튼 중지됐대. 어? 그럼 영화…… 아, 그게, 실은 개인전이 중지됐으면 시프트 바꿔달라고 사쿠 누나가…… 응응, 세 번째 타임. 데이트 간대.

그러니까, 그날은 안 돼…… 미안."

……그런 대화를 히마리와 나눈 것은 크리스마스를 사흘 앞둔 종업식 날이었다.

그리고 크리스마스 당일. 시립 도서관에 병설된 시민 홀의 한 구획을 빌려, 꽃꽂이 교실 개인전이 열렸다.

나는 긴 책상에 앉아 내빈들의 접수를 받고 있었다.

그날은 날씨가 추웠다. 홀 안에 있는 데도 숨이 하얗게 보일 정도였다. 난방을 더 틀어주면 좋을 텐데, 라고 마음속으로 불평을 토했다.

개인전이 중지가 되었다는 것은 물론 거짓말이다. 히마리를 포기하게 만들어, 친구가 약속을 잡기 쉽게 하기 위한 거짓말.

그리고 사쿠 누나가 데이트를 간다는 것도 거짓말이다. 그 방약무인한 누나와 사귈 수 있는 남자가 있으면 오히려 보고 싶다.

그리고 나는 히마리와의 일정이 사라졌다고 해서, 척척 다른 일정을 채워 넣을 수 있는 성격이 아니었다. 히마리가 친구와 놀고 있는데 나 혼자 일정이 없는 건 어쩐지 싫어서,

이렇게 개인전의 도우미를 하고 있는 상황이었다.

물론 보러 오는 것은 선생님이나 학생들의 지인뿐. 한 시간에 두세 명이 오면 많이 오는 것이었다. 그 사이에 계속 앉아 있는 것도 무척이나 지루했다.

점심이 지났을 무렵, 전시실에서 꽃꽂이 교실 선생님이 나왔다.

30대 전반 정도인 검은 머리칼의 미녀였다. 행동거지가 늠름한 어른스러운 사람. 나는 어머니랑 성격이 안 맞아서, 어떤 의미로 보면 내 어머니 대역 같은 사람이었다.

꽃꽂이 교실 때는 일본 전통복이지만, 오늘은 정장 차림으로 미인 느낌을 내고 있었다. 어느 쪽이든 무척이나 잘 어울린다.

그런 선생님이 내게 말했다.

"나츠메 군. 점심 먹으러 갈까."

"접수는 괜찮아요?"

"여기 직원분께 부탁했으니 괜찮아. 손님 앞에서 배에서 소리를 내는 게 더 실례니까."

"아, 그렇구나……."

그러고 보니 그랬다.

시민 홀을 나와, 가까운 돈코츠라멘 가게에 들어갔다. 옛날 그대로의 분위기에. 이쪽에서 주방이 훤히 보였다.

선생님은 카운터석에 앉은 뒤 메뉴판을 보지도 않고 말했다.

“난 돈코츠라멘. 이 애는 차슈라멘 곱배기.”

“저기, 저, 보통이어도 되는데…….”

“사양하지 마. 오늘 도와준 답례라고 생각해.”

금액 때문에 그러는 게 아닌데요…….

늠름한 행동거지에 행동도 호쾌한 사람이었다.

이윽고 라멘이 와서, 우리는 함께 손을 모았다. 성대하게 올라간 얇게 썬 차슈에 무심코 내 배가 울렸다. 선생님은 키득 웃고, 나는 저도 모르게 얼굴을 돌렸다.

스푼으로 국물을 건져서 입에 가져갔다. 찬바람에 식은 몸에 담백한 돈코츠 국물이 스며들었다…….

벽에 설치된 TV에서는 현의 뉴스가 흘러나오고 있었다. 선생님은 그걸 보면서 무척 품위 있는 동작으로 라멘을 먹었다.

“그건 그렇고, 나츠메 군. 크리스마스에 개인전 도우미를 해도 되는 거야?”

“네? 그게 무슨 뜻이죠……?”

“중학생이니까, 친구랑 놀 약속 같은 게 있을 거 아냐.”

“아, 그런 얘기였구나…….”

나는 살짝 망설인 뒤 솔직하게 자백했다.

“……실은 오늘, 친구가 개인전을 보러 와주겠다고 했는데요.”

“실은, 이라고?”

“살짝 일정이 생겨버려서. 다른 친구랑 놀러 갔어요.”

“흐음. 그거 안 됐네.”

자기가 물어봐 놓고서, 선생님의 대답은 담백했다.

선생님은 늘 이런 느낌이다. 하지만 그게 오히려 좋았다. 무리해서 공감하거나 동정하거나, 그런 자세가 느껴지지 않는 게 나는 정말 대하기 편했다. 그렇기에 그녀의 꼿꼿이 교실은 마음이 편안하다.

“만약에 자기 친구 중에, 자기보다 더 같이 있을 때 **도움이 되는** 녀석이 있다고 해볼게요. 그럴 땐 저랑 노는 것보다, 그 녀석과 이어주는 게 진짜 우정이라고 생각해요. 선생님은 어떻게 생각하세요?”

“음—. 어려운 걸 물어보네.”

선생님은 라멘에 소금과 후추를 뿌려 간을 바꾸면서, 훗하고 상냥하게 미소 지었다.

“꽃과 똑같아. 씨앗을 한 알씩 심는 것보다, 두세 개 정도 같이 심는 게 건강하게 자라는 경우도 있어. 너도 언젠가 어른이 되면 알지도 모르지.”

“선생님…….”

아, 이거 진심으로 흥미가 없으니까 흘려듣는 눈치다.

애초에 무슨 소리를 하고 싶은 건지도 모르겠다. 좋게도 나쁘게도, 무척 솔직한 성격이시란 말이지.

라멘을 다 먹고, 우리는 시민 홀로 돌아왔다.

배도 차서 무척 졸음이 오는 오후 3시 이후……. 내가 접수처에 앉아 꾸벅꾸벅 졸고 있는데, 손님이 왔다.

"여기에 이름 쓰면 되는 거야?"

"……?! 아, 네, 네! 이쪽에 이르미랑 저나번호를…….''

당황하며 일어난 순간—— 띠링, 스마트폰 알림이 울렸다. 그 덕에 단숨에 졸음이 가셨다. ……아니, 졸음이 가셨는데도 꿈을 꾸는 듯한 느낌이었다.

히마리였다. 학교는 쉬는 날이니 당연히 사복 차림. 유니클로의 라이트다운재킷에 줄무늬 셔츠. 전에 이미지한 옷차림 그대로였다.

히마리는 '푸푸풉' 하고 뿜을 것 같은 걸 참으면서, 히죽 이쪽을 내려다보고 있다. 내게 스마트폰의 카메라를 향한 상태였다.

"……하?"

"왜 그래—? 접수는 전시의 얼굴인데. 자면 안 되지—♪"

히마리는 싱글싱글 웃으면서 내 머리를 펜 머리로 탁탁 쳤다. 아프지는 않았지만, 이게 확실히 현실이라는 것을 깨달았다.

"왜, 왜 여기 있어……?"

"어—. 유우네 집 편의점 갔더니, 가게에 계신 분이 '유우는 개인전에 갔다'고 하시는걸. 선생님 다리 얘기는…… 뭐, 들을 필요도 없겠네. 이야—, 유우가 나한테 거짓말을 할 줄은 몰랐어—. 새로운 면을 본 느낌. 그건 그렇고 사쿠라 씨 너무 미인인 거 아냐? 유우 얘기만 듣고 더 성격 나빠 보이고 밉살스러운 사람일 줄 알았는데. 그렇게 미인인 누나가

있으면 소개를 해주지 그랬어. 그리고 유우네 편의점 요구
르피를 안 났…….”

아니아니아니. 잠깐 진정해 볼래? 그렇게 정보로 두들겨
패지 말고. 자다 깬 머리로는 처리가 다 안 된단 말이야.

겨우 냉정해졌다.

그니까, 어, 내가 물어봐야 할 것은…….

“저기, 걔랑 놀러 가지 않은 거야?”

“응─? 갔어─. 하지만 금방 바이바이 했지. 유우가 없었
으니까.”

접수 명단에 자기 이름을 쓰면서, 히마리가 별것 아니라
는 듯이 말했다.

그리고 다 쓴 뒤 히죽 웃었다. ……등줄기가 서늘했다.
아, 이거 진심으로 화났을 때 하는 얼굴이다.

“그래서, 유우. 나 연애 같은 건 이제 싫다고 말했잖아. 그
런데 왜 그런 짓을 해버리는 걸까─?”

“아, 아니, 그게, 저…….”

“나, 유우도 같이 간다고 해서 놀러 간 건데? 그런데 유우
는 급하게 못 오게 됐다는 말을 하니 수상할 수밖에 없지─.
그러다 돌아가려고 했더니, 갑자기 진지하게 고백을 하지
뭐야. 아차 싶었다구.”

“그, 그래서 결과는……?”

“보면 알잖아. 그리고 난 그런 꼼수 쓰는 사람 싫어. 나도
혼자서는 아무것도 못 하겠지, 해서 빈틈을 보였던 건 잘못

이지만—."

히마리는 이런이런, 하고 한숨을 쉬었다.

"뭐, 이번엔 나쁜 짓은 안 당했으니 다행인데 말이야. 본인에게 동의도 안 받고 그런 계획 짜는 거, 칭찬받을 일은 아닌 거 알지?"

"나쁜 짓……?"

"음—. 갑자기 키스하려고 한다거나? 차이면 힘으로 어떻게든 해보려는 사람도 있거든. 본인은 사랑에 심취해 있으니 괜찮겠지만 나는 들개한테 물리는 느낌이라구."

"그, 그렇구나. 미안……."

솔직하게 사과했다.

듣고 보니 그랬다. 그럴 마음이 없는 이성과 둘만 남겨줘도 히마리에겐 민폐겠지. 내 생각은 완전히 지나친 오지랖이었다.

하지만, 내가 했던 일이 꼭 쓸모없다고는 생각되지 않았다.

"그래도, 걔 좋은 애잖아. 나 같은 애한테 잘해주고, 플라워 어레인지먼트라는 취미도 이해해줬어. 나는 히마리도 소중하지만 걔도 절친이라고 생각했거든. 그래서, 내게 소중한 두 사람이 행복해졌으면 좋겠다 싶어서……."

"……유우, 그거 진심으로 하는 소리야?"

어?

내 필사적인 말에도 히마리는 김이 빠진 듯한 느낌이었다. 평소처럼 요구르피를 꺼내더니 그걸 쪼옵 마신다. 너무 큰

온도 차에 깜짝 놀라서, 여기 취식 금지라고 말하는 걸 잊어버렸다.

그리고 히마리가 딱 잘라 말했다.

"걔, 처음부터 나를 노리고 유우한테 접근한 거야."

"……………………."

그때, 나는 어떤 얼굴을 하고 있었을까.

그것은 정면에서 보고 있던 히마리밖에 모른다.

아무튼 다양한 감정이 휘몰아쳤던 건 사실이었다. 히마리를 의심하는 건 불가능했다. 내게 있어서 세계 제일의 절친이니까. 그렇다면, 내가 이용당했다는 건 진짜겠지.

그럼에도 기분을 바로잡을 수가 없어서, 입에서 이상한 소리가 새어 나갔다.

"어?"

"유우, 눈치 못 채고 있었구나—? 뭐, 그런 걸 의심할 성격은 아니니까. 걔 유우한테 말 걸기 전에, 나한테 몇 번인가 대시했었어. 장수를 잡으려면 뭘 쏘라더라, 그런 느낌?"

"그럼, 그렇게 말을 해주지……."

"아니, 나도 말이야? 정말로 걔가 유우랑 사이좋게 지낼 생각이라면 그것도 그것대로 유우에게 좋으려나— 생각한 거거든? 그래서 아무것도 말 안 한 건데?"

하지만 결과적으로는 보시다시피.

말은 간단히 쓰려졌지만, 장수가 백전연마의 '마성' 히마리였다. 아쉽게도 그의 잔꾀는 통하지 않았다는 것이다.

……여담이지만 그 뒤로 일절, 그는 라인 답장을 하지 않았다. 새 학기가 되어 얼굴을 마주쳐도 뭐, 그런 느낌이었다.

나는 자신의 바보 같음에 질렸다.

혼자 무기력해져 있는데, 히마리가 깔깔 웃었다.

"앞으로는 바람 피우면 안 된다—?"

"바람이라니……."

연인 말고 다른 이성과 데이트하는 건 바람이지만, 절친 말고 다른 친구에게 정신이 팔리는 건 바람이라고 해야 하는 걸까.

그런 생각을 하는 사이, 꼿꼿이 교실 선생님이 전시실에서 나왔다. 입구에 모여 있는 건 좋지 않으니 얼른 안으로 안내하라고 혼나버렸다. 히마리를 안내하는 사이에는 선생님이 접수 역할을 해주었다.

그렇게 크지는 않은 전시실에, 도합 10개 정도의 작품이 같은 간격으로 늘어서 있다. 그것들을 순서에 따라 하나씩 소개해 나갔다. 마침 다른 손님이 없어서, 살짝 큰 소리로 대화해도 문제없었던 것은 운이 좋았다.

내가 만들지 않은 작품에 대해서도 히마리는 열심히 들어주었다.

그리고 이따금 "이야—. 남의 작품까지 그렇게 열심히 해설해주다니, 유우는 정말 꽃이 좋구나" 하고 놀려서 나를 부끄럽게 했다.

그리고 순서상 마지막에서 네 번째.

거기에 있는 것이, 내가 만든 플라워 어레인지먼트였다.

커다란 해바라기를 쓴 크리스마스 리스. 작품명은 그대로 '한겨울의 해바라기'. 다른 작품은 꽃꽂이 또는 분재지만, 이것 하나만 천장에 매달려 있는 유형의 어레인지먼트였다.

선생님이 알고 지내는 농가분이 하우스 재배를 하고 있어서, 그 해바라기를 사들였다. 시기적으로 상당히 보기 드문 것은 맞다.

그것을 보고, 히마리가 호오, 하며 숨을 흘렸다.

"이거, 유우 거였구나……."

"눈치챘었어?"

"아니. 다른 건 하얗거나 푸른데, 이것만 엄청 노랗잖아. 같이 있는 오너먼트(장식물)도 빨갛거나 해서 자기주장이 세서, 어른 학생의 작품일 거라 생각했어. 뭔가 좋은 의미로 유우답지 않네—."

히마리는 "호오호오"라든가 "으—음. 세세한 부분에는 다른 꽃을 썼구나……"라며 여러 각도에서 감상했다.

그리고 문득 해바라기의 뒤편에서, 나를 보며 히죽 웃었다.

"혹시, 이거 나를 모티브로 한 거야?"

"어? ……무, 무슨 뜻이야?"

"음—. 내 이름이랑 엮어서 해바라기*로 한 걸까 싶어서."

"아아, 히마리와 해바라기……. 글쎄. 그냥 생각난 건데."

---

* 해바라기는 일본어로 히마와리라고 읽으며, 히마리와 비슷하다.

나는 말을 흐렸다.

······너무 쉽게 정곡을 찔려서 부끄러웠기 때문이다. 그녀 말대로, 이것은 히마리에게 보여주고자 만든 플라워 어레인지먼트.

해바라기의 꽃말은—— '당신만을 바라본다'.

그녀의 우정이 가진 **올곧음**을 나타내는 꽃.

나답지 않다는 말을 들은 건 납득이 됐다. 이것을 만든 건 그 문화제 때의 내가 아니니까.

히마리와 함께 시간을 보내게 되고, 조금이나마 인생이 즐거워졌다. 물론 이전에도 꽃과 마주하는 것은 즐거웠다. 하지만, 확실히 고독했었다.

누군가가 곁에서 지켜봐 준다는 게 이렇게나 즐겁구나, 하고 생각하게 된 것은 분명 히마리 덕분이다. 그 탓에 실패도 했지만, 예전으로 돌아가고 싶냐고 묻는다면 절대로 아니다.

그렇기에, 이 겨울의 개인전에는 해바라기를 선택했다. 제아무리 추운 계절이라도, 히마리가 있는 것만으로 인생이 즐겁다는 것을 전하고 싶었다.

한동안······ 아니, 정말로 긴 시간 동안 히마리는 질리지도 않고 그것을 바라보고 있었다. 너무 길었던 탓에 걱정한 선생님이 몇 번인가 상황을 보러 왔을 정도다.

내 정열의 화신을 즐겁게 감상한 히마리는, 문득 방금 이야기를 다시 꺼냈다.

"나를 생각한다면, 나 혼자만 어떻게 해보려고 하지 마."

"무슨 말이야?"

"내가 혼자서 행복해지면, 유우는 외톨이가 되잖아? 그건 좋지 않아. 나랑 유우는 운명공동체(절친)니까."

"그건 그렇지간, 둘이 동시에 행복해지는 건 너무 어려운 거 아냐?"

"장애물이 높을수록 마음은 불타오르는 법이야. 둘이서 함께 행복해질 수 있는 길을 탐색해야지—."

농담처럼 말하지만, 히마리는 진심이었다.

때때로 생각하는데, 나보다 히마리가 더 꿈을 꾸는 기질 아닐까? 물론 그런 생각을 입에 담는 것은 센스 없는 짓이라고 느꼈다.

"그거, 어떻게 해야 달성하는 건데?"

"일단은 그거지—. 유우의 바람둥이 기질을 고쳐야 해."

"그, 그건, 뭐, 노력하겠는데……."

아픈 곳을 찔려 입을 다물었다.

히마리는 즐거운 듯이 웃으면서, 어레인지먼트 뒤로 돌아갔다. 그리고 해바라기 건너편에서 내게 미소를 건넸다.

"그럼, 계속 나만 봐줄래?"

그 광경에, 나는 무심코 가슴이 찡해졌다.

아마도 지금까지 한 말은 거짓말이다. 나는 이 어레인지먼트를 히마리에게 보여주고 싶었던 것이 아니다. 이 해바

라기처럼, 나만을 봐주기를 원했던 것일지도 모른다.

……역시 내가 더 꿈을 꾸는 기질인 걸까 싶어서 쓴웃음이 나왔다.

"알았어. 나는, 히마리만의 운명공동체(절친)니까."

히마리는 "푸핫—" 하고 만족스러운 듯이 웃고는, 이쪽으로 와서 내 어깨에 자기 어깨를 툭 부딪혔다. 그게 상당히 민망해서, 나는 무심코 고개를 돌려버렸다.

"그, 그래서, 이 어레인지먼트 어땠어?"

히마리는 미묘한 얼굴로 신음하더니 씩 웃었다.

"50점 정도—?"

"으…….."

그 말이 가슴에 콱 꽂혔다.

생각보다 낮은 것 같다. 아니, 100점이라고는 안 해도, 분명 마음에 들어할 거라 생각했다. 하지만 히마리는 액세서리에 관해 거짓말은 하지 않는다.

"왜, 왜?"

"음—. 말로는 잘 못 하겠는데. 확실히 좋기는 하지만, 아직 절반이라는 느낌이 든단 말이지. 나를 이미지한 거라면, 좀 더 나에 대해 이해해주길 바란다고 해야 하나?"

"히마리를, 이해해?"

"그래. 좀 더 나를 알고 나서 다시 만들어줬으면 좋겠어. 그때 다시 감상을 말해줄 테니까."

그리고 히마리는 태양 같은 눈부신 미소로 말했다.

"그러니까, 언젠가 완성되었을 때. 그때는 제일 먼저 보여주기다?"

"……응."

아쉽게도 "좋은데"를 듣는 건 뒤로 미뤄졌다. 하지만 나는 신기하게도 분하지 않았다. 그 약속만으로 충분히 만족했기 때문이다.

겨울이 가면, 따뜻한 봄이 온다.

계속 같은 계절이 돌고 돈다는 것을, 우리는 믿어 의심치 않았다.

그로부터 2년의 세월이 흘러, 평소와 다른 봄을 맞이한 우리의 우정의 꽃은.

영원인가.

늘어지고 있는 것뿐인가.

벌써 여름의 입구에 섰음에도── 우리는 아직, 그 망설임에서 빠져나오지 못하고 있었다.

I | "사랑의 끝"

7월 하순.

고등학교 두 번째의 여름방학을 모레로 앞둔, 평일의 이른 아침.

나, 이누즈카 히마리의 하루는 알람보다 5분 빨리 일어나는 것으로 시작한다.

"으응……."

침대 위에서 크게 기지개를 켠다.

스마트폰 알람이 울리기 전에 취소한 뒤, 침대에서 일어났다. 커튼을 기세 좋게 젖히고, 오늘의 날씨를 확인한다. 음, 미묘하네!

장마는 끝났는데도 이렇게 하늘이 흐리니 난감하네. 미칠 듯이 귀여운 히마리 짱에게 어울리는 건 구름 한 점 없는 맑은 하늘인데 말이지—.

그건 그렇고, 날씨가 좋지 않아도 학교에는 가야만 한다.

나는 유카타를 벗고 정성스럽게 개어 침대 옆에 두었다. 이것은 돌아가신 할머니께 빌린 것이라, 함부로 취급할 수는 없다. 할아버지는 화나면 오빠보다 훨씬 무섭고 말이지.

문득 방 한구석에 놓인 전신거울을 보자, 속옷 차림의 내가 비치고 있었다.

"……우와, 미소녀가 있네."

순간 누구인가 생각해버렸다. 이렇게 귀여운 여자가 이 세상에 있어도 괜찮은 거야? 정말 나는 신에게 사랑받고 있다니까—.

……장난이다. 헷. 어차피 귀엽기만 한 여자 같은 건 이 세상에 썩어 넘칠 만큼 많다.

(하다못해, 이게 좀 무기가 되었다면 이야기가 달랐을 텐데 말이지…….)

살짝 모아서 올려보았다.

성과가 좋지 않은 것은 이제 신경 쓰지 않는다.

가슴은 말이지, 주물러지는 게 아니야. 주무르는 거라구. 이건 남자든 여자든 상관없는 불변의 진리. 한마디로 가슴 담당은 에놋치만으로 충분하다는 거지. 오케이?

아무튼, 바보 짓은 그만하고 학교에 가자. 나는 재빠르게 옷을 갈아입고는 가방을 들고 방을 나섰다.

주방에서 토스트를 굽는 향기가 풍겼다.

"좋은 아침—."

그쪽에 얼굴을 내밀자 오빠가 있었다. 착실하게 몸을 정장으로 감싸고, 신문을 펼친 채 커피를 마시고 있다.

오빠는 상냥한 미소로 말했다.

"좋은 아침, 히마리. 어머니는 이미 밭에 갔으니까, 아침은 스스로 차려."

“응. 알았어—.”

내가 먹을 토스트를 구워서 테이블 위에 있는 샐러드와 계란프라이를 얹는다. 냉장고에서 요구르트를 꺼내면 아침 식사 완성.

“할아버지는?”

“할아버지는 늘 하시는 런닝 중이야.”

할아버지는 기운이 넘치네. 아무리 봐도 100세에 근접한 것 같지가 않다.

내가 아침 식사를 마치자 오빠가 신문을 접었다. 마침 시청에 출근하는 시간과 겹쳐서, 나를 학교에 데려다주는 것이다.

오빠의 애차에 타서 학교로 향했다.

그 사이에 나오는 화제는 대체로 이거다.

“히마리. 유우 군이랑은 요새 어떠니?”

“뭐, **평소대로지—**.”

“그렇군. 그러고 보니 기말시험 결과는 나왔겠지?”

“아, 어제 나온 건 낙제점은 피한 것 같아—. 오늘 3과목 더 나오니까 거기에 달렸지만.”

“그건 다행이야. 또 추가시험을 치게 되면 번거로우니까.”

“이번엔 내가 챙겼으니까 괜찮다니까. 오빠는 걱정도 많네.”

그런 온화한 대화를 나누면서 학교에 도착했다.

차에서 내려 오빠와 작별한다.

어디, 시간 좀 볼까.

실은 아직 등교 시간이라기엔 빠르단 말이지. 나에게는 중요한 일이 있어서, 그걸 위해 30분 정도 빨리 학교에 온 것이다.

자전거 주차장 뒤편의 화단을 찾아갔다.

여기는 우리 원예부의 꽃을 기르고 있는 장소. 저번달까지는 아무것도 없었지만, 지금은 내가 심은 꽃의 모종이 잔뜩 있다.

여기에 물 주기를 하는 것이 내 일이다. 유우는 아침에 약하고, 에놋치는 집에서 하는 양과자점을 도와야 하니까.

창고에서 물뿌리개를 꺼낸 뒤 운동장에 있는 수도에서 물을 퍼 온다. 꽃을 피하면서 정성스럽게 물을 뿌려 나간다.

꽃에 물을 줄 때는 늘 '귀엽네' 하고 칭찬을 해주는데, 틀림없이 꽃도 '히마리 님만큼은 아닙니다!'라고 말하고 있을 것이다. 푸하하하핫.

화단 구석 쪽에 심은 코스모스 모종을 내려다보았다.

코스모스는 잔뜩 피어 있어야 더 보기 좋으니, 여러 종류를 심었다. 특히 마음에 드는 것이…… 여기 화분에 심은 검은 코스모스.

초콜릿 코스모스.

코스모스치고는 시크한 인상이지만 그 이름대로 초콜릿 향기가 나는 신기한 꽃이란 말이지.

코스모스는 기본적으로 양지에서 기르지만, 이 초콜릿 코스모스는 반은 그늘에서 기른다. 그래서 이동시킬 수 있도록 이것만 화분에 심어둔 것이다.

이것들이 개화하는 건 여름방학이 끝날 즈음이겠지. 그때까지 확실하게 케어해줄게. 귀여운 꽃을 피우는 거야—♡

……이것이 내 평소 생활 풍경.

귀여움과 헌신을 겸비한 나라는 존재에게 사랑받는 유우는 얼마나 럭키한 존재인가. 그걸 엿볼 수 있는 에피소드네. 이러면서 공부도 잘하고 내신 점수도 좋으니, 정말 신께서도 불공평하시다니까—.

하지만, 그런 퍼펙트한 내게도 요새는 '고민'이 있다구☆

물을 주고 있었더니 슬슬 딱 좋은 시간이 되었다. 아까부터 자전거 주차장을 오가는 학생들도 늘고 있다.

나도 교실로 올라가려고 했는데…….

"아, 유우!"

건너편에서, 키가 큰 남자애가 자전거를 밀면서 다가왔다.

새치름한 표정을 한, 나의 절친 겸 비즈니스 파트너 겸 숨겨둔 짝사랑 상대.

그것이 나츠메 유우 군인 것이다♪

유우도 나를 눈치챘다. 그리고, 살짝 **뒷걸음질 쳤다**.

나는 신경 쓰지 않고 싱긋 완벽한 웃음을 지었다. 손을 흔들면서 그쪽으로 달려갔다.

"유우. 좋은 아침—!"

그리고 들어 올렸던 손으로 평소처럼 유우의 어깨에 터—치!

──훅, 내 손이 허공을 갈랐다.

분위기가 싸늘해졌다.

물론 시간이 멈춘 것은 아니고, 주위 학생들은 평범하게 등교하고 있다. 우리 둘만이 무언으로 서 있는 것이다.

우후후─. 내가 한 방 먹었네─. 설마 이런 지근거리에서 유우에게 바디 터치를 실패해 버리다니.

뭐, 나도 인간이니까? 실패 한둘쯤은 하는 거지. 하지만 문제없어. 인간은 실패하지 않는 것보다 실패해도 다시 하는 게 중요하니까. 어렸을 적 할아버지가 그렇게 가르쳐 주셨거든.

그런 의미에서, 원 모어!

"유우. 좋은 아침!"

훅, 내 손이 허공을 갈랐다.

……당사자인 유우는 새치름한 표정으로 톡톡톡톡 스마트폰을 하고 있다. 들여다보려고 했더니 아무렇지도 않게 화면을 돌렸다.

라인이었다. 한순간이라 안 보였지만, 아마도 상대는…… 에놋치.

"유우?"

"아, 히마리? 온 줄 몰랐네. 좋은 아침."

"거짓말이잖아?! 무의식중에 그렇게 움직인다니, 무술의

달인이냐구!”

“거, 거짓말 아니야. 아, 오늘도 날씨가 좋네?”

“화제 너무 못 돌려. 그리고 오늘 흐린데?”

“아, 그게, 그, 선크림 같은 거 안 해도 되니까 좋은 날씨 잖아?”

“자외선은 흐린 날일 때도 위험하거든.”

“그, 그래. 그랬구나. 하하…….”

그리고 대화가 끊겼다.

유우는 말없이 자전거를 밀더니 자전거 주차장에 세우고 왔다. 그러고는 내 옆에 서서 걸으면서 라인만 했다.

“유우. 보행 중 스마트폰은 위험하다?”

“아아, 응…….”

“………….”

“………….”

그래도 계속 하잖아…….

억지로라도 3초마다 답장하겠다는 의지가 엿보인다. 아 니, 이렇게 라인을 우선하는 타입이었어? 영화관에서도 폰 보는 여자냐구.

“후후, 후후후…….”

질 수 없지——!

어떻게든 내 쪽을 보게 할 테야……!

“그러고 보니, 유우. 여름방학 계획 같은 건 세워뒀어—?”

“응? 아—, 그러고 보니 기말 시험 공부만 하느라 까먹고 있었네……."

"그치그치—? 액세서리 만들기도 중요하지만 역시 여름 방학이니까 놀러 가고 싶잖아? 졸업하면 이런 기회도 없을지도 모르니까—."

"그러네. 그럼 좀 멀리 나가 볼까."

그런 얘기를 하면서도, 유우의 시선은 스마트폰의 라인 앱에서 움직이지를 않는다. 뭔가 메시지를 빠르게 톡톡톡 치고 있었다.

그건 괜찮다. 여기까지는 예상대로.

여기서 내 공격이 끝났을 거라 방심한 게 네 실수야.

나는 슬쩍 유우의 귓가에 대고 속삭였다.

"둘이서 1박 2일로 갈래?"

유우가 동요해서 스마트폰을 떨어뜨릴 뻔했다.

——걸렸다!

스마트폰을 아슬아슬하게 잡은 유우가 무척 당황하며 소리쳤다.

"너, 너너, 너 뭐라는 거야?!"

푸핫—.

그렇게 쿨한 얼굴이었으면서 말 한 마디에 새빨갛네. 나 참, 나한테서 벗어나려는 것부터 잘못됐단 말이지—. 나는 3년 걸려서 유우 검정시험 마스터까지 올라간 여자라고. 어떤 말을 하면 유우가 재미있는 반응을 할지 다 알고 있다니까?

나는 히죽 웃고는 추가타를 날렸다.

"어—? 이제 와서 부끄러워할 거 없잖아. 우리는 이제 떼려야 뗄 수 없는 절친이니까?"

"그, 그건 그런데. 아무리 그래도 남녀 둘이서 1박 2일은 당연히 안 되지……."

"유우. 우리 가족이 허락을 안 할 거 같아? 아마 1박 2일로 간다고 하면 오빠가 잘 아는 고급 여관에 바로 예약 넣을걸?"

"그건 그렇긴 한데……."

유우도 참, 벌써 쩔쩔매는 느낌이네.

우후후—. 이제 와서 스마트폰을 만지작거리고 있지만, 여기까지 끌고 왔으면 끝이라구요. 나의 확실한 승리라는 말씀. 최고 레어 연출 확정!

가문의 보검 '푸핫'으로 이어가기 위한, 피니시 블로를 먹이겠어!

"아, 아니면 이제 와서 나를 의식해 버린 거야—?"

"아니, 그런 건……."

유우가 얼굴을 새빨갛게 하고 주춤거렸다. 몸통이 훤히 비었다고! 여기서 '진심으로 받은 거야? 푸핫—!'을 먹인다!

자, 하나 둘—!

"진심으웁?!'

갑자기 입이 틀어막혔다!

유우가 아니다. 뒤에서 하얀 팔 두 개가 뻗어 왔다. 내가 조심조심 돌아보자, 붉은 기가 도는 흑발의 미소녀와 눈이 맞았다.

에놋치가, 나를 게슴츠레 빤히 바라보고 있다.

"히이. 안녕."

"아, 안녕. 에놋치……."

스윽 해방됐다. 공기가 맛있구나.

유우의 첫사랑 상대인 에놋치는 몹시 자연스러운 느낌으로 유우의 손을 잡았다. 그 긴 손가락이 유우의 손가락에 얽혀서, 왠지, 그, 무척이나 러브러브한 느낌. 구체적으로 말하면 연인의 손잡기였다.

"아, 에놋치……."

"…………."

무척 불편한 분위기가 된 가운데 에놋치가 훗, 웃었다. 그리고 "유 군, 교실 가자"라며 유우를 빠르게 데려가 버렸다!

"아, 잠깐, 유우……."

내가 당황해서 쫓아가려던 순간, 에놋치가 돌아봤다. 그리고 꽃잎 같은 가련한 미소를 띠더니 확실히 말했다.

"히이. **셋이서 1박 2일**, 기대하고 있을게."

으윽!

내가 무심코 굳자 금세 사라져 버렸다. ……그 왼쪽 손목의 월하미인 팔찌가 몹시 시야에 강하게 남아 사라지지 않았다.

남겨진 나는 그 자리에서 휘청거리며 무릎을 꿇었다.

이것이 요즘 나의 '고민'.

……요즘, 유우가 에놋치만 신경 쓰고 나에게 차갑다.

점심시간.

나는 음악실 뒤편에 있는 장소…… 쉽게 말해 뒤뜰에 있었다. 교사의 그림자가 드리운 곳에서, 에노모토와 나란히 앉아 점심을 먹는 중이었다.

"유 군. 아—앙."

"……아, 아—앙."

어째서 나는, 에노모토에게 도시락을 '아—앙' 하고 있는 걸까.

이런 장면을 누군가에게 보이는 날에는 영원한 바보 커플 인정을 받고 도망칠 수 없게 될 것이다. 무심코 얼굴을 가리고 들리지 않게 애원했다.

"에노모토 양. 이제 봐주세요……."

"안 돼. 마지막까지 하."

"애초에 이유가 뭔데. 이건 무슨 수치 플레이야?"

그러자 에노모토가 커다란 가슴을 펴며 의기양양한 얼굴로 대답했다.

"시이 군에게 전수받은, 점심에는 '아~앙♡'으로 러브러브도 업 대작전!"

"네이밍이 구려…….."

아쉽다 정도가 아니라고.

누가 붙인 이름이야? 뭐, 십중팔구 마키시마겠지. 아마 내가 싫어할 것까지 생각한 작전 아닐까. 그리고 보통은 반대 아냐? 왜 내가 '아—앙'을 해주고 있는 건데?

내가 주저하자 에노모토는 불만스러운 듯 입술을 삐죽였다.

"뿌우. 유 군이 부끄러워할 거라 생각해서 숨겨진 장소로 고른 건데……."

"그래도 한도라는 게 있잖아. 이런 건 남고생한테는 확실히 흑역사거든?"

네이밍이 촌스러워도 하고 있는 짓은 그냥 꽁냥거리기다.

아무리 에노모토가 귀엽다고 해도…… 아니, 오히려 귀엽기 때문에 죽을 지경이다. 솔직히 에노모토가 무방비하게 눈을 감고 입술을 내미는 것만으로 피를 토할 것 같고, 하복이 되어 크게 열린 옷깃에서 슬쩍 가슴골이 보이는 날에는 정말로 이성이 본능에 복종할 것 같다.

아무튼, 이 이상 계속하는 건 위험하다. 내가 부드럽~게 거부하자 에노모토가 스마트폰을 보여줬다.

"유 군. 그런 말 해도 되는 걸까나?"

"윽……."

라인 대화. 오늘 아침, 학교에 올 때 내가 보낸 메시지다.

『에노모토 양』『help』『히마리가 매복하고 있었어』『지금

학교에 있어?』

『답장, 답장 좀 해주세요』『뭔가 히마리가 엄청 의욕 들어가 있는데』『이거 무조건 '푸핫'이다』『아침부터 에너지가 너무 넘쳐』

『뭔가 1박 2일이니 뭐니 하는데』『도와줘』『더 이상은 안 돼』『히마리가 귀여워서 안 돼』『절친으로 지낼 수 없게 되어버려』『뭐든 할 테니까』『왜 읽씹해』『부탁이야 도와ㅈ』

오늘 아침, 내가 히마리를 발견한 순간 에노모토에게 보낸 SOS 이력.

그 자리에서 도움받은 답례로, 이렇게 '아—앙' 같은 짓을 하고 있는 것이다.

"자, 아—앙."

"우으……."

……끝났다.

도시락통을 텅 비우고 나자, 에노모토는 만족한 듯이 오후의 티 브레이크 타임에 들어갔다. 어째선지 피부도 반들반들해진 느낌이다.

(왠지 더럽혀진 기분…….)

나는 손에 들린 아직 한 입도 못 먹은 편의점 빵을 바라보면서 혼자서 훌쩍훌쩍 울었다. 요구르피라도 마시고 진정하자…… 같은 생각을 하는데, 요구르피를 빼앗겼다.

"어? 이번엔 또 뭐야?"

"유 군. 나랑 밥 먹을 때는 요구르피 금지."

"엥. 왜……?"

대신 에노모토가 마시는 것과 같은, 페트병에 든 애프터 눈 티를 건네받았다. 그리고 에노모토는 강압적인 미소와 함께 말했다.

"여자애랑 있을 때, 다른 여자의 기척이 나는 건 좋지 않다고 생각해."

"다른 여자라니……."

"그래도, 나에게는 이미 라이벌인걸."

에노모토는 "헷" 하고 웃더니 손수 만든 쿠키를 입에 넣었다. ……살짝 잡스럽게 응답하는 것도 귀여워서 치사하다.

에노모토는 나에게도 쿠키가 든 작은 봉지를 내밀면서 계속 말했다.

"애초에 히이가 귀여워서 절친으로 못 있겠다면, 고백하면 되는 거 아냐?"

"어어……. 에노모토 양이 그런 말 하기야?"

"나한테 도움을 구하는 시점에서 유 군도 똑같다고 생각해……."

"그러네……."

너무 정론이라 아무 말도 할 수가 없다.

나는 두 손으로 얼굴을 덮으면서 소곤소곤 변명했다.

"아니, 정말로 미안하다고는 생각하는데, 달리 상담할 사람이 없어. 나는 사이좋은 친구도 없고……."

"시이 군은?"

“개한테 이런 상담을 했다간 일부러 거짓말로 조언하고 휘두르기나 할걸.”

“그건 그래. ……그럼, 히바리 씨?”

“히바리 씨한테 히마리를 의식하고 있다는 소리를 했다간 그날 바로 혼인신고서에 도장 찍게 될 거야.”

“유 군의 주위 사람들은…… 확실히 이상하네.”

“알고 있으니까 딱 잘라 말하지 말아줘!”

애초에 에노모토도 거기 포함되어 있거든? 말하긴 그렇지만 이런 나를 좋아하는 시점에서 상당히 괴짜라고 생각한다.

에노모토는 헛, 하더니 턱에 손가락을 대고 기묘한 표정으로 생각에 잠겼다.

“그 말은 즉…… 나는 이미, 유 군에게 없어서는 안 될 존재라는 뜻……?”

“으, 응? 뭐, 그렇게 달하면 그럴지도…….”

“첫 번째는 못 되지만, 일단 킵해두고 싶은 상대……?”

“말이 이상하잖아?!”

그런 소리를 들어도 탄론은 못하겠지만!

에노모토는 아무 일 아니라는 듯이 태연한 얼굴로 말했다.

“농담이야. 즉, 나는 이제 유 군에게 뭐든지 상담할 수 있는 유일한 상대라는 뜻인 거지?”

“뭐, 뭐어, 그런가…….”

에노모토의 농담은 죽을 만큼 알아듣기가 힘들다. 적어도 표정이라도 평소의 쿨한 느낌에서 변화를 줬으면 좋겠다.

"그건, 지금까지 히이 역할이었지?"

"응? 아—, 그러네……."

"그 말은 즉, 나는 지금 유 군에게 최고의 절친이라는 거네!!!"

"해석이 엄청 긍정적이구나……."

하지만 조건만 보면 분명 맞는 말인가?

지금까지 히마리에게 말할 수 없는 것은 없었다.

그렇기에 절친이었지만, 좋아하는 상대로 격이 올라가게 된 지금은 말 못 하는 것이 늘었다. 아이러니하다.

그리고 에노모토 양, 이걸로 살짝 기쁜 듯이 '에헤헤' 하고 볼을 붉히는 건…… 뭔가, 별로 좋지 않다고 생각합니다.

점심시간 끝이 다가왔음을 알리는 종이 울린다.

애기를 하는 사이 점심시간도 얼마 남지 않게 되었다. 점심 식사인 빵을 억지로 입에 쑤셔넣고, 애프터눈 티를 마셨다.

에노모토도 도시락을 정리하고 일어섰다. 그리고 치마를 매만지면서 문득 생각났다는 듯이 말했다.

"애초에 유 군은, 히이랑 사귀고 싶은 거야?"

"…………."

그 질문에, 나는 정직하게 대답했다.

"모르겠어……."

"흐응?"

에노모토는 들었던 엉덩이를 다시 내렸다.

"히마리는 좋아하지만, 연애보다는 가게를 차리는 꿈을

우선해야 한다는 마음이 있어. 안 그래도 지금까지 어수선
했으니까⋯⋯."
　일과 연애.
　어느 쪽이 중요한지는, 확실히 알고 있다.
　우리의 기반은 액세서리 샵을 연다는 꿈이다. 그것을 둘
이서 달성하기 위해서는, 나 혼자서 다른 방향을 향할 수는
없다.
　그리고 에노모토의 대답은 신랄했다.
　"그러고 보니 유 군, 그런 귀찮은 소리 하는 타입이었
지⋯⋯."
　귀찮대⋯⋯.
　혼자서 시무룩해져 있으니, 에노모토가 웃었다.
　"그래도, 좋다고 생각해. 그건 꿈도 연애도 둘 다 원한다
는 거잖아? 나는 유 군의 그런 자신에게 정직한 점이 좋아."
　"으⋯⋯."
　그 올곧은 시선을 받고 살짝 죄책감이 밀려왔다.
　내가 뭐라고 대답할지 망설이자 에노모토는 주먹을 꼭 쥐
었다.
　"그리고 유 군이랑 히이가 잘 안 되면, 그만큼 내게도 기
회가 생기는 거고!"
　엄청 좋은 미소로 그런 소리 하기야? 에노모토 양의 그런
부분, 정말 배우고 싶습니다.
　마침내 점심시간 끝을 알리는 종이 울렸다.

나는 에노모토와 헤어져 혼자서 교실로 향했고…….

"……으응?"

방금 히마리가 있었던 것 같은데…….

그 색이 연한 느낌의 머리카락을 잘못 볼 리가 없는데……
뭐, 기분 탓이겠지. 히마리였으면 말을 걸었을 테니까.

방과 후.

드디어 기말시험의 답안지가 전부 돌아왔다.

처음은 사사키 선생님의 수학. 73점의 답안지를 받을 때
"쳇, 이번엔 추가시험이 없구만"이라는 재미없다는 듯한 소
리를 들었다. ……저 선생님, 내가 또 저지르는 걸 기대하
고 있었구만?

그리고 HR이 끝나 나는 돌아갈 준비를 하고 있었다.

남은 건 내일 있을 종업식뿐. 그 뒤에는 여름방학이 시작
된다.

……그렇게 방심하고 있었더니, 평소처럼 히마리가 뒤에
서 달라붙었다.

"유우~. 오늘 꽃 돌보기 끝나면 이온 가자—!"

"……?!"

심장이 떨어지는 줄 알았다.

히마리 몸의 부드러운 감촉과, 뭔가 달콤한 향기가 나를 감

싸온다. 평소에 기른 내성이 없었다면 피를 토했을 것이다.

(진정해! 이런 스킨십, 지금까지는 태연하게 흘려넘겼잖아. ……아니, 애초에 태연하게 흘려넘겼던 게 이상했던 것 같긴 한데!)

그래도 시간이 이만큼 지났으니 아침 같은 추태를 보일 수는 없다. 나는 심호흡을 한 뒤 어색한 미소를 띠며 히마리의 팔을 풀었다.

갑자기 몸이 떨어지자, 히마리가 기분이 상한 듯 게슴츠레 나를 봤다.

"뭐, 뭔데……."

"별일 아닌데—?"

히마리는 뭔가 담겨 있는 듯한 느낌으로 홱 고개를 돌렸다. ……점심시간 뒤로 계속 이런 느낌인데.

"너 이온 가고 싶어? 뭐 사고 싶은 거 있는 거야?"

"아, 맞아맞아. 곧 있으면 여름방학이잖아? 수영복 보러 가자—."

"수영복?!"

"우와, 깜짝이야. 그렇게 큰 소리로 반응할 일이야?"

당연히 하지!

너, 사귀지도 않는 남자랑 같이 수영복을 고르러 간다니 무슨 생각을 하는…… 아, 그러고 보니 작년에도 갔네. 굳이 따지자면 작년의 내가 무슨 생각이었는지 따져야겠구나.

어, 어떻게 하지……?

갈 수밖에 없잖아. 여기서 이상하게 거부했다간 그거야말로 수상한 사람이다.

"……에노모토 양도 같이 가면 안 돼?"

"어. 왜 에놋치인데?"

"아니, 그야…….".

여자 둘이서 서로 고르는 게 내 입장에서는 마음이 편하니까.

어차피 히마리니까, 살짝 야한 느낌의 장난을 걸어오겠지? 그쪽 대책도 필요하잖아.

그런 생각을 하니, 또다시 히마리가 기분이 상한 듯 게슴츠레 본다.

"……유우. 에놋치랑 엄청 같이 있고 싶어 하네?"

"으…….".

내가 우물거리자 히마리가 한숨을 쉬었다.

"뭐, 괜찮긴 해—. 어차피 놀러 갈 때는 에놋치도 부를 테니까."

뭘 착각했는지, 그녀가 으럇으럇 하고 옆구리를 찔렀다.

"그리고 유우도 첫사랑의 가슴이 있어야 더 기운이 날 테고—?"

"무, 무슨 소리를 하는 거야. 바보냐?"

뭐, 그렇게 오해해준다면 그것도 나름 상황이 좋긴 하다.

곧바로 에노모토를 부르러 과학실로 향했다. 히마리와 함께 복도를 걷는데 마침 에노모토가 이쪽으로 오고 있는 게 보였다.

저쪽도 눈치를 챘는지 달려왔다.

"유 군, 히이. 안녕."

"에노모토 양. 안녕. 있잖아, 지금부터 놀러 가려고 하는데……."

같이 가자고 말하기도 전에, 에노모토의 표정이 흐려졌다.

"오늘 취주악부 쪽에 나가야 해서 원예부는 못 간다고 하려고 했는데."

"아, 그렇구나……."

나는 바로 일정이 틀어져서 주춤했다. 그걸 눈치챈 에노모토가 귀엽게 고개를 갸웃했다.

"유 군, 왜 그래?"

내가 말하기 전에 히마리가 히죽 웃으며 쓸데없는 소리를 했다.

"지금부터 여름방학 대비로 수영복을 보러 가기로 했거든—? 사실은 에놋치의 수영복 차림을 보고 싶었는데, 그게 안 돼서 아쉬워하는 느낌?"

"아, 히마리……?!"

당황하며 막으려고 했지만 늦었다.

에노모토가 땅속에서 올라오는 듯한 목소리로 되풀이했다.

"…………히이랑 수영복?"

휘익 하고 차가운 칼날이 내 볼을 스쳤다……. 그런 기분이었다.

에노모토가 나를 손으로 불렀다.

"유 군."

"네, 네……?"

복도 구석으로 따라간 뒤 머리를 꽉 붙잡혔다. 그리고 꽈악꽈악꽈악꽈악 조여졌다!

(아파아아아아아아아아아아아아앗……!!)

이것이 바로 히마리조차 울리는 황금의 아이언 클로—!!

의식이 날아갈 것만 같은 일격에서 해방된 나는 그 자리에 머리를 감싸고 웅크렸다. ……소리는 내지 않았다. 장하다, 나.

"유 군. 내 수영복을 보고 싶은 게 아니지?"

"죄, 죄송합니다! 히마리가 **푸핫**을 걸어올 게 예상돼서, 에노모토 양께 도움을 구하고 싶었던 바입니다!"

"알고 있으면 안 가면 되잖아."

"그, 그건, 그게, 저기, 절친이 놀러 가자고 하는 거니까……."

에노모토의 시선이 푹푹 찌른다.

어쩐지 '그렇게 순정인 척해놓고 너도 결국은 남자라는 거구나????'라고 질책하는 듯한 눈빛. ……네. 솔직히 말하자면 히마리의 수영복이 조금 보고 싶습니다.

아니아니아니. 솔직히 좋아하는 애의 수영복을 보고 싶은 건 남자로서 당연하잖아. 작년에도 재작년에도 봤지만 몇 번을 봐도 좋은 거거든요?

나에 대한 제재를 마친 에노모토는 만족스러운 듯이 짝짝 손뼉을 쳤다.

"혼자서 잘해봐."

"죄송합니다……."

에노모토는 곧바로 계단을 내려가 버렸다.

히마리에게 돌아가자 히마리가 불안한 듯한 얼굴로 질문을 했다.

"유, 유우. 어떻게 된 거야? 방금 엄청 사악한 압력을 느꼈는데."

"아니, 아무것도 아니야. 가자……."

의아해하는 히마리와 함께, 나는 화단으로 향했다.

방과 후의 화단 손질을 한 뒤 우리는 이온을 향했다.

도착하자마자 늘 먹는 인도카레 가게에서 저녁을 해결하고, 히마리가 가고 싶어하는 수영복 매장으로 갔다. 여름방학을 앞두고 있어서인지 의류 매장 코너 안에서도 상당히 규모가 커져 있었다.

당연하게도 이곳은 남자 금지 구역 중에서도 왕비의 안방 같은 곳. 하지만 거기에 존재해도 되는 남성이 있다. 임금님……이 아니고 여성의 일행이다.

나는 히마리의 일행이므로 여기에 있어도 괜찮다는 거다.

물론 그렇다고 불편한 게 사라지는 건 아니다. 여성용 액세서리 샵에는 태연하게 있는 나도, 역시 여기는 쉽지 않다. 딱히 이상한 짓은 안 하는데도 어째선지 수상한 사람처럼 시선을 받는 건 너무 괴롭지 않아?

히마리는 기분이 좋은 듯 콧노래를 흥얼거렸다……. 요새는 이 녀석도 니시노 카나 노래만 부르네. 히바리 씨에게 영향을 받은 걸까?

아무튼, 히마리가 수영복을 고르면서 물어봤다.

"유우. 어떤 게 좋아?"

"나 역시 돌아갈게…… 끄엑."

"이봐, 이봐, 이봐—. 왜 이렇게 리액션이 안 돼—?"

"아, 아니 넥타이 잡아당기지 말아줄래? 진심으로 목이 졸리거든?"

돌아가게 해주지 않았기에 어쩔 수 없이 쇼핑에 어울리기로 했다.

이온에 오기 전에는 살짝 운이 좋네, 같은 생각을 했는데. 막상 이렇게 주변의 독특한 분위기에 노출되니 단숨에 실패였다는 느낌이 밀려온다.

"애초에 네가 고르면 되잖아. 이제 와서 다른 사람의 평가가 없으면 불안한 것도 아닐 테고."

"음—. 뭐, 나니까 뭘 입어도 어울리긴 할 텐데……."

히마리가 노란 프릴이 달린 비키니를 손에 들고 가슴 위치에 댔다.

"그래도 유우 보여주려고 사는 거니까, 유우 마음에 드는 게 좋지 않을까?"

"어…… 아, 그, 어어…….""

무심코 굳어버렸다.

그게 잘못이었다. 히마리가 히죽 웃었다.

"어라라—? 유우 군, 설마 두근두근 해버리셨나요—?"

"뭐, 뭐래. 너 진짜 그런 것 좀 그만해……."

"푸핫. 유우도 참, 평생 걸려줄 것 같단 말이야. 자, 저기 귀여운 거 있으니까 가자."

자연스럽게 내밀어진 히마리의 손을 당황하며 피했다.

"…………."

잠시 히마리가 눈을 크게 뜨는 것이 보였다. 그럼에도 나는 모르는 척을 하며 주머니에 손을 넣었고, 히마리 말대로 발을 옮겼다.

"이쪽? 아, 진짜 예쁜 거 많네."

"……우."

등 뒤에서 불만스러워하는 시선이 엄청 꽂힌다.

히마리는 고양이 타입이다. 스킨십은 자기가 먼저 하는 일이 많고, 만지고 싶을 때 만지지 못하면 불만인 느낌.

원래라면 기뻤겠지만 지금 나에겐 자극이 너무 강하다. 대화라면 어떻게든 예전처럼 할 수 있지만 역시나 터치는 위험하다.

(역시 나야. 연애 레벨이 초등학생에서 멈춰 있어. 진짜

울 것 같다…….)

그러고 보니 나, 이성으로서 좋아한다는 감각을 초등학생 때 에노모토 말고는 느낀 적이 없네…….

히마리가 수영복 몇 개를 골랐다. 역시라고 해야 하나, 모두 상당히 내 취향을 찔렀다. 구체적으로 말하자면 야한 것보다는 꽃이 어울릴 법한 가련한 느낌이다.

피팅 룸 앞에서 멍하니 기다리게 됐다.

여기서 멀어지는 순간 나는 히마리의 일행이 아니라 수상한 사람으로 변해버린다. 여기서 떨어질 필요는 없지만, 그것도 그것대로 지옥 같다.

……옷이 스치는 소리가 엉뚱한 상상을 일으켜서 위험하다.

그러고 보니 히바리 학원에서의 밤에도 이런 일이 있었던 것 같다. 히마리네 집의 목욕탕에서, 히마리가 '등 밀어줄까?'를 걸어왔던 때.

안 돼. 히바리 씨(미남)의 알몸이 기억을 침식해 가…….

"유우. 왜 혼자 끙끙대?"

"……?!"

돌아보자 히마리가 피팅 룸에서 얼굴만 내밀고 있었다. 커튼을 당겨서 몸을 감추는 듯한 포즈다.

"아, 시착 끝났어? 그럼 가자."

"벌써? 너무 집에 가고 싶어 하는 거 아냐?"

히마리가 하아, 하고 한숨을 쉰다.

“있지, 유우의 소감을 들려줘.”

“아, 응…… 응?”

그러고 보니 그걸 위해서 왔었지.

마침내 이 순간이 와 버렸다. 엄청 긴장된다. 하지만, 어째선지 히마리는 커튼을 걷지 않는다.

“있지, 유우?”

“뭔데……?”

“실은 말이지―. 지금 나 어어엄청 야한 거 입고 있거든. 절대까진 아니지만, 다른 사람에겐 못 보여주는 거♡”

“예? 방금 들고 들어간 거 말고?”

나는 눈만으로 “구, 구체적으로는……?”이라고 물었다. 그러자 히마리가 마린블루색 눈동자를 반짝였다.

“끈♪”

“푸읍?!”

무심코 뿜어버릴 뻔했다.

끈이라니, 그 끈? 줄? 수영복인데 줄?

아니아니, 그럴 리가 없잖아. 히마리의 나쁜 버릇이 시작된 것뿐이다.

“거, 거짓말이잖아. 이온에 그런 위험한 게 있을 리가 없지…….”

“우후후―. 그렇게 단언할 수 있을까―?”

“할 수 있지. 여긴 가족끼리 쇼핑 오는 곳이라고.”

히마리가 커튼을 흔들었다. 열린 줄 알고 무심코 움찔, 자세를 취했다. ……하지만 페인트였다.

입고 있을 리가 없다. 늘 하는 '푸핫'임이 틀림없다.

하지만 이성으로는 알고 있어도, 만에 하나라는 가능성에 겁먹어 버린다. 만약 진짜라면…… 분명 지금의 나는 죽는다. 심리적 치사량을 간단히 넘어버리겠지.

일촉즉발의 분위기.

내가 꿀꺽 침을 삼킨 순간, 히마리가 히죽 웃고는 커튼을——.

"미, 미안! 나 먼저 갈게!"

"잠깐만…… 유우?!"

나는 커튼이 열리기 전에 돌아보지도 않고 그 자리에서 도망쳤다.

자전거를 엄청나게 밟아 집까지 즉시 돌아갔다.

우엑, 전력으로 밟았더니 기분이 좋지 않다. 저녁에 먹은 새우 카레가 다시 나올 것 같아…….

히마리에게는 나쁜 짓을 해버렸다. 아니, 그래도 걔가 잘못한 거잖아. 변태냐고. 전부터 생각했지만, 그 녀석은 무조건 그쪽 기질이 있다. 다른 남자 앞에서는 안 하겠지만 그런 걸 밖에서 하는 건 위험하지.

이윽고 우리 집 편의점이 보였다. 그 도로 건너편에 있는 우리 집에 도착해서, 자전거를 세우고 안으로 들어갔다.

(……어라. 거실에 불이 켜져 있네?)

사쿠 누나의 목소리도 들려왔다.

이미 편의점을 보고 있어야 할 시간인데. 그런 생각을 하다가, 현관에 모르는 있다는 사실을 눈치챘다.

엄청 비싼 토이는 여성용 통굽 샌들이다. 장식이 세세해서 반할 것만 같다. 우리 누나는 평소에 화장실 슬리퍼를 신으니, 손님이 와 있다는 거겠지.

……이러면 조용히 방으로 돌아갈까. 사쿠 누나 기분을 상하게 했다간 귀찮아지니까.

내가 막 거실을 지나가려고 하는데, 어째선지 사쿠 누나가 나를 불러서웠다.

"바보 동생. 집에 왔으면 말을 해."

"어?"

나도 모르게 이상한 리액션을 해버렸다.

사쿠 누나가 나를 불러세우다니, 이거 처음 있는 일 아닌가? 나는 묘하게 기분 나쁜 예감을 받으면서 거실에 얼굴을 비췄다. 사쿠 누나가 테이블에 포리피와 보리차를 늘어놓고 느긋하게 있었다.

"다, 다녀왔어. 손님이야?"

"그래. 똑바로 인사혀."

왜 그래야 하는데.

평소에는 그런 짓 하면 "방으로 가, 바보 동생"이라고 화내면서.

미묘하게 납득이 안 되는 기분에 잠긴 채, 나는 거실로 들어섰다. 그리고 손님인 듯한 여성을 보고…… 순식간에 몸이 경직됐다.

테이블 앞에 엄청난 미녀가 있었다. 뭐가 다르냐고 묻는다면…… 오라라고 해야 하나, 압력이라고 해야 하나. 아무튼 존재감이 엄청난 여성이었다.

웨이브가 살짝 들어간 풍성한 장발에 매끈매끈한 달걀 같은 작은 얼굴. 이목구비도 또렷해서 말 그대로 인형 같은 느낌이었다. 사쿠 누나도 미인이기는 하지만 이 사람은 정말로 차원이 다르다.

그 사람은 프릴 같은 장식이 많은 서머 드레스를 입고 있었다. 귀여운 디자인인데 그녀의 분위기 때문에 어른스러워 보인다. 옆에는 커다란 챙이 달린 모자가 놓여 있었다. 전부 무척이나 만듦새가 좋아서, 한눈에 봐도 고급 브랜드 제품이라는 걸 알 수 있었다.

(대단한 미인이네. 뭔가 도시적인 분위기야. 촌티가 없다고 해야 하나, 세련됐어. 엄청 액세서리가 잘 어울릴 것 같아…… 으응?)

문득 무언가가 걸렸다. 분명 나랑은 처음 보는 사이다. ……그런데, 신기하게도 이 사람을 알고 있는 듯한 기분이다. 그 붉은 기가 도는 풍성한 머리칼이나 늠름한 눈동자에서 받는 느낌에.

내가 생각에 잠긴 사이 그녀가 싱긋 미소 지었다. 그녀는 포근하고 부드러운 웃음으로 말을 건넸다.

"나츠메 유우 군. 처음 보네~♪"

"처, 처음 뵙겠습니다. ……어라. 제 이름을 아세요?"

이름을 댔었나? 아니면 사쿠 누나가 가르쳐 줬나?

내가 곤란해하니, 어째선지 사쿠 누나가 질렸다는 듯한 한숨을 뱉었다.

"바보 동생. 너 은인 얼굴도 잊어버린 건 아니지?"

"은인……?"

뭔가 뉘앙스가 이상했다.

고등학생의 일상생활에서는 일단 쓸 일이 없는 말 아닐까.

이제 진짜 뭐가 뭔지 모르겠다. 내 은인? 생명의 위기에서 누가 구해준 기억은 없고, 중학생 때 선생님 중에도 이런 사람은…….

하지만 그녀의 다음 말로 이해가 됐다.

"나, 에노모토 쿠레하야~☆"

"…………"

잠깐 사이 이런저런 것들을 생각했다.

그래. 본 적이 있다. 내가 중학교 때 있었던 문화제에서, 히마리와 히바리 씨를 거쳐 액세서리를 파는 데 힘을 보태준 아마추어 모델. 그녀는 트위터에서 내 액세서리를 선전해 줬었다.

어? 그렇다는 건, 이 사람이…….

“에노모토 양의 언니?!”

“이제야 눈치챘네. 그래. 리온의 언니.”

확실히 듣고 보니 납득이 갔다. 이 묘한 기시감은…… 그때 트위터 때문이기도 했지만, 무엇보다 에노모토와 똑 닮았기 때문이다.

행동거지는 부드러운 분위기지만 역시 이목구비는 또렷하고…… 얼굴만이 아니라, 가슴의 볼륨 같은 것도 비슷하다. 에노모토가 이미 패배를 모르는 수준인데, 그 위가 있을 줄이야. 세상은 넓구나…….

아연해진 내게 쿠레하 씨가 말했다.

“신지 군한테 들었는게, 리온이랑도 친구라며~? 늘 여동생이 신세 지고 있어~♪”

“아, 아뇨. 신세 지는 건 저라서…… 어, 신지? 마키시마 신지요?”

“응. 우리 이웃이거든~. 공항에서 짐을 옮겨 줬는데, 그때 유~짱네 이야기도 들어버렸어~☆”

“유~짱…….”

마키시마와의 관계보다 그 칭호가 더 신경 쓰였다.

아니, 괜찮긴 한데. 그러고 보니 에노모토도 ‘유 군’이라고 부르지. 자매 같다는 느낌이 든다.

……그건 그렇고 내가 듣던 이미지랑 다르네.

에노모토랑은 사이가 안 좋아 보이고, 히바리 씨와도 견원지간이라고 들었었다. 그걸 의심하는 건 아니지만, 뭔가 더 성격이 나빠 보일 거라 생각했다…….

"아~! 유~짱, 지금 '더 성격 나빠 보이는 사람일 줄 알았다' 같은 생각 했지~?"

뜨끔.

이런, 정곡을 찔렸다. 설마 마음을 읽힌 거야? 뭐 하는 사람인데? 닌자? 그리고 잔뜩 화나 있는 쿠레하 씨가 너무 귀엽다. 풍선처럼 부풀린 볼도 당장 찔러 보고 싶고, 무엇보다 "흥흥!" 하는 말에 맞춰 가슴이 출렁출렁 하는 게 진짜 위험하다.

너무나 높은 전투력에 압도당한 내게 사쿠 누나가 한숨을 쉬었다.

"바보 동생. 얼굴에 티가 다 나."

"으윽…….”

아, 그렇구나…….

몹시 납득되는 지적에 나는 입을 다물 수밖에 없었다.

사쿠 누나는 "우후후후. 유~짱 귀여워~" 같은 부끄러운 소리를 하고 있는 쿠레하 씨에게 말했다.

"쿠레하. 너 이 바보 동생한테 볼일 있는 거지?"

"앗☆ 맞아~ 맞아~. 까먹을 뻔했어♪"

자기 머리를 콩 하고 두드리는 엄청난 귀여운 척 포즈에, 나조차도 간이 떨어질 뻔했다.

지금 레이와* 맞지? 역시 인기 모델로 이름을 알리는 사람
이라서인지 자신감이 대단하다. 그리고 문득 생각한 건데,
언동이 에노모토보다는 히마리에 가깝다는 느낌이 든다. 오
해를 감수하고 말하자면 짜증 나지만 귀여운 여자의 오라를
내뿜고 있다.

그래서, 이 사람이 내게 볼일이 있다고?

지금은 잡지 표지를 장식하는 일도 드물지 않다는 사람이
다. 분명 중학교 문화제 때는 신세를 졌지만, 직접적인 연
결이 있었던 것도 아니다.

철석같이 사쿠 누나를 만나러 온 거라고 생각했는데. 제
대로 들은 건 아니지만, 분명 사쿠 누나의 고등학교 시절 친
구랬지? 히바리 씨랑도 인연이 있는 듯하니 그쪽 관계로 온
줄 알았다.

(설마, 액세서리 관련인가?)

가장 먼저 그게 떠올랐다.

히마리의 인스타를 보다가 뭔가 만들어 주기를 바라는 게
생겼다는 이야기려나.

그런 거라면…… 상당히 기쁘다. 역시 이런 업계에서 성
공한 사람의 눈에 든다는 건 자신감이 붙을 일이니까.

(하지만 그렇게 속 편한 이야기일 리가…… 아니면 에노
모토 양 관련인가?)

---

* 2019년에 시작된, 헤이세이 이후 일본의 최신 연호.

마키시마한테 이야기를 들었다면…… 그 녀석이니 쓸데 없는 소리로 구워삶았을 가능성이 있다. 특히 그, 점심시간 에도 에노모토가 농담처럼 말했던 거지만, 보는 관점에 따 라서는 내가 에노모토를 킵하고 있는 것처럼 여겨져도 이상 하지 않으니까. 역시 언니로서 그냥 지나칠 수는 없는 일이 잖아?

천국과 지옥…….

나는 두근두근 하며 판결을 기다리고 있었다.

하지만 쿠레하 씨가 싱글싱글 웃으며 한 말은, 둘 중 어느 쪽도 아니었다.

"너의 히마리를~, 내게 주렴☆"

……그 말에는, 히마리에게 단련된 나도 딴죽을 걸 수 없 었다.

◇ ◇ ◇

갑자기 유우가 도망치고 나서…… 나는 빠르게 움직였다. 이온 앞에서 택시를 붙잡아 곧장 학교로 돌아갔다.

19시가 지난 시각…… 해가 길어진 탓도 있어서 아직 운 동부가 연습을 하고 있었다.

운동장 구석에 네트를 펴고 연습하는 테니스부 쪽으로 향 했다. 그리고 부원을 지도하는 고문 사사키 선생님께 말을 걸었다.

“사사키 선생님—♡”

“이누즈카? 아직 남아 있었냐?”

“네. 살짝 걸레…… 마키시마 군을 데려가도 될까요—?”

싱긋, 하고 반짝반짝 빛나는 천사 스마일 빔을 내뿜었다. 연습 지도로 지친 사사키 선생님은 “으아악” 하며 정화되더니, 순순히 마키시마를 불러 주었다.

불려온 마키시마 군이 수상하다는 듯 말했다.

“히마리? 대체 무슨 일…… 으악?!”

“썩을 바람둥이. 잠깐 이리 와.”

“자, 잠깐. 기다려라! 곡소리가 너무 진지해서 무섭다만!!”

목덜미를 잡고 끌어당겨 원예부 화단 옆쪽에 냅다 던졌다. 딱 좋게 구른 마키시마 군이 테니스복을 흙으로 더럽히고 일어섰다.

“뭐, 뭐냐? 나는 연습하고 있었는데……?”

“시끄러워. 여기 일이 더 중요하니까.”

나는 마키시마 군의 라켓을 빼앗아 그걸로 손바닥을 탁탁 두드렸다. 그리고 자타가 공인하는 쓰레기 남자를 내려다봤다.

돌이켜보면 요 4달간, 계속 이 녀석에게 휘둘리고 있었다. 이번 일도 반드시 뒤에서 뭔가 조종하고 있을 게 틀림없다.

“요새 유우가 이상하거든? 너 또 뭔가 쓸데없는 소리 한 거지?”

“허, 허어? 나츠가 이상하다고? 구체적으로는?”

"나를 노골적으로 피하고 있거든. 너 무슨 이상한 바람이
라도 불어넣었어?"

"아니, 나는 모르는 일인데? 분명 그 사람을 공항에 마중
나가면서 협정을 제안했지만, 애초에 그런 성과를 노리지
는⋯⋯."

"역시 뭔 짓 한 거잖냐 이 자식아아━━━!"

"기다려라! 테니스 라켓으로 때리지 마라!"

마키시마 군이 당황하며 화단 옆에 있던 초콜릿 코스모스
의 화분을 끌어안았다. 그걸 방패로 삼아 "이러면 못 때리
겠지 나하하하!" 하고 크게 웃었다.

"우와, 마키시마 군 너무 비겁한 거 아냐?!"

"잘도 떠드는군⋯⋯."

"그건 유우의 꽃이야! 상관없으니까 돌려줘!"

"좋지. 그 라켓과 교환이다!"

칫.

인질로 잡았던 테니스 라켓과 초콜릿 코스모스 화분을 교
환했다. 마키시마 군은 세세히 체크하더니 하아, 하고 한숨
을 쉬었다.

"분명 늘 뭔가 꾸미고 있긴 하지만 지금은 그런 단계가 아
냐. 애초에 별로 히마리를 피하고 있는 것처럼 보이지도 않
았는데?"

"그야 평소엔 그렇거든? 근데 때때로 묘하게 침착하지를
못해. 손도 안 잡아주고, **푸핫**도 전혀 안 시켜주고. 아까 이

온에 수영복 보러 갔을 대도 살짝 놀렸더니 도망치고……."

"……허어?"

마키시마 군은 씨익 웃었다.

"그렇구만. 수영복 시착 중에 '실은 지금 끈으로 된 거 입고 있다?'라고 어필해 봤지만 허망하게도 냉담한 반응을 받았던 거겠군."

"너 보고 있었던 거 아니겠지―――?!"

"어어……. 농담할 생각이었는데, 정말로 그런 걸 입고 있었던 거냐? 그건 좀 변태 아닌가?"

"진짜로 입었을 리가 없잖아!"

애초에 이온에 그런 위험한 게 놓여 있을 리도 없다. 기껏 '유우가 들여다보면 교복 차림으로 푸핫' 해야지 싶었는데!

"그리고 에놋치랑도 이상하거든. 요새 점심시간에 나만 빼고 둘이서 몰래 만나고 있다니까?"

"나하하. 단순 명쾌하잖아. 애초에 나츠가 히마리를 포기하고 린으로 갈아탄 거다. 좋은 일 아닌가? 절친의 새 출발을 축복하도록."

"……너, 그 라켓 또 인질로 주고 싶어?"

"노, 농담이다. 여유가 너무 없구만……."

마키시마 군이 라켓을 뒤에 숨기며 슬금슬금 거리를 벌렸다.

"뭐, 너희 사이가 그렇게 좋지 않은 상황이라면 그것도 좋지. 내 플랜이 진행되기 쉬워졌다는 거니."

"……이번엔 뭘 할 속셈이야? 또 유우의 액세서리가 망가지거나 하면, 그냥은 안 넘어갈 거야."

"그런 **사소한 분쟁**은 필요 없어. 이미 **우리**와 히마리 사이의 싸움은 최종 국면이니까."

그리고 마키시마 군은 나에게 무척이나 의외인 사실을 전했다.

"쿠레하 씨가 여기 돌아와 있어."

"……?!"

그 말에 나는 숨을 삼켰다.

소중히 안고 있던 화분.

초콜릿 코스모스.

달콤한 향기가 나는 꽃을 피우는 신비한 꽃.

분명 그 꽃말은── '사랑의 끝'.

쿠레하 씨의 말에 나는 숨을 삼켰다.

"히, 히마리를…… 달라고요?"

반복해서 말해봐도 의미를 모르겠다.

"무슨 소리인가요……?"

쿠레하 씨는 변함 없이 포근한 느낌으로 말했다.

"유~짱도 알고 있을 거라 생각하는데~. 히마리, 우리 사무소에 들어오기로 약속했었거든~. 아, 올해 골든위크 쯤에 있던 얘기야~."

"그게 쿠레하 씨네 사무소였나요……?"

"그래~. 그 스카우트 이야기가 애초에 내가 사장한테 제의한 거야~. 우리 학교 후배 중에 엄청 귀여운 애가 있어요~, 반드시 좋은 연예인이 될 테니까 길러보죠~ 라고."

"그, 그랬구나……."

납득이 됐다.

아무리 인스타에서 팔로워 수가 많아도 그것만으로 예능 사무소가 말을 걸어줄 거라고는 생각하기 힘들다. 그것도 상당히 대우가 좋았던 것 같았는데. ……뒤에서 이 사람이 움직이고 있던 거구나.

……하지만 이해가 안 간다.

"히마리한테는 거절했다고 들었는데요……."

"그래~. **한번 수락한 척하고, 도중에 그만두겠다고** 손바닥을 뒤집었거든~."

그것도 기억이 났다.

내가 처음으로 히마리와 크게 싸웠을 때, 히마리가 사무소와 주고받은 메일을 보여줬었다. 거기에는 분명 처음엔 승낙하겠다는 취지의 답변이 있었다.

그때 일은 내 책임이기도 하다. 나는 솔직하게 사과했다.

"죄, 죄송하게 됐어요……."

"괜찮아. 화 안 났어~. 이래저래 돈도 들었지만, 그건 내가 설레발로 준비한 탓이니까~. 내가 **내 돈**으로 청산했으

니, **믿고 있던 히마리한테 농락당한 것도** 전~혀 신경 안 쓴
다니까~."

"으윽……."

엄청 강조하시는데요. 대놓고 뒤끝이 남아 있잖아…….

사쿠 누나는…… 아, 안 되겠다. 그냥 TV를 보고 있다. 애
초에 이 사람이 도와줄 리가 없지.

"그러니까, **일단은** 서로 잘못 없는 걸로 하고, 이번엔 유~
짱한테 **거래 이야기를** 들고 왔어~."

"저한테, 거래 이야기요? 그건……."

쿠레하 씨가 손뼉을 짝 쳤다.

내 말을 가로막은 그녀가 한층 더 밝은 목소리로 말했다.

"유~짱이, 히마리를 설득해 줬으면 좋겠어~♪"

"히마리를 설득해요?"

포근한 미소가 어째선지 변한 듯한 기분이었다.

아니, 미소는 그대로다. 내가 이제야 깨달았을 뿐이다.

이 사람의 표정은 아까부터 조금도 움직이고 있지 않다.
계속 같은 얼굴. 눈썹 하나 움직이지 않는…… 마치 인형 같
은 미소였다.

"히마리한테 사무소에 들어와 달라고 **부탁**해주지 않을
래~? 진짜 절친인 네 말이라면 분명 수락할 거라 생각하
거든~."

"그, 그건……!"

"안 돼~?"

"당연하죠! 애초에 저와 히마리는……."

쿠레하 씨가 다시 한번 손뼉을 쳤다.

거기에 놀라 내 말이 멈춘다…….

"신지 군에게 이것저것 들었는데, 히마리가 인스타를 하는 건 유~짱을 위해서라며~? 같이 액세서리 샵을 연다는 꿈을 위해 열심히 하는 거지~?"

"그, 그래요! 그러니까 히마리는……."

무심코 끼어들어서 대답했다.

그러자 쿠레하 씨가 쾌활하게 폭소했다.

"아하핫. 그게 될 리가 없잖아~! 이런 시골 구석에서 개인 액세서리 샵이라니, 살짝 꿈이 지나친 거 아닐까~♪"

"……?!"

전조도 없이 닥쳐오는 악의 담긴 말.

머릿속이 하얘지고, 강한 분노가 끓어오른다. 이 기분 그대로 무언가 반박하려던 순간, 사쿠 누나가 내 겨드랑이를 찔렀다!"으갹?! ……사, 사쿠 누나!!"

"바보 동생. 그 정도 도발에 허둥대지 마."

사쿠 누나의 말에 정신이 돌아왔다.

그렇다. 여기서 흐트러지면 안 된다. 쿠레하 씨가 어떤 의도로 말했는지는 모르지만, 아무튼 냉정해져야 한다.

쿠레하 씨는 "남매 사이가 좋네~"라고 넘어가더니 테이블 아래에서 무언가를 꺼냈다.

"물론 그냥 해달라고는 안 해~. 유~짱이 협력해 준다면,

이거 줄게~."

두둥 내밀어진 것은 가죽제의 네모난 서류 가방이었다. 내 학교 가방 정도의 크기다.

대체 뭘까. 그런 생각을 하는데 쿠레하 씨가 가방을 확 열었다.

꽉꽉 채워진 지폐 다발이 나타났다.

가방을 확 닫은 건 옆에 있던 사쿠 누나였다. 누나가 관자놀이에 핏줄을 세우면서 쿠레하 씨에게 화냈다.

"너 제정신이야?! 이런 걸 가볍게 들고 다니지 마!"

"그래도~, 수표용 계좌 개설이 안 됐는걸~."

"서류든 뭐든 쓰면 되잖아! 바보 동생한테 볼일이 있다길래 뭔가 했더니, 너는 상식이란 게 없어?!"

"우으~. 사쿠라, 고등학교 때보다 잔소리가 많아져서 싫어~!"

"시끄러워! 너는 어른이 됐으니까 이제 좀 변해!"

내 머릿속은 하얘져 있었다.

강렬한 광경만이 뇌리에 달라붙어 그저 입을 뻐끔뻐끔 경련했다. 그러다 겨우 의문을 쥐어 짜냈다.

"이, 이 돈은……?"

그러자 쿠레하 씨는 아무것도 아니라는 듯한 미소로 말했다.

"뻔하잖아~. 히마리를 받는 **대가야.**"

"……?!"

그 단어가 얼마나 돌발적이었는지 나는 무의식 중에 테이블을 치고 있었다.

"진심이에요?! 히마리는 **물건**이 아니에요!"

하지만 쿠레하 씨는 진심으로 이상하다는 듯이 고개를 갸웃했다.

"그건 당연하지~. 유~짱은 히마리가 애완동물로 보이는 거야~?"

"그럴 리가 없잖아요! 그러니까, 히마리를 돈으로 거래하는 건……."

"그래도그래도~. 유~짱은 꿈을 이루기 위해 돈이 필요하잖아~? 이제부터 히마리가 벌 돈을 내가 미리 지불하는 것뿐인데~?"

"그런 문제가 아니라요……."

"그럼, 무슨 문제라는 건데~?"

나는 말문이 막혔다.

무슨 문제냐고? 진심으로 하는 소리인가?

나는 기분이 무척이나 나빠지는 걸 느끼며 간신히 응수했다.

"잠시만 기다려 보세요. 저희는 저희 힘으로 가게를 내는 게 목표예요. 돈을 받았다고 만족할 수 있는 게……."

"우으~. 유~짱이 하는 말은 억지 논리 같아서 싫어~."

쿠레하 씨는 미간을 찌푸리며 우~응 하고 입술을 삐죽였다.

그리고 무언가를 떠올렸다는 듯 밝게 웃더니, 손뼉을 짝 치고 말했다.

"알았다! 그럼, **대신할 모델**을 줄게~."

"……네?"

쿠레하 씨가 스마트폰을 꺼냈다.

그리고 휙휙 가볍게 조작을 하더니, 마지막에 툭 터치했다.

그러자 동시에 사쿠 누나의 스마트폰에 착신음이 울렸다. 사쿠 누나는 그걸 보더니 한숨을 쉬었다.

"쿠레하. 나를 중개역으로 삼다니 배짱도 좋네……?"

"유~짱의 연락처를 모르는걸~ ♪"

사쿠 누나가 내 스마트폰에 메시지를 전송했다.

뭔가 싶어 라인을 켜보니 몇 가지 블로그 주소나 인스타 계정이 나열되어 있었다.

하나씩 열어보자, 모두 귀여운 여자들이었다. 연령은 10대에서 20대 전반까지. 다들 '직업: 모델'이라고 기재되어 있다.

그리고 쿠레하 씨는 다시 변함없는 미소로 말했다.

"자. 사무소 후배 애들이야~. 다들 일 경험도 있고~, 히마리 대신이 될 수 있을 거라 생각해~. **마음에 드는 애를 골라도 괜찮아~.**"

"…………."

이제 정말 말도 나오지 않았다. 이게 질색이라는 건가. 마음에 드는 애를 고르라고? 히마리 대신? 무슨 소리야? 그래, 의미는 알겠다. 그런케 이 사람들의 동의는? 애초에 왜?

나는 이해가 안 되는 언동에 완전히 머리가 멍해진 상태였다. 도움을 구하려고 사쿠 누나 쪽을 보니, 두통을 견디는 듯한 얼굴로 웬일로 도움을 주었다.

"쿠레하. 너 옛날부터 그런 구석이 있네⋯⋯."

"어~? 나 이상한 짓이라도 한 걸까~?"

"말해도 모를 것 같으니까 말 안 할게. 근데 바보 동생은 네가 하고 있는 걸 아무리 봐도 이해 못 하고 있어."

"우으~. 돈도 모델도 필요 없으면, 어떡해야 되는 거야~?"

그 순진한 발언에 나드 그제야 눈치챘다.

(진심으로 하는 소리였어⋯⋯?)

처음에는 놀리는 건가 했는데, 아마 아닌 것 같다.

애초에 가치관이 어긋나 있는 것이다. 어디지? 나는 쿠레하 씨한테 뭘 전하지 못한 거지?

⋯⋯아마도 이거다.

"쿠레하 씨. 저는 **히마리와 같이** 가게를 내는 게 꿈인 거예요. 여기서 쿠레하 씨한테 자금을 받아도, 대신할 모델을 소개받아도 의미 없어요."

"⋯⋯⋯⋯."

한순간.

쿠레하 씨의 표정이 엄청나게 차가운 무표정으로 변했다.

마치 탄환에 꿰뚫린 듯한 감각이 전신에 퍼졌고── 어느새 쿠레하 씨는 아까까지 짓던 인형 같은 미소로 돌아와 있었다.

그녀는 손뼉을 짝 치고, 싱글싱글하며 밝은 목소리로 말했다.

"아, 그렇구나~. 즉, 히마리가 핵심이라는 거네~♪"

"…………."

그 밝은 분위기와는 반대로 내 등에 폭포 같은 땀이 흘렀다.

방금 그건 뭐지? 무슨 살의 같은 게…… 그래. 가끔 히바리 씨가 진심으로 화낼 때와 비슷한 느낌이다. 그러면서도 차갑고, 어딘가…… 무척 무섭다.

"자, 잠깐 물 좀……."

목이 바짝 말라 있었다. 나는 일어서서 주방 수도꼭지에서 컵에 물을 따랐다. 그걸 다 마시자 조금 침착해졌다.

뒤쪽에서 사쿠 누나가 말했다.

"쿠레하. 너 왜 그렇게 히마리를 높이 사는 거야?"

"어라라~? 이상해~?"

"당연히 이상하지. 갑자기 돌아왔나 했더니 이런 큰돈을 내는 건 이상해. 너 히바리 군이랑은 사귀었어도 히마리랑 그렇게 사이가 좋았었나?"

"으~응? 연락처는 교환했지만 실제로 만나는 일은 없었는데~?"

"그럼 왜 그러는데? 설령 일의 일환이라고 해도…… 그게 이상해. 네 사무소가 어떤 의향인지는 모르지만 이 스카우트는 모델이 할 일의 범주를 넘었어."

쿠레하 씨는 즐거운 듯이 대답했다.

"히마리는 엄청 귀여으니까~♡"

"…………."

사쿠 누나는 눈썹을 찌푸렸다.

그에 반해 쿠케하 씨는 어쩐지 들뜬 모습으로 이야기했다.

"귀엽다는 건 재능이야~. 발이 빠른 사람이 운동선수가 되고, 음악적 센스가 좋은 사람이 뮤지션이 되는 거랑 같아. 정확히 말하면 그것 하나만으로 **특별한 사람**이 될 수 있다는 거야. 하지만 지금의 히마리는 자신의 커다란 재능을 다른 사람의 작은 재능을 위해 낭비하려고 하고 있어. 그러니까 도와주고 싶은 거야~. 이게 이상한 걸까~?"

"…………."

사쿠 누나는 입을 다물고 있었다.

표정이 험악하다…… 뭐, 평소랑 큰 차이는 없지만. 아무튼 어려운 얼둘로 생각에 잠겼나 싶더니, 그대로 "그래……" 하고 대화를 끝냈다.

나는 참지 못하고 목소리를 흘렸다.

"제가 히마리의 재능을 낭비시키고 있다는 건가요……?!"

"그래~. 히마리에게 이런 시골에 생길 가게의 마스코트는 어울리지 않아~. 이상한 약속에 매달려 있으니까 자기 장래에 대해 제대로 된 판단을 못 내리게 된 거 아닐까~. 그리고~……."

그리고 쿠레하 씨는 싱긋 아름다운 미소와 함께 말했다.

"유~짱의 액세서리는 솔직히 **그 정도는** 아니라고 생각하거든~. 인스타로 봤는데~, 여기저기 널린 자작 액세서리 옥션 사이트만 봐도 비슷한 게 잔뜩 있어~. 그런 **범작**에 히마리가 인생을 바치고 있다니 아깝잖아~."

"……?!"

무심코 그 말에 덤벼들려다가…… 아얏?! 사쿠 누나가 옆구리를 팍 찔렀다!

"사, 사쿠 누나?!"

"바보 동생, 진정해. 애 말에 휘둘리면 넌 뒷수습도 못 하게 될 거야."

그러자 쿠레하 씨가 눈을 끔뻑거렸다.

"사쿠라 다정하네~♪ 이러쿵저러쿵하면서, 동생이 걱정이구나~?"

"그럴 리가 없잖아. 내가 걱정하고 있는 건 히마리야."

"또 그런다~. 솔직하지 못하네~♪ ……아, 그러고 보니~, 사쿠라가 고등학생 때 좋아했던 그 사람도~ 유~짱처럼 꿈을 좇는 사람이었……."

그 순간, 사쿠 누나의 눈이 번뜩 빛났다.

누나는 쿠레하 씨의 입을 착 막더니 멱살을 잡고 끌어당겼다.

"야. 지금 당장 멍석에 말려서 바다에 던져지고 싶어?"

"아앙~♪ 시골의 협박은 원시적이네~☆"

풀려난 쿠레하 씨는 내게 시선을 보냈다.

"유~짱. 이래도 아직 히마리를 속박할 거야~?"

"소, 속박이라뇨. 애초에 저희 꿈은……."

"시키는 게 아니라 히마리가 직접 하는 거라고~? 그렇다고 유~짱이 냉정한 판단을 버려도 될 이유는 안 되는 것 같은데~?"

"제, 제 액세서리는 히마리를 위해 만들고 있고……."

"모델에 따라 퀄리티가 달라진다니, 프로로서는 실격 아닐까~? 그리고 골든위크 뒤에 올라온 인스타에는 우리 리온이 모델이었지 않아~?"

"그, 그건 한 번만……."

"한 번 했으면, 몇 번이든 할 수 있어~. 히마리는 내가 받아갈 테니까, 유~짱은 리온이랑 하면 되잖아~?"

"그러니까, 저는 히마리랑 하고 싶다고 말했……."

쿠레하 씨가 손뼉을 짝 쳤다.

깜짝 놀란 내게 쿠레하 씨는 싱글거리며 말했다.

"유~짱. 세상 모든 지 손에 들어올 수는 없어~. 두 마리 토끼를 잡으려는 사람은 둘 다 놓치게 되는 법, 이라고 하잖아? 꿈을 좇을 거라면 하나에 집중하고, 다른 방해되는 건 버리는 게 좋다고 보는데~."

"바, 방해가 되는 게 뭔데요……?"

쿠레하 씨는 망설이지 않고 말했다.

"히마리를 향한, 숨은 사랑이려나~?"

"……윽?!"

쿠레하 씨는 다 알고 있다는 듯한 말투로 계속했다.

"유~짱은 히마리를 비즈니스 파트너라서 보내기 싫은 게 아냐. 좋아하는 여자애니까 보내기 싫은 거잖아~?"

"그, 그런 건 아니…….."

"숨길 필요 없어~. 5월에 액세서리는 포기하고 히마리랑 도쿄에 가겠다고 결심했었잖아~. 그것도 신지 군한테 들었어~♪"

쿠레하 씨가 몸을 내 쪽으로 내밀었다.

그리고 내 턱을 잡아 살며시 들었다.

"응? 어느 쪽을 고를래?"

"어, 어느 쪽……?"

"유~짱이 히마리를 향한 사랑을 위해 살겠다고 정하면, 히마리랑 같이 데려가 줄게. 일자리도 소개시켜 줄 거고, 같이 있을 수 있게 해줄게~."

그렇게 말한 쿠레하 씨는 검지로 내 코 끝을 튕겼다.

"그래도, 액세서리는 포기해~. 계속 미련이 남아 있으면 히마리한테 방해가 되니까~."

"…………."

내가 아연해져 있자 쿠레하 씨는 훗 웃었다.

"즉답은 안 하네~?"

마치 예상대로라는 듯한 느낌. 쿠레하 씨가 한숨을 쉬었다.

"어느 쪽에 대해서든 어중간해. 너희는 **청춘 놀이**가 기분 좋은 것뿐이고, 진심으로 꿈을 좇을 생각은 없는 거잖아~?"

그리고 우리 관계의 핵심을 건드렸다.

"계속 곁에 있겠다는 건 고집이잖아~? 유~짱의 고집을 위해 히마리의 재능을 낭비하다니, 그걸 진짜 우정이라 할 수 있어~?"

"…………."

나는 아무 말도 할 수 없었다.

진짜 우정?

히마리를 보내주는 게 진짜 우정이라는 거야?

입술을 깨물었다. 쿠리하 씨가 하는 말이 옳다고는 생각되지 않는다. 하지만…… 어째선지 반론할 말이 나오지 않았다.

……분명 이건 기회겠지.

이런 기회는 두 번 다시 없다. 쿠레하 씨에게 협력하면 나는 졸업 후에 바로 가게를 열 수 있다. 그것은 우리가 바라던 일이다.

그리고 히마리를 생각했을 때 쿠레하 씨의 말은 옳을지도 모른다.

『나는 혼자서는 아무것도 못 하거든─.』

중학교 때부터 히마리는 말버릇처럼 그런 얘기를 했었다.

그냥 예쁘기만 할 뿐. 혼자서는 아무것도 못 한다. 그렇기에 내 액세서리 제작을 돕는 데 의의를 느끼고 있다, 라고.

하지만 만약 그렇지 않다면?

히마리가 혼자서도 내 가게를 돕는 것보다 큰 일을 할 수 있다면. 그 앞날을 축복하는 것이, 지금까지 히마리에게 받은 은혜를 갚을 방법이라고 한다면——.

"거기까지다!"

누군가가 갑자기 큰 소리를 내며 거실에 침입했다.

누구지?

아니, 뻔한 일이다.

내가 위기일 때 도우러 와주는 것은, 언제나——.

(히마리……!!)

——가 아니고, 흑발의 미남. 엄청 보기 좋은 미소로 서 있다.

"쿠레하 군. 유우 군에겐 손가락 하나 못 대게 하겠어!"

히바리 씨였다.

맵시 좋게 입은 정장에는 이미 저녁인데도 주름 하나 없다. 히바리 씨는 나를 보더니 하얀 이를 반짝였다. ……응? 방금 진짜 빛나지 않았어? 무슨 원리인데?

히바리 씨는 내 어깨를 안고 쿠레하 씨에게서 지키듯이 가로막았다.

"유우 군. 내가 왔으니 이제 안심해!"

"아니, 왜 계신 건데요? 히바리 씨 일은?"

"후훗. 히마리한테 전화를 받아서 달려왔지! 안심해. 꽤 중요한 미팅이 있었지만 후배에게 다 떠맡기고 왔다구!"

"안심될 요소가 어디에도 없잖아요……."

저번 히바리 학원 때도 생각했지만, 그 후배분이 너무 불쌍하다.

그런데, 히마리는 안 보이네…….

"아, 히마리는 리온 군이랑 같이 택시로 오고 있을 거야. 일분일초를 다투는 상황이라 픽업할 여유가 없었거든!"

"그, 그런가요……."

살짝 충격이었다. 히바리 씨는 쿠레하 씨를 척 가리켰다.

"쿠레하 군! 내 유우 군에게 쓸데없는 수작을 걸었구나!"

"우후후. 수작이라니 너무해~. 나는~, 대등한 입장으로서 거래 이야기를 들고 온 것뿐이야~."

"훗. 상대에게 일방적인 이상을 부딪치는 게 거래? 정말로 옛날부터 변함이 없구나. 진짜 거래란 서로의 이상이 양립하도록 추구했을 때 이뤄지는 거다. 무엇보다도……."

히바리 씨는 서류 가방을 들어 올리더니 쿠레하 씨에게 내팽개치듯이 돌려줬다.

"유우 군을 노린 건 실책이었어. 이 내가 있는 한 유우 군과 히마리의 우정에는 실금 하나 가지 않아."

"…………."

쿠레하 씨의 표정이 험악해졌다.

그 뒤에서 유유히 분노가 피어올랐다. 쿠레하 씨는 느긋이 머리를 쓸어올리더니 날카로운 눈빛으로 히바리 씨를 노려봤다. ──그러다, 그게 환상이었다는 듯이 다시 인형 같은 미소를 지었다.

쿠레하 씨가 작게 한숨을 쉬고는 스마트폰을 내밀었다.

그 화면에 있는 것은…… 동영상?

소리도 안 들리고, 멀리서 보면 잘 모르겠다. 누군가가 춤추고 있는 듯한 움직임은 알겠는데…….

"**멍멍이**는, 언제나 기세만 좋단 말이지~♪"

"……윽?!"

그 순간 히바리 씨의 안색이 변했다.

갑자기 부들부들 떨더니 새파래진 얼굴로 진땀을 흘리는 히바리 씨. 히바리 씨는 털썩 무릎을 꿇더니, 분한 듯이 주먹으로 바닥을 내리쳤다.

"히바리 씨?!"

"유, 유유, 유우 군. 미, 미안하다, 나나, 나는 이제, 여기까지일지도 몰라…….."

"그 정도예요?! 진짜 무슨 일인데요!"

쿠레하 씨가 의기양양하게 선고했다.

"우후후. 이 고등학교 시절의 슈퍼 흑역사 영상을 인터넷의 바다에 뿌리는 게 싫으면, 얌전히 개집에 있어주지 않을래~?"

"그, 그만둬! 그건 관련 없잖아?!"

"히바리 군도 이번 스카우트랑은 관련 없잖아~?"

"그, 그건 그렇지만……?!"

아니, 친여동생이니ᄁᆞ 관계가 엄청 크지 않나요.

오히려 나 같은 사람보다 훨씬 관련 있는 것 아닌가요? 전부터 생각한 건데, 히바리 씨 사실은 히마리를 가족으로 여기지 않는 거 아닌지?

"저기, 사쿠 누나. 저게 무슨 영상인데?"

"……전 남친 전 여친 사이에는 이래저래 건드려서는 안 될 과거가 있는 거야."

그냥 치정 싸움이었잖아.

우리들의 어이없다는 시선도 아랑곳 않고, 히바리 씨는 진지해 보이는 겉치레를 유지하며 잘생긴 얼굴의 땀을 닦았다.

그리고 전투 태세에 들어간다는 듯 정장 상의를 벗었다.

"그렇게 나온다면 실력행사를 하도록 하지. 그 스마트폰을 뺏겠다!"

"그럴 줄 알았어~."

그 순간, 쿠레하 씨가 스마트폰을 가슴골에 쑤셔 넣었다. 그리고 존재감을 확 과시하듯이 가슴을 펴고 히죽 웃었다.

"삼차원 여성과 엮이지 않겠다는 히바리 군은~, 여자한테 엉큼한 짓은 못하겠지~?"

우와, 비열해…….

히바리 씨조차 동요를 숨기지 못했다. 아마 저건 이 사람의 유일한 약점이겠지. 이게 약점이라는 것부터 뭔가 이상한 것 같긴 한데…… 아니, 깊게 생각하지 말자. 나 같은 건 이해하지 못하는 경지라는 게 있는 거겠지. 분명 그럴 것이다.

"······유우 군. '바람의 검심'이라는 만화를 알고 있니?"

"아, 네. 실사영화의 액션이 엄청났었죠."

"내가 원작에서 특히 좋아하는 건, 히무라 켄신이 검을 만드는 대장장이의 아들을 지키기 위해 '불살'의 맹세를 깨는 장면이야. 작은 생명을 위해 수라에 몸을 던지는 각오······ 초등학생이었던 내게는 가슴이 떨리는 장면이었어."

그리고 내 쪽을 돌아본 히바리 씨의 얼굴은── 수라가 되어 있었다.

"나도 지금, 유우 군을 위해 수라가 되겠다······!!"

"그거 여자 가슴에 손을 쑤셔 넣겠다는 건 선언 맞죠? 고소당하면 절대 못 이길 거 같으니까 진짜 하지 말아주세요······."

피눈물을 흘리며 조금씩 다가가는 히바리 씨. 그 모습에 쿠레하 씨도 주춤거렸다. 저렇게 다가가는데 질색하지 않는 게 오히려 이상하지.

"그, 그렇다면······."

쿠레하 씨가 가슴에 끼운 스마트폰을 꺼내어 사쿠 누나 쪽으로 던졌다.

"사쿠라, 이거 지켜줘~☆"

"싫어. 나는 끌어들이지 마."

앗!

쿠레하 씨가 토스한 스마트폰이 사쿠 누나의 손에 튕겨 나갔다!

스마트폰이 소파 뒤에 떨어진 순간, 히바리 씨가 질풍 같은 몸놀림으로 뛰어들었다. 한때 대학생 럭비에서 '아랑'이라 두려움을 산 반사신경과 제압 능력은 건재하다!

그리고 히바리 씨는 손에 넣은 스마트폰을 높이 들고, 쿨하게 승리를 선언했다.

"쿠레하 군, 이걸로 네 비장의 수를 파훼했어."

스마트폰 화면에 히바리 씨의 위험한 과거가 다 보이게 재생되고 있지만, 지금은 못 본 척을 하자. 상당히 신경 쓰이지만 너무 보는 것도 나쁜 짓이겠지.

하지만, 그걸로 끝이 아니었다.

승리의 여운에 잠긴 히바리 씨에게 쿠레하 씨가 조소를 날렸다. 양손 손가락 사이로 수많은 스마트폰 단말이 끼워져 있었다. 참고로 모든 화면에 같은 영상이 재생되고 있다.

"미안해~. ナ, 일 때문에 폰을 20개 가지고 있거든~☆"

"속였구나!!"

히바리 씨가 무릎을 꿇으며 통곡한다.

"사쿠 누나. 히바리 씨는 저렇게 오버하는 사람이었어⋯⋯?"

"고등학교 대는 꽤 저런 느낌이었지. 뭐, 동심으로 돌아가는 건 좋은 일 아닐까?"

내가 멍하니 있으니, 사쿠 누나가 TV 음량을 올리며 한숨을 쉬었다.

"너희 둘. 그렇게 사이가 좋으면, 솔직하게 다시 결합하지그래?"

히바리 씨와 쿠레하 씨가 동시에 반론했다.

"그럴 리가 있겠냐?!"

"그럴 리 없잖아~☆"

"뭐, 쿠레하 군이 지금까지의 행실을 전부 뉘우친 뒤에 부탁한다면 나도 한 번쯤 생각해 줄 수도 있겠지."

"우후후. 히바리 군이 집의 재산을 전부 바친 뒤에 평생 복종할 것을 약속한다면 나도 생각은 해볼 거야~♪"

사쿠 누나가 "아, 그러셔……"라며 TV를 껐다. 조용해진 거실에서 혀를 차며 보리차를 마시는 누나.

"일단, 너희가 서로 이야기해도 아무 진전이 없다는 건 알겠어. 이제 슬슬 어른이 좀 되라고."

"아니. 사쿠라 군에게 그런 소리 듣고 싶지는 않은데. 너야말로 고등학생 때의 **그 남자**를…… 으악?!"

히바리 씨의 옆구리를 사쿠 누나의 일격이 덮쳤다! 히바리 씨는 그대로 소파 뒤로 떨어져 신음하며 움찔움찔 경련했다.

"그 소리 아까 쿠레하가 했어. 두 번째는 용서 안 해."

"회, 횡포다……."

사쿠 누나는 무섭구나. 그리고 누나의 시선이 쿠레하 씨에게 향했다.

"쿠레하. 지금까지의 네 경위를 생각하면, 히마리한테 자기를 겹쳐보고 있다는 게 느껴져. 그래서 다소 강인한 방법을 써서라도 **교정**하겠다는 마음도 이해는 가."

담담한 말을 쿠레하 씨는 조용히 경청했다.

그 표정이 어딘가 불편해 보여서…… 살짝 유치한 느낌이었다. 마치 부모에게 혼난 어린아이 같다.

문득 그것이 쿠레하 씨의 **본래의 표정**이 아닐까 생각했다. 이유는 없지만, 그런 기분이 들었다.

"하지만 공감은 안 해. 적어도 지금의 히마리는 옛날의 너처럼 명확한 **목표**를 가지고 있지 않아. 타인이 억지로 자기 정의를 강요하는 건, 옛날에 네가 제일 싫어하던 거 아니었어?"

"…………."

사쿠 누나의 타이르는 듯한 말에 쿠레하 씨는 커다란 한숨을 쉬었다.

"하아. 역시 사쿠라한테 중개를 부탁한 건 실패였네~. 늘 말로 구워삶아지니까 말이야~."

그리고 쿠레하 씨가 내 쪽을 봤다.

그 표정은 방금까지 보이던 스스럼 없는 친구를 향한 표정이 아니었다. 작위적인 느낌의 미소. 쿠레하 씨는 그걸 나에게 보이며 말했다.

"마음이 변했어~♪"

"…………?"

마음이 변했다고?

쿠레하 씨는 손뼉을 짝 치고 분위기를 바꾸는 느낌으로 말했다.

"원래는 착착 계약해서 돌아갈 생각이었는데~, 사쿠라

말도 일리가 있어서~☆”

“뭐, 뭘 할 생각이죠……?”

내가 경계하면서 묻자, 쿠레하 씨는 쾌활하게 웃었다.

“우후후. 그렇게 심한 짓은 안 해~. 히바리 군이나 사쿠라가 이렇게까지 유~짱을 편들어 준다면, 우선 그걸 뭉개 줄까 생각했을 뿐이야~. 그렇게 하면 히마리도 이런 시골에 남을 이유가 없어질 테니까~♪”

쿠레하 씨는 테이블 위로 몸을 내밀며 아름다운 얼굴을 가까이 가져왔다. 그리고 싱긋, 차가운 미소를 띠었다.

“유~짱. 나랑 승부하자~.”

“스, 승부……?”

쿠레하 씨가 크게 고개를 끄덕였다.

“이번 여름방학 동안, 네 **전력을 다한 액세서리**를 만들어 줄래~? 히마리와 함께 있어야 더 좋은 액세서리를 만들 수 있다면, 그 퀄리티로 증명해 보라구~. 내가 나도 모르게 넙죽 엎드릴 만한, 멋진 액세서리로 말이야~♡”

“……?!”

심장이 두근두근 뛰었다.

어떤 의미에선 이 분야의 전문가인 사람이 정면에서 보내는 도전장. 한순간 히마리의 거취조차 잊고, 몸속 깊은 곳에서 잔물결이 일었다.

“쿠레하 군. 기다려! 이건 너와 나 사이에서 해결해야 할 문제야. 유우 군을 끌어들일 수는…….”

히바리 씨가 멈춰 세운다.

하지만 쿠레하 씨의 다음 말에 제지당했다.

"괜찮은 거야~? 이대로 있으면, 어찌 됐든 히마리는 데려갈 건데~?"

"무슨 소리지?"

"아까 유~짱한테는 말했는데~. 나, 히마리를 사무소에 들여보내기 우한 준비 비용 같은 걸 떠맡았거든~. 그 부채를 고등학생인 히마리가 지불할 수 있을까~?"

"뭐……?!"

히바리 씨의 말문이 막힌다.

그걸로 기분이 좋아진 쿠레하 씨가 한층 더 공세에 나섰다.

"정식계약은 하지 않았지만 사전에 메일로 조건 같은 건 주고받았거든~. 요즘 시대에는 이런 기록만으로도 승소한 사례도 상당히 있고~? 우리 사무소 변호사님은 우수하니까 결과는 뻔히 보이겠지~?"

히바리 씨의 어깨를 탁탁 치면서, 그 얼굴을 아래에서 들여다보는 쿠레하 씨. 무척이나 즐거운 듯이 웃으면서 또 추가타를 날렸다.

"뭐니뭐니 해도, 이건 히마리가 제멋대로 한 행동이 불러온 결과인걸~? 히마티는 중학교 문화제 때 '집안의 도움 없이 자기 힘으로 완수한다'고 약속했잖아~? 여기서 돈을 내서 도와주는 건 히바리 군의 교육방침에 반하는 일 아닐까~? 응~?"

“…………..”

사쿠 누나가 한숨을 쉬었다.

“쿠레하. 아까 ‘**일단** 잘못 없는 걸로 하고 거래 이야기’라는 말에서 걸렸었는데. 우리 바보 동생이 협력을 거절했으면 그 빚을 방패로 삼아서 시키는 대로 하게 만들려 한 거네…….”

“정답~. 나, 쓸모없는 거에 돈을 내고 싶지는 않아~. 그러니까 있는 힘껏 이용하도록 할게~.”

……이 사람, 얼굴은 예쁜데 너무 야비하다.

히바리 씨조차 끄드득, 분한 듯이 이를 깨물고 있다. 주먹도 피가 배어나올 만큼 꽉 쥐고 있었다.

“쿠레하 군, 역시 대단해. 내가 싫어하는 방식을 잘 알고 있어…….”

“당연하잖아~. 히바리 군은 전 여친을 너무 이해 못 했어~♪”

그리고 쿠레하 씨는 다시 내게 시선을 향했다.

“히마리를 도와줄 수 있는 건, 운명공동체(절친)인 유~짱뿐. 그렇게 생각하면 열심히 해보자는 마음이 들겠지~? 어때~?”

“…………..”

그 말은 분명 우리에게 한 줄기 빛이었다.

하지만 그녀의 눈동자는 명백히 말하고 있다.

자신이 압도적으로 강하다고. 그러면서 우리가 희망에 기대는 것을 보며 즐기겠다는 의사가 투명하게 비쳐 보인다.

(……나를 이기게 둘 생각은 절대 없는 얼굴이야.)

그 사실에, 이상하게도 **의지가 솟았다.**

생각해 보면 나는 언제나 주변 사람들에게 너무 응석부리고 있었다. 액세서리에 자신은 있다. 히마리나 에노모토 양, 히바리 씨도 칭찬해 준다.

하지만 정말로 그것이 나의 순수한 가치라고 이야기할 수 있을까. 그 의문만큼은 쭉 내게 엉겨붙어 떨어지지 않았다.

이전에 사쿠 누나는 말했다.

내 액세서리는 재구매 비율이 낮다고. 지난달에도 학교 학생에게 망가뜨려졌다. 반품도 잔뜩 당했다.

내 인품을 모르는 사람들에게 인정받아야, 비로소 나는 한 사람의 크리에이터라고 이름을 댈 수 있는 것 아닐까?

내 액세서리에…… 히가리가 인생을 바칠 만한 가치가 정말 있는 것인가.

그것을 확인할 기회는 지금이라는 생각이 들었다.

"제가 이기면, 그 히마리의 부채를 삭제해 주시겠어요?"

쿠레하 씨를 응시하며 조건을 추가했다.

거부당할 거라 생각했던 제안. 쿠레하 씨는 잠시 놀란 듯한 얼굴을 보였다. 그리고 즐거운 듯이 눈동자를 반짝이더니 싱긋 차가운 미소로 갈했다.

"뭔가 눈빛이 변했네~? 믿음직스럽지 못하네~ 싶었는데, 공주님의 의기에는 일어서는구나~? 남자애라는 느낌이네~♪”

“그런 놀림은 히마리 때문에 익숙해요. 된다는 건가요?”

훗, 하고 웃는 쿠레하 씨.

그녀는 손뼉을 짝 치더니 소리 높여 선언했다.

“물론 그래도 좋아~. 내가 지면 부채를 포함해서 히마리에 대한 스카우트는 포기해 줄게~. 그리고 내가 이기면 스카우트에 협력해 줘야 한다~?”

“알겠어요. 잘 부탁드립니다.”

히바리 씨를 보자 말없이 고개를 끄덕였다.

사쿠 누나는 ‘이런이런’ 하고 포리피 과자 봉지를 뒤집어 전부 입에 털어 넣었다.

쿠레하 씨는 들뜨고 즐거운 듯한 느낌으로 거실 구석에 있는 커다란 캐리어를 잡았다.

“테마는 ‘여름의 추억’. 기한은 오봉이 끝날 때까지. 그때 쉴 예정이니까 또 올게~. 오늘은 **성가신** 게 오기 전에 물러나겠습니다~♪”

그렇게 말하고, 그녀는 의기양양하게 나갔다.

히마리와 에노모토가 도착한 건 그로부터 5분 뒤였다.

Ⅱ | "당신만을 바라본다"

우리 집에 도착한 히마리가 경위를 듣고는 얼빠진 목소리를 냈다.

"뭐어?! 뭐야 그게, 승부라니 뭔데?!"

"아니, 그, 흐름상 그렇게 됐다고 해야 하나……."

이미 쿠레하 씨는 없다.

히마리와 같이 도착한 에노모토가 이를 까득까득 물면서 테이블을 쳤다.

"……놓쳤어. 이번에야말로 엄마 앞에 끌어내 주려고 했는데."

"에노모토 양은 언니를 참 격하게 싫어하는구나……."

히마리가 히바리 씨에게 시선을 돌렸다.

"아니, 이 얘기 아무리 봐도 오빠 탓이잖아!"

정작 히바리 씨는 사쿠 누나와 느긋하게 차를 마시고 있었다. 엄청 유유자적하신데요. 사쿠 누나랑 친구 사이라는 건 들었지만 이렇게 둘이 같이 있는 건 어찌저찌 처음 있는 일 아닌가?

"그에 관해선 변명은 안 할게. 하지만, 히마리. 어찌 됐든 쿠레하 군에게 너를 포기시킬 구실은 필요했어."

“아니아니. 애초에 내가 도쿄에 안 간다고 하면 끝나는 거잖아. 굳이 싸움 붙이는 짓은 안 해도…….”

“네가 골든위크 때 저지른 금전적인 부채를 지금 당장 청산할 수 있나?”

“윽……. 그래도, 그건 오빠가…….”

“이건 너 개인이 부담해야 할 부채야. 이누즈카 집안은 일절 관여하지 않을 거야.”

“못됐어—! 악마야—!”

히마리가 도움을 청하려 하지만 이건 어쩔 수가 없다. 우리 ‘you’의 활동 자금에서 내려고 해도 부족할 것이다.

“사쿠 누나. 쿠레하 씨는 어떤 사람이야? 뭔가 사람을 **물건**처럼 거래하려고 하고, 좀 이해가 안 되는데…….”

“응? 아니, 그렇게 어려운 사람은 아냐. 쉽게 말하면 로봇이지.”

“로봇?”

“목표가 제일인 사람. 그 애는 자기 사무소를 차린다는 꿈을 이루기 위해서, 다른 건 전부 그 장기말 취급하는 타입인 거야.”

“자기 사무소…….”

“그래. 너랑 똑같아. 다만 쿠레하랑 사이좋게 지내겠다는 생각은 안 하는 게 좋아. 너랑은 정반대의 안테나를 가지고 있으니까.”

사쿠 누나가 쇼콜라 트리라고 쓰인 과자의 포장을 뜯었

다. 하네다 공항에서 주는 쇼핑백에서 꺼냈으니, 아마 쿠레하 씨가 가져온 선물이겠지.

"나와 정반대의 안테나라니?"

잘 이해가 안 됐지만, 히마리와 에노모토는 "아—……" 하고 납득한 도양이었다.

사쿠 누나는 쿠레하 씨가 두고 간 밀크치즈쇼콜라를 사각사각 소리를 내며 먹더니 이로 깨부수고 설명했다.

"너는 '자신을 좋아해주는 사람'을 위해서 열심히 하잖아? 알기 쉽게 말하면 액세서리의 팬이나, 응원해주는 히마리와 여러 사람들."

"보통 그렇지 않아?"

"쿠레하는 반대야. 자기를 업신여기는 상대에게 되갚아주기 위해 열심히 하는 타입. '반드시 안티를 죽여버리겠다는 사상'이라고 해도 되지 않을까. 자기 방식을 인정하지 않는 상대에게 집착하고, 그 사람을 부숴버리는 것으로만 자기 성공을 실감하는 타입이야."

"그게 뭐야. 너무 불건전한데……."

"하지만 그런 기질의 인간은 분명 존재해. 그리고 그런 부정적 감정은 올바르게 노력하는 인간이 가지면 엄청난 파괴력을 지녀. 실제로 쿠레하는 성공했으니, 그 방식을 부정할 수는 없어."

자리에 있는 다른 사람들도 침통한 표정으로 입을 다물고 있었다. 아무래도 방금 설명을 듣고 의견이 일치한 모양이다.

……쿠레하 씨의 밀크치즈쇼콜라 맛있네.

"그래서 네 방식이 **미적지근해** 보이는 거야. 이건 옳고 그름의 문제가 아닌데. 히마리의 인생이 얽혀 있다면 더더욱."

"히마리한테 집착하는 건 이유가 뭔데?"

"그만큼 히마리의 재능을 높이 사고 있다는 거겠지. 아니면, **옛날의 자신을 보는 것 같아서** 내버려 둘 수 없다든가……."

사쿠 누나는 의미심장한 소리를 하더니 "아차" 하고 입을 다물었다.

"아무튼 승부에서 이기지 못하면 히마리를 포기하진 않을 거야. 걔 엄청 뒤끝이 강한 타입이니까."

"……만약에 히마리가 도망치거나 하면?"

"아마 평생 너희를 노리겠지. 쿠레하는 규칙에서 벗어나는 짓은 안 할 것 같지만…… 예를 들면 시내에 완전히 똑같은 플라워 액세서리 가게를 내서 정면에서 자본력으로 부수는 느낌이지 않을까? 너희는 잠시도 못 버티겠지."

사쿠 누나는 깔깔 웃고 있지만…… 솔직히 못 웃을 얘기인데요.

그리고 자연스럽게 우리 시선은 히마리에게 집중되었다.

"히마리……. 그런 상대라는 걸 알면서 스카우트 때 그렇게 속이는 짓을 해버린 거야?"

"쿠레하 씨네 사무소라는 걸 알았으면 처음부터 거절했을 거라구!!"

히마리가 삐진 듯이 "게다가 그때는 유우가 **그런 소리를**

해서 나도 머리에 피가 쏠렸던 건데⋯⋯"라며 중얼댔다.

그런 말을 들으면 나도 약해진다. 이 상황을 낳은 데는 내 책임도 있다. ⋯⋯솔직히 우리의 운명공동체(절친)이라는 관계가 완전히 안 좋은 쪽으로 작용한 느낌이랄까.

"뭐, 너희들은 어떤 의미에서는 운이 좋은 거 아닐까? 히바리 군이 나서지 않았다면 기회조차도 못 얻었을 테니까. 싸워서 헤어진 전 남친도 가끔은 도움이 되네."

"사쿠라 군. 그 이상은 말하지 말아줘⋯⋯."

히바리 씨가 불편한 듯이 얼굴을 돌렸다. 사쿠 누나는 즐거워하며 그 볼을 찔렀다.

그 짧은 동작만으로 정말 사쿠 누나와 히바리 씨가 친구라는 걸 실감했다. 내가 모르는 곳에서 이 둘⋯⋯ 혹은 쿠레하 씨를 포함해 셋의 관계가 쌓여 있구나.

히바리 씨가 크흠, 헛기침을 했다.

"아무튼 히마리의 배신 때문에 쿠레하 군이 격노하고 있는 건 사실이다. 본 계약은 안 했어도 한번 나눈 약속을 변덕 때문에 물거품으로 만들다니, 인간으로서 수치스러운 행위야. 그야말로 짐승만도 못하구나. 지금의 히마리에게는 길거리의 시궁쥐와 같은 가치밖에 없겠지."

"아니, 오빠 말이 너므 심한 거 아냐? 그래도 시궁쥐는 아니지! 나 이래 봬도 미소녀인데?"

"찍찍 시끄럽다. 구석에서 조용히 있어."

"오빠, 사실 오늘 미팅이 갑자기 취소돼서 화내는 거 아

니지?!”

히마리가 거실 구석으로 가서 눈물을 머금고 찍찍거리며 삐졌다.

우리 집 고양이 다이후쿠가 그 등을 툭툭 꼬리로 두드리며 위로하고 있었다. 그리고 그걸 부럽다는 듯이 쳐다보는 에노모토. ……너네 한가하냐?

“하지만 솔직히 말해서, 이길 것 같지가 않아요…….”

솔직하게 말하자 히바리 씨가 굳세게 내 어깨를 두드렸다.

“유우 군, 걱정할 것 없어. 이 승부에 져도 히마리를 내주고 우리 둘이서 액세서리 가게를 경영하면 돼.”

“절대 질 수 없는 싸움이라는 걸 돌려 말하신 거죠?”

그러자 에노모토가 움찔, 반응했다.

그리고 주먹을 꾹 쥐고 힘차게 외쳤다.

“저도 있으니까 괜찮아요!”

“에노모토 양, 이미 히마리가 없다는 전제구나…….”

그리고 히마리, 나를 “바람둥이……”라며 원망스럽게 노려보면서 다이후쿠의 꼬리털을 툭툭 뽑지 말아줄래…….

“아무튼 유우 군은 평소처럼 최고의 액세서리를 만들면 돼.”

“하지만 승부 내용을 보면 쿠레하 씨는 절대 저를 이기게 해줄 생각이 없잖아요……?”

히바리 씨가 훗 하고 웃더니 내 어깨를 두드렸다.

“괜찮아. 너에게는 그걸 뒤집을 능력이 있어. 내가 이렇게 너를 돕고 있는 건 네 액세서리에 홀렸기 때문이니까.”

“………….”

……그렇다. 애초에 후회하고 있을 틈은 없다.

어찌 됐든 이기지 못하면 히마리는 끌려 간다. 저번에 내가 액세서리 제작을 그만두겠다고 했을 때도 히마리는 나를 믿고 기다려 주었다. ……그에 보답하기 위해서라도, 이번에는 내가 히마리를 돕겠다. 우리는 운명공동체니까.

문득 사쿠 누나와 눈이 맞았다. 무언가 의미심장한 느낌으로 한숨을 쉰 누나가 짧게 말했다.

“바보 동생. **똑바로 해야 된다?**”

“……? 으, 응. 당연하지.”

그 표정이 무엇을 의미하는지, 솔직히 전혀 알지 못했다.

다음 날. 오전 중에 종업식이 끝나고, 정식으로 여름방학에 돌입했다. HR이 끝남과 동시에 히마리가 들뜬 미소를 보이며 일어섰다.

“그럼, 유우. 여름의 추억을 찾으러 가볼까!”

우와…….

뭐냐 그건. 엄청 청춘 같은데. 아무리 나라도 살짝 부끄럽다고. 적어도 교실이 아닌 곳에서 말해줄래.

“히마리. 엄청 기분 좋아 보이네…….”

“그야 여름방학인걸. 당연히 즐겁지―♪”

"너 쿠레하 씨한테 노려지고 있잖아?"

"유우가 이길 거니까 괜찮아! 게다가 만에 하나의 경우를 위해 비장의 계책도 준비해 뒀으니까."

"비장의 계책? 그런 거 있다고?"

히마리가 흐흥, 하고 의기양양한 얼굴로 말했다.

"일단 사무소에 들어가서, 즉시 그만두고 올게!"

"너 태연하게 그런 소리 하니까 혼나는 거야……."

애초에 그런 임기응변에만 의지하니까 이번 같은 사태가 생기는 거잖아. 이건 히타리 씨에게 보고해야겠네…….

우리는 교실에서 나와 계단을 내려갔다.

"아니, 그렇게 하면 일단 고등학교 중퇴가 되잖아. 이래저래 번거롭지 않아?"

"전혀 상관없는데? 왜냐면 유우가 평생 먹여 살려줄 거니까—?"

"……같이 가게를 경영하는 거겠지. 그런 말투는 이상하니까 하지 마."

"이상해? 왜?"

"아니, 뭔가 그게…… 거, 결혼 같아서……."

히마리가 퍼뜩 멈춰 섰다.

내가 몇 칸 아래에 있었기에 뒤를 돌아보면 히마리를 올려다보게 된다.

평소와는 분위기가 다른 히마리의 얼굴에…… 살짝 가슴이 덜컥했다.

"나, 그런 의미가 아니라고 말한 적 없는데?"

"어…….."

히마리가 양손으로 입가를 가리면서 부끄러운 듯이 말했다.

"나만, 바라봐 줄 거지?"

"…………."

마린블루색 눈동자가 불안한 듯 요동쳤다.

그것은 분명 쿠레하 씨의 영향이겠지. 아무리 태연한 척하고 있어도 전혀 불안을 느끼지 않을 리는 없을 것이다. 히마리는 얼핏 보면 무적 같아도…… 역시 평범한 여자애라는 걸 나는 알고 있다.

"히, 히마리. 나 반드시 쿠레하 씨와의 승부에서…… 으응?"

무척 진지하게 오글거리는 소리를 하려고 했는데, 히마리가 입가를 억누르며 부들부들 떨었다.

……아, 당했다.

"푸핫—! 오랜만에 유우한테 한 판 따냈다!!"

"히마리이이이이이이?!"

방심했다!

요새는 에노모토한테 도움을 받은 탓에 감이 무뎌져 있었어!

히마리는 기쁜 듯이 위에서 내 가마를 손가락 끝으로 누르고 꾹꾹 돌렸다.

“저기저기 우우. 방금 뭐라고 하려고 했어? ‘너를, 쿠레하 씨에게서 지켜 보이겠어(번뜩)’ 하는 느낌이야—?”

“시끄러워. 진짜 거슬리네. 일부러 져준다?”

“어—? 그런 소리 하면서도—. 유우는 나를 엄청 좋아하잖아—?”

“…………”

나 참. 나는 너를 ‘**푸핫**’ 시켜주는 기계가 아니…… 우왓! 갑자기 히마리가 계단 위에서 내게 기댔다!

“히마리, 위험해!”

“있잖아—, 요새 유우가 쌀쌀맞아서 나 쓸쓸해—. 좀 더 ‘**푸핫**’ 시켜줘—.”

“무슨 요구야. 그리고 진짜 떨어져. 더우니까.”

“미소녀의 성땀은 업계에선 포상이잖아?”

“생땀이 뭔데? 너, 그런 아저씨 같은 단어 진짜로 고치는 게 좋을걸. 무슨 업계의 아이돌을 노려야 그렇게 되는 거야?”

엄청 빠른 말투로 태클을 걸면서도 내 심장은 두근두근거리고 있었다.

솔직히 이제 버티기 힘들다. 한계다. 히마리가 밀착한 탓에 정말로 숨을 쉴 수가 없다. 미안하지만 미소녀의 생땀이니 뭐니를 즐길 마음의 여유는 없다. 설마…… 이게 사랑? 그래, 사랑이다. 이런.

나도 모르게 팔로 히다리를 뿌리쳤다.

“아니, 진짜 떨어지라고!”

"아윽?!"

앗.

강하게 뿌리쳐서 푼 히마리의 팔.

생각보다 기세가 강해서, 히마리가 나가떨어졌다. 히마리의 몸이 균형을 잃고…… 그대로 계단 아래로 낙하한다.

(위험해……!)

식은땀을 흘린 그 순간…… 히마리는 충계참에 쿵 하고 엉덩방아를 찧었다.

그리고 비명을 질렀다.

"아파아—!"

"히, 히마, 그, 괜찮아……?"

히마리가 째릿 노려보다니 내 발을 찰싹 때렸다.

"진짜. 유우가 날뛰어서 떨어졌잖아."

"아, 그게, 저…… 미안해."

아까와는 다른 의미로 심장이 두근거렸다.

마침 충계참이 가까워서 다행이다. 만약 좀 더 위였다면…….

(히마리한테 정신이 너무 팔려서, 집중력이 이상해졌나?)

한숨을 쉬었다.

조심해야지. 히마리는 커뮤니케이션이 과격하니 나까지 지나치게 되면…… 아니 잠깐만? 애초에 히마리가 들러붙은 게 잘못인 거 아닌가?

내가 끙끙대고 있으니 위에서 소리가 들렸다.

"유 군. 히이. 뭐 해?"

"아, 에노모토 양."

에노모토가 가벼운 발걸음으로 내려왔다. ……가슴이.

내가 눈 둘 곳이 없어 곤란해하는 사이, 히마리가 일어서서 울며 그녀에게 들러붙었다.

"뿌엥―. 에놋치, 유우가 나 밀쳐서 떨어뜨렸어―. 그 가슴으로 위로해줘―!"

"어차피 히이가 쓸데없는 짓 해서겠지. 자업자득이야."

히마리를 향한 압도적인 신뢰가 참 끄떡없다.

에노모토는 마치 보고 있었다는 듯이 간파하더니, 혼란을 틈타 가슴에 얼굴을 파묻으려는 히마리의 머리를 잡았다.

평소처럼 아이언클로로 히마리의 번뇌를 소멸시키고는 내 쪽을 향하는 에노모토. 그리고 무척 눈부시고 귀엽게 "에헤" 하고 웃었다.

"유 군. 여름의 추억, 찾으러 가자."

"그 오른손 끝에서 히다리가 비명을 지르고 있지만 않았다면, 더 청춘 같은 느낌이었을 텐데."

그림이 좀 그래.

굳이 말하자면 광기 어린 처형인 같은 느낌이라고. 에노모토 양은 귀여운 척을 하지만 역시 그 쿠레하 씨의 여동생이구나 싶다.

우선, 셋이서 한여름의 거리로 나서기로 했다.

♣♣♣

……덥다.

찬란히 내리쬐는 태양, 그 빛을 반사하는 아스팔트. 시골의 국도는…… 무척이나 뜨겁다.

이건 여름의 추억이니 할 때가 아니다.

그런고로, 우리는 곧장 건물 안으로 도망쳤다.

10번 국도에서 살짝 뒷길로 들어가면 있는 숨은 장소 같은 찻집.

찻집 맛시.

솔직히 '이거 한 장이면 되지 않아?'라는 느낌이 드는 와플을 네 장이나 호쾌하게 겹쳐놓은 아이스크림 메뉴를 500엔 이내로 먹을 수 있는 가게다. 맛은 물론이거니와 격자형으로 아낌없이 뿌려진 초콜릿 소스가 엄청나게 잘 어울린다.

이것이 시골의 깜짝 퀄리티…… 아마 도시였다면 1000엔 넘게 받았을 거다.

폭신폭신한 와플에 녹은 바닐라 아이스크림을 스며들게 한다. 초콜릿 소스를 살짝 묻혀서 입안 가득 넣어 먹었다. 몹시 맛있구나.

단맛은 좋다. 계절에 상관없이 내 마음을 적셔 주니까. 문제는 맞은편에서 계속 스마트폰을 겨누고 응시하고 있는 에노모토다.

"……에노모토 양. 와플 먹는 나 같은 걸 찍어서 좋아?"

"응. 새로운 발견에 흡족해."

"됐고, 디저트를 찍는 게 좋지 않을까?"

"아, 괜찮아. 내 트위터에 올릴 건 벌써 찍었으니까."

"그런 의미로 하는 말이 아니고……."

빙 돌려서 "부탁이니까 그만해"라고 말했지만 전해지지 않은 것 같다…… 아, 뭔가 히죽거리고 있다. 이거 전해졌는데도 시치미 떼고 있는 거구만. 그것도 귀여워 보이니 참 치사하다.

그리고 옆에 있는 히마리가 싱긋 압력을 가하는 건 뭘까.

왠지 '오오— 디저트&나라는 최강으로 귀여운 콤비를 앞에 두고 꽁냥대다니 참 뜨겁네 아이스크림도 녹겠다?'라는 느낌. 물론 지금의 히마리가 '한여름의 와플에 곁들인 스트로베리 소스' 같은 귀여움을 자랑하는 건 인정하지만. 디저트로 귀여움을 어필하는 여자는 자존심이 세보여서 불편하다…….

입가심으로 와플을 먹으며 나는 문득 의문을 입에 담았다.

"애초에 여름의 추억……이 뭐야?"

"나도 모르겠는데—."

어쩌다 보니 거리로 나왔는데, 무턱대고 돌아다니는 것도 좀 아닌 것 같다. 그보다 돌아다니면 죽는다. 이 태양 아래 자전거로 시가지를 돌아다닌다니, 초등학생에게만 허락될 일이다.

에노모토가 아이스티를 쪼옥 마시면서 물었다.

"이번에는 화단의 꽃을 쓸 거야?"

"아니, 거기 있는 것들은 개화까지 조금 더 걸려. 이번에도 꽃을 사 오거나, 어딘가에 자생하는 걸 채취하거나인데…….”

이번에는 테마가 상당히 추상적이라 문제다.

에노모토와 처음 작업했을 때는 '사랑'. 그리고 학교 학생들도 각각 목적은 확실했었다. 하지만 이번에는 '여름'이면서 '추억'.

어느 시점에서 보는 여름인가. 누구의 추억인가. 보편적인 것? 개인에 초점을 맞춘 것? 여름의 더위를 표현할까? 아니면 지금의 우리들처럼 더운 날씨 속에서 느끼는 기분 좋은 시원함을? 애초에 일본의 여름으로만 한정할 수는 없을지도……?

흔하다고 하면 흔한 테마지만, 자유도가 너무 높아서 오히려 의미를 모르겠다.

"무엇보다 이번에는 클라이언트와 의사소통을 할 수 없다는 점이 난감해."

지금까지는 기본적으로 그때그때 클라이언트에게 체크를 요구했었다. 그게 불가능하다는 점이 은근히 쉽지 않다.

애초에 정답이 없는 주제에, 클라이언트의 기분이라는 플레이버를 추가해 더욱 혼란스럽게 한 궁극의 문제. 사쿠 누나가 좋아하는 'HUNTER×HUNTER' 같은 곳에 나올 것 같다…….

히마리가 스푼에 묻은 스트로베리 소스를 낼름 핥으면서

말했다.

"이럴 땐 꽃보다 상황부터 잡는 게 좋지 않아?"

"상황?"

"여름다운 풍경을 계속 사진으로 찍어나가고, 뒤에 꽃을 대보는 느낌?"

"그런 얘긴가······."

즉, 에노모토와 했을 때랑 정반대라는 거다.

하지만 그쪽은 특기가 아닌데. 나는 중학생 때까지 별로 친구와 노는 경험이 없었으니, 이런 일반적인 걸 찾는 건 잘 못 한다.

"그럼 나랑 데놋치 둘이서 여름다운 걸 생각해볼까?"

"어어······. 히이, 무조건 야한 얘기만 할 거 같아."

"내 이미지가 그 정도야? 나도 일단 여고생인데요?"

"평소의 행실이 문제 같은데······ 그럼 시험 삼아 뭔가 말해봐."

나도 완전히 에노모토의 의견에 동의하기에, 개인적으로는 듣고 싶지 않지만.

히마리가 명예 회복의 기회를 얻고, 으—음 하며 생각했다. 퀴즈 프로그램처럼 똑딴똑딱 생각에 잠기더니, 이윽고 눈을 확 떴다.

"10번 국도에서 바다 쪽으로 들어가면 밭이 펼쳐져 있잖아?"

"아, 있지."

"거기에 자판기가 잔뜩 놓여 있는 사람 없는 가건물이 있는데 알아?"

"그 옛날식 무인 판매점 같은 곳? 분명 풍경은 여름 같긴 했는데……."

"해 질 녘. 부활동 끝나고 집에 가는 길. **나**는 소꿉친구인 너와 집에 함께 돌아갔어."

"우왓. 뭔가 스토리가 시작됐다……."

히마리는 의기양양한 얼굴로 거침없이 이야기를 계속했다.

"갑작스러운 소나기. 우리는 근처에 있는 가건물에서 비를 피했어. 어스름에 감싸인 밭은 비의 장막에 가로막히고, 우리의 모습도 소리도 세계에서 사라진 거야. 둘밖에 없는, 이 3cm라는 어깨의 거리. 옅은 자판기의 불빛에 비춰진 네 볼은 빨갛게 물들어 있었지————."

싸구려 소설이냐.

말하기는 그렇지만 역시 히마리는 창작 쪽에는 재능이 없는 것 같다. 이 녀석, 소비나 유용하는 건 특기지만 자기가 만드는 건 무엇보다도 못한다. 요리 같은 것도 정말로 엄청 못하는 모양이고.

나는 진절머리를 냈지만, 에노모토는 꽤나 진지하게 이야기를 듣고 있었다.

"그래서, 둘은 어떻게 돼?"

콧바람을 내면서 살짝 적극적으로 질문도 한다. 실은 이런 걸 좋아하는 걸까? 귀엽다.

"그다음? 음————."

히마리 녀석, 아무것도 생각 안 한 듯하다.

이거 느낌이 안 좋은데. 라고 생각한 순간 히마리는 갑자기 폭탄을 터뜨렸다.

"젖은 옷에 비친 핑크색 브라에 참지 못하게 된 나는……."

"네, 기각. 역시 넌 입 여는 거 금지야."

결국 야한 쪽으로 가버리잖아.

에노모토는 상당히 기대한 만큼 실망도 커보인다. 포크로 와플을 푹푹 찌르면서 실망한 느낌으로 중얼거린다.

"역시 히이의 첫 번째를 노리는 건 그만둘까나……."

"실례네─. 나랑 친구로 여겨지기 싫은 것 같잖아."

히마리, 그 뜻으로 한 말이야……. 참고로 나도 완전히 똑같은 기분이다. 그 남바람꽃 반지를 돌려받고 싶을 정도.

히마리가 "이러니까 순진한 녀석들은─" 하고 화내면서 물어봤다.

"그럼 에놋치는 어떤데?"

"어? 나?"

"에놋치, 예전부터 연애만화 같은 거 좋아했잖아. 여름의 새콤달콤한 추억 같은 거에 빠삭해 보여."

"엄선한 건 딱히 없는데……."

그때 문득 에노모토와 눈이 맞았다. 어째선지 얼굴을 새빨갛게 물들이고 시선을 돌리며 웅얼웅얼 중얼거린다.

"나는 유 군이랑 하는 거면 어디든 좋은걸……?"

"저기, 방금 네 이상의 첫 경험을 애기하라고 했었나? 진짜로 그러지 마······."

그것도 여름의 추억이긴 한데. 평소에 히마리의 음담패설에 얽히지 않았다면 피를 토했을 거라고.

그리고 히마리, 입가를 손으로 가리면서 "우와―, 에놋치 대담해♡" 하고 부추기는 거 그만두지 않을래? 나중에 진짜 불편해지거든?

"뭐, 그렇게 어렵게 생각하지 말고 적당한 곳부터 공략해 볼까······."

나는 남은 와플을 다 먹어치웠다. 맛있었다. 맛있었지만, 점심을 안 먹은 탓에 살짝 부족한 감이 들었다.

그래도 여기서 추가 주문을 하면 남기겠지.

"아, 유우. 내 거 줄게―."

옆에 있던 히마리가 자기 접시를 내밀었다.

딱 절반 남아 있다. 아니, 남아 있다기보단 처음부터 나눠 놓은 느낌이다.

"히마리. 넌 안 먹어?"

"아니―. 오늘 점심이 없었으니까 유우가 부족하지 않을까나― 해서. 나한텐 양이 많으니까 먹어도 돼―."

······으음.

뭔가 그렇네. 아무리 절친이라 해도 먹을 거로 길들여지는 것 같아 부끄럽다. 뭐, 저렇게 말하니 감사히 받겠지만.

그러는 사이, 어째선지 에노모토의 거동이 수상하다.

"내, 내 것도 먹어!"

“설마 했던 에노모토 양 난입······.”

무슨 연유로 그렇게 되는 거야? 내가 그렇게 먹고 싶은 티 내면서 봤어?

내가 곤란해하고 있자 히마리가 훗 하고 여유 섞인 웃음으로 에노모토를 도발했다.

“호호—. 에놋치, 꽤 하네?”

“······히이. 안 질거야.”

잠깐만, 잠깐만.

사이에 낀 나를 두고 멋대로 진지해지지 말아줘. 솔직히 왜 경쟁하는 건지도 짤 모르겠어.

그리고, 히마리가 움직였다.

“자, 유우. 아—앙♡”

“············.”

크헉······.

굳이 ‘아—앙’ 할 필요는 없지 않아? 게다가 먹기 쉽게 정성껏 잘린 한입 사이즈 와플 위에, 똑같이 작게 나뉜 아이스크림과 스트로베리 소스가 예쁘게 놓여 있다. 너, 라멘 먹을 때 스푼 위에 미니 라멘을 또 만드는 타입이구나?!

“우후후. 나 같은 미소녀가 먹여주다니, 유우는 행운아네—. 자자, 우리가 얼마나 사이좋은지 어필하자—♪”

“누구한테 어필하는데? 그걸로 무슨 메리트가 있는데?”

“글쎄, 모르겠는데—?”

슬쩍 에노모토 쪽을 봤다.

그러자 뾰로통해진 에노모토가 허둥대며 포크로 와플을 찍었다!

"유 군. 여기도!"

"으……."

에노모토가 당연하다는 듯이 경쟁을 걸었다.

이쪽은 호쾌하게 포크에 찍힌 와플을 내민다. 에노모토 양, 그 미적 센스는 괜찮은 거야? 분명 양과자점의 후계자였잖아? 게다가 그 와플, 아까 포크로 푹푹 찍어대서 구멍 투성이인데…….

"자, 유우♡"

"유 군!"

두 사람의 예쁜 얼굴이 팍팍 다가온다. 무심코 뒤로 물러나서 의자가 덜컥 소리를 냈다. 해 질 녘에 비를 피하다, 그녀의 핑크색 브라에 참지 못하게 된 나는…… 아니, 머리에 침투했잖아.

압력만은 엄청나게 전해진다.

아마 처음에 먹는 게 어느 쪽인가로 경쟁한다는 것도 알겠다.

아니, 어느 쪽이든 여자한테 받아먹는다는 게 부끄러운데요. 스스로 먹으면…… 아, 안 되나요. 눈동자의 움직임만으로 들통이 나서 째릿 노려봐졌다.

(……냉정하게 생각하면 히마리 걸 받으면 되긴 하지.)

우리는 절친이니까? 지금까지도 먹을 거 공유는 그냥 했

었으니까?

하지만, 어째서일까. 지금 나의 심리상태로 보아 그건 위험하다는 생각이 든다. 구체적으로 말하자면 너무 긴장해서 거동이 이상해질 것 같다.

에잇, 될 대로 되라!

"……아암."

"앗?! 유우!"

에노모토의 와플에 달려들었다.

기세에 몸을 맡겨 와구와구 전부 먹었다. 꿀꺽 삼키고 나서, 엄지를 척 세워 보였다. 참고로 히바리 씨처럼 이가 반짝이지는 않는다.

"에노모토 양, 잘 먹었습니다!"

"으, 응. 나야말로……."

에노모토가 엄청 부끄러운 듯이 의자에 주저앉아 버렸다. 나야말로는 무슨 소리야?

뭐 상관없나. 그것보다, 이걸로 위기는 극복됐겠지…….

"그럼, 히마리. 그쪽은 내가 스스로 먹을…… 아아?!"

히마리가 와구와구와구, 남은 와플을 전부 먹었다. 우물우물 먹으면서 게슴츠레 불쾌한 듯한 표정을 하고 있다.

"히마리. 와플 주는 거 아니었어?"

"애신쟈아에주와우으어어."

"뭐라고?"

"응. ……배신자한테 줄 와플은 없어."

진짜냐. 그쪽 스트로베리 소스도 살짝 기대하고 있었는데…….

애초에 히마리는 왜 기분이 안 좋은 거야. 네가 쓸데없는 짓을 하니까 이렇게 되는 거지. 나는 처량한 마음을 품은 채 계산을 마쳤다.

푸른 바다!
눈부신 태양!
그리고 물가에서 노는 미소녀 둘!
"아하하! 자, 에놋치!"
"히이. 차가워!"
꺄꺄, 거리며 서로 물을 뿌리더니 찰방찰방 뛰어다닌다. 튀어오르는 물방울이 태양의 빛을 반사해 눈부시게 반짝였다.
찰칵.
나는 스마트폰의 셔터를 계속 눌렀다. 저쪽 서퍼분이 보면 아무리 봐도 수상한 사람 아닐까? 아니, 망설이지 마라. 나를 위해서 해주고 있는 거니까. 내 영감이 솟아오를 때까지 마음을 무로 하고 계속 찍는 거다.

한차례 촬영을 끝낸 뒤, 둘을 향해 손을 흔들었다. 히마리와 에노모토가 물살을 철벅철벅 차면서 돌아왔다.
"우이—. 어떻습까—?"

"히이, 진심으로 물 뿌리던데……."

에노모토가 카디건과 스커트 등을 신경 쓰고 있다. 뭐, 바닷물은 그냥 세탁으로는 잘 안 씻기니까.

히마리가 "미안미안" 하고 말하며 에노모토에게 타월을 건넸다.

"내일부터 학교 안 가도 되니까, 우리 집에서 세탁할까?"

"괜찮아. 히이네 집에서 갈아입으면 사이즈가 맞는 옷이 없어서……."

히마리가 움찔 반응한다.

"우후후―. 자연스럽게 내 가슴에 시비를 걸 줄이야, 에놋치도 꽤 하네―♪"

"…………진짜인걸."

히마리가 싱긋 웃으며 두 손을 꼼지락꼼지락 움직였다.

에노모토가 움찔움찔 뒤로 물러서며 이마에 한 줄기 땀방울을 흘렸다.

"좋아―, 유죄다 임마―!"

"잠깐, 히이?! 그만해!"

이봐. 너무 뛰어다니면 모래에 발이 걸려서 넘어진다―.

영감을 찾아서 시험 삼아 근처 해변에 왔더니, 둘 다 너무 텐션이 높다. 역시 여름의 바다는 본능을 개방시키는 모양이다.

꺅꺅거리며 떠드는 여자 둘을 무시한 채 방금 찍은 사진을 체크했다. 몇 개 정도 느낌이 좋은 게 있지만, 뭔가 좀,

한 끗이 모자라달까…….

"귀엽게 찍힌 것 같은데—."

"우왓."

히마리가 갑자기 스마트폰을 들여다봐서 쫄았다. 미소녀를 이성으로서 인식해 버리면 무슨 일을 당하든 가슴이 덜컥해서 심장에 안 좋다.

에노모토도 사진을 보고 "괜찮지 않아?"라고 말했지만…….

"음. 여름……이라는 느낌은 드는데."

"추억은?"

"포카리스웨트 광고 같아."

그게 문제지.

이것도 이것대로 멋지지만 이번 테마에는 어울리지 않아 보인다. 아니, 클라이언트인 쿠레하 씨에게 어울리지 않아 보인다. 그 사람은 새빨간 립스틱과 반짝반짝한 파운데이션이 어울리는 이미지니까. ……아니면, 아랑이라는 별명을 가진 히바리 씨조차 입 다물게 하는 가장 오래된 용이라든가.

"쿠레하 씨와의 약속은 오봉이 끝날 때까지니까…… 기한은 3주 남았나."

이번에는 양산하는 물건이 아니니 디자인에 집중할 수 있다. 여유가 생긴다면 패턴을 몇 개 정도 만들고 싶었다. 우리의 미래가 걸려 있으니, 평범하게 해서는 안 된다. 그렇게 생각하면 즐거운 여름방학에서 상당히 멀어져 버리는구나.

해변에서 올라온 뒤 방풍림을 걸으며 국도 쪽으로 향했다.

그 도중에도 이야기를 나눴지만 느낌이 딱 오는 제안은 나오지 않았다.

"음. 오봉에는 내가 없거든―. 그때까지 딱 정해두고 싶네―."

에노모토가 고개를 갸웃했다.

"어라? 히이, 오봉에 어디 가?"

"히마리는 이 시기엔 아버지 쪽 집에 인사하러 가니까."

그러자 히마리가 검지로 에잇 하고 내 이마를 찔렀다.

"나 없는 사이에 바람피우면 안 된다♪"

"바람이라니."

"참고로, 나는 그쪽에 있는 여자애들이랑 놀고 올 거야―."

"약속이 대등하지 않은데……."

히마리가 없으면 나도 일정이 없으니, 딱히 상관은 없지만.

문득 뒤에서 시선을 느껴 돌아봤다. 에노모토가 "그 말은, 유 군이랑 둘이서 데이트할 찬스?!"라는 느낌으로 눈을 반짝반짝 빛내며 보고 있었다.

"……나, 액세서리 만들기에 집중해야 해."

"칫."

에노모토 양, 혀 찬 거지? 응? 혀 찬 거 맞지?

저번 폭주 이후로 에노모토는 어두운 부분을 숨기려고도 하지 않아서 가슴이 두근거린다. ……물론 사랑의 두근거림이라는 의미는 아니다.

방풍림에서 나오자 로손 편의점이 있었다. 히마리와 에노모토가 "나 아이스 망고!" "나는 초코!"라고 외치며 도도도 달려 갔다.

나는 뭘로 할까. 아까 단맛을 먹었으니 이번엔 로손의 L 치킨으로…… 아니, 바닷바람을 맞아서인지 목이 마르네.

로손에서 우리와 교대하듯이 초등학생 집단이 나갔다. 아이스크림이나 주스를 들고 시끌벅쩍 떠들고 있다.

역시 초등학생. 이 더위에서도 건강하게 밖을…… 아, 다들 스위치 들고 있네. 이제부터 저 중에 누군가의 집에 가서 게임 삼매경인 건가.

그 아이들을 지켜보다가 나도 안으로 들어갔다. 에어컨 최고. 문명 만세.

"……으응?"

방금 스위치를 들고 있던 아이들 쪽을 돌아봤다.

그 뒤로 혼자서 으음, 하고 생각에 잠겼다.

"뭐 안 사?"

"아, 히마리. 빨리 샀네……."

"아니―, 아까부터 입이 심심했거든. 아무리 그래도 이 더위 속에 요구르피를 들고 다닐 수는 없고."

그러면서 아이스 망고를 빨대로 푹푹 깨는 히마리. 그러고는 쭈욱 빨더니…… 아, 머리 아파 하고 있다. 좋은 집안의 아가씨는 어디로 갔나.

"유우. 아까 표정이 심각하던데 무슨 일이야?"

“아, 그거 말인데. 저 애들의 스위치를 보고 떠올린 게 있
어서…….”

히마리가 이상하다는 듯이 고개를 갸웃했다.

나는 그녀에게 아까 떠올린 것에 대해 이야기했다.

그다음 날.

우리 셋은 점심이 지난 시간 어느 장소를 찾았다.

상점가의 뒷길을 지나면 나오는 주택가의 구석. 거기에
한 채의 단층집이 있다. 주위는 흙담으로 둘러 싸여 있고,
입구에는 ‘아라키 꽃꽂이 교실’이라는 작은 간판이 있다. 검
은색 매직으로 ‘예약제’라고 덧붙여져 있지만, 중요한 전화
번호는 아무 데도 쓰여 있지 않다.

에노모토가 두리번두리번 하면서 물어봤다.

“여기가, 유 군이 다니는 곳이야?”

“응. 고등학교에 입학하고는 안 왔지만…….”

지극히 좁은 정원에는 차분한 색 조합의 분재들이 늘어서
있다. 화려함은 없지만, 모두 품성이 느껴져 아름답다. 그
것들이 조화를 이루며 앞을 지나가는 사람의 마음을 치유하
는 것이다.

그 정원에서 아이들의 떠들썩한 소리가 났다.

두 사람과 함께 입구 문을 넘어 현관의 인터폰을 눌렀다.

집 안에 띵동 하는 소리가 울렸지만, 집주인의 목소리가 들려온 것은 정원 쪽이었다.

"이쪽이에요—."

현관에서 정원 쪽으로 나아갔다.

처마 밑에 근처에 사는 초등학생들과 포켓몬을 하며 놀고 있는 묘령의 여성이 있었다.

검은 머리칼을 뒤로 한 줄기로 묶고, 검은 테 안경을 쓰고 있다. 러프한 캐미솔에 딱 붙는 청바지라는 복장이다.

이 꽃꽂이 교실의 선생으로, 이름은 아라키 유미. 나는 그냥 아라키 선생님이라고 부르고 있다.

그녀는 우리를 보고 싱긋, 산뜻한 미소를 지었다.

"오, 나츠메 군. 잠깐 기다려."

그렇게 말하고 시선을 스위치에 돌리는 선생님.

초등학생들이 대전 중인 남자애 뒤에서 꺅꺅 응원을 보내고 있다. 그 대전 상대인 아라키 선생님이 번뜩 눈을 빛냈다.

"받아라, 필살의 고스트 타입!"

"우와, 따라큐는 반칙이지 선생님!"

유치하네…….

초등학생을 진심으로 뭉개는 30대를 보며 나는 머쓱함을 느끼고 있었다. 아라키 선생님은 승리의 여운에 잠기며 초등학생들에게 1000엔짜리 지폐를 두 장 쥐여줬다.

"저기 슈퍼에서 아이스크림 사 오렴."

초등학생들이 환호성을 지르며 나갔다.

아라키 선생님은 이쪽을 향하더니 멤버들을 훑어봤다.

"이누즈카 오랜만이네…… 어라, 또 예쁜 애가 늘었네."

"에, 에노모토 리온이에요. 안녕하세요!"

"아하하. 그렇게 긴장하지 마. 아라키야. 유행에 뒤처진 꽃꽂이 교실을 하고 있어."

그 유행에 뒤처진 꽃꽂이 교실을 다니던 사람이 눈앞에 있는데요…….

내가 리액션을 어떻게 해야 할지 곤란해하고 있자, 아라키 선생님은 샌들을 벗고 우리를 안으로 불러들였다.

"기다렸지. 이쪽으로 들어와."

히마리, 에노모토와 함께 신발을 벗고 안으로 들어갔다.

16㎡ 정도의 일본식 방…… 평소에 꽃꽂이 교실을 여는 장소다.

거기서 기다리고 조금 지나니 아라키 선생님이 주방에서 돌아왔다.

쟁반에 올린 보리차와 우리가 가져온 과자 선물이 있다. 그걸 같이 먹으면서 선생님에게 말했다.

"포켓몬 열심히 하시네요."

"아니, 나츠메 군이 다닐 때 배운 게 취미가 되어버렸어."

"그래도 초등학생 상대로 메타를 고려한 전력 발휘는 좀 그렇지 않아요?"

"이 세상은 약육강식이야. 언젠가 그 애들도 깨달아 주겠지."

진심으로 유치하네…….

그래도, 저렇게 초등학생과 같은 시선으로 놀아주는 어른이란 요즘 시대에 드문 것이 사실이다. 나한테도 처음 다녔을 때는 상당히 잘해주었고.

"그건 그렇고, 너도 드디어 이누즈카 말고도 첩을 두는 나이가 되었구나."

"아라키 선생님. 말이 이상하잖아요. 그런 식으로 말하지 말아주실래요?"

"아하하. 이누즈카, 요새 **남편**은 어때?"

아라키 선생님이 묻자 히마리가 보리차를 마시며 어깨를 으쓱였다.

"꽃 바보인 건 여전해요—."

"여전하구나."

"꽃보다 내 기분 맞춰주기도 열심히 해줬으면 좋겠는데—?"

"그건 중요하지."

둘이서 깔깔 웃는다. 아라키 선생님은 "그렇다는데?"라며 내 쪽으로 시선을 돌렸다.

나는 무심코 헛기침으로 얼버무렸다. 이 사람, 히마리가 처음 개인전에 왔을 때부터 계속 나를 남편 남편하고 놀려댄다.

"그것보다, 오늘 갑자기 찾아와서 죄송해요."

"예약도 없었으니 괜찮아. 벌써 1년 만인가? 무슨 일이야?"

"잠깐 이유가 있어서, 여기서 다른 사람의 작품 같은 걸

볼 수 없나 해서……."

"호오. 네가 다른 사람의 작품을 보고 싶어 하다니 신기하네. 보아하니 영감이 안 떠오르는 거지?"

"그런 느낌입니다……."

아라키 선생님이 일어서서 복도로 나갔다.

"여름의 개인전은 다음 달이니까 옛날 작품의 사진밖에 없어. 그래도 괜찮아?"

"아, 네. 물론이죠."

아라키 선생님은 방에서 나가더니 앨범 몇 권을 꺼내 왔다. 그걸 최신 것부터 순서대로 펼쳐봤다.

"슬슬 디지털로 넘어가고 싶은데 시간이 없어서."

"인스타 같은 건 안 하세요? 다른 꽃꽂이 교실 중에는 하는 곳도 있던데."

"지금은 학생들 상대보다 게임하고 있는 게 즐거워서."

"아라키 선생님……."

내가 초등학생 때 이 교실에 처음 신세 졌을 무렵의 이야기다.

아라키 선생님은 그 시절의 나와 의사소통을 원활히 하고자 닥치는대로 아이들이 좋아할 만한 놀이에 손을 댄 모양이다. 결과적으로 나는 전혀 걸려들지 않았고 아라키 선생님만 깊은 늪에 빠지게 되었다.

일단 앨범을 넘겨 봤다.

올해의 전시에 출품된 작품이나 리폼 업자들의 의뢰로 설

계한 정원 사진 같은 것들이 나열되어 있다.

그걸 한 장 한 장 보고 있는데, 문득 나와 히마리의 사진이 보였다. 아니, 거기서부터 몇 페이지 동안 쭉 나와 히마리의 중학교 시절 사진뿐이었다. 처음에 개인전을 보러 온 뒤로 가끔씩 히마리도 다니게 됐었지. ……이 사진에 있는 괴상한 꽃꽂이들을 보면 결과는 뻔하지만.

에노모토가 흥미롭다는 듯이 들여다봤다.

"히이, 지금보다 귀엽네."

"에놋치—? 지금은 귀엽지 않다고 말하고 싶은 건가—? 으응—?"

아라키 선생님이 웃으며 말했다.

"그 시절 이누즈카는 머리가 길었었지. 이제 안 기르는 거야?"

"으음—. 유우가 땜질 인두로 내 머리를 태우지 않게 되면 생각해 볼까 해요."

"이렇게 예쁜 머리인데 아깝네. 뭐 나츠메 군은 이누즈카의 쇼트컷도 좋다고 말했으니 괜찮지 않을까?"

아, 잠깐…….

"호오—?"

히마리의 눈이 번쩍 빛나더니 훅 얼굴을 가까이 가져왔다. 엄청 기분 좋은 듯이 웃으면서 내게 붙는다.

"우후후—. 유우, 그거 진짜야?"

"이, 일반론적인 얘기야. 어디까지나 일반적으로 히마리에게 어울린다는 얘기고…….”

“어라—. 좋아한다는 건 주관이잖아? 그 말은 즉 유우가, 지금의 나를 너무너무너무 좋아하고 사랑한다는 거지?”

“아니, 이거 머리카락 얘기 맞지? 너무너무너무 좋아하고 사랑하면 위험하지 않아? 그리고 이 얘기를 파고들 필요가 어딨는데? 앨범이나 계속…….”

“아니거든—. 이번 승부는 주관과 편견을 꺾어 누를 만한 것을 만드는 과제잖아? 즉, 유우의 안에 든 주관과 편견에 초점을 맞추기 위해서라도 이 얘기를…….”

도움을 구하며 에노모토 쪽을 봤다.

정작 에노모토는 어째서인지 자기 머리를 잡고는 복잡한 얼굴로 생각에 잠겨 있었다.

“……자를까.”

“안 잘라도 돼! 에노모토 양은 지금 헤어스타일이 좋다고 생각해!”

위험하네 얘!

히마리가 머리카락을 자른 경위는 그렇다 치고, 좀 더 자신을 소중히 했으면 좋겠다.

그런 와중에 문득 사사키 선생님이 제안을 했다.

“기분 전환 삼아 하고 갈래?”

“예약 안 했는데 괜찮아요?”

“뭐, 미경험자도 있는데 사진만 보여주는 것도 시시하잖아.”

에노모토가 흥미 있다는 듯 눈을 반짝이고 있다.

"에노모토 양, 해볼래?"

"응. 하고 싶어."

그럼 결정, 하고 사사키 선생님과 함께 준비에 들어갔다. 문득 시선을 느껴 돌아보니 히마리가 살짝 미묘한 표정으로 보고 있었다.

"히마리도 할 거지?"

"아, 그게⋯⋯."

살짝 망설이는 기색.

하지만 히마리는 다시 평소 같은 밝은 미소로 말했다.

"나는 둘이서 하고 있는 걸 볼래."

"어, 진짜?"

웬일이지. 예전에는 자진해서 하고 싶다고 했었는데.

거기에 살짝 위화감을 느꼈지만, 나는 신경 쓰지 않았다. 그것보다는 오랜만에 하는 꽃꽂이에 살짝 마음이 들떠 있었으니까.

뭐, 오늘은 더우니까. 살짝 지쳤구나 싶었던 거다.

어릴 때부터 나는 무언가를 만드는 게 서툴렀다.

손재주는 좋은 편이고 요령도 좋다. 하지만 무언가를 만들려 하면, 반드시 도중에 질려버린다. 초등학교 때 했던 미술 공작도, 음악 같은 것도, 요리도. ⋯⋯그리고 꽃꽂이도.

엄~청 옛날에, 오빠가 이런 말을 했었다.

『히마리. 너는 완성을 이미지하고 몰두하는 게 서투르구나.』

그것이 엄청 정곡을 찔렀다.

나는 기본적으로 무엇이든 할 수 있다. 완성까지의 길만 제시되면 그걸 완전히 따라 하는 건 특기였다.

공부도, 스포츠도, 게임이나 음악 같은 것도.

처음에 '답은 이래요'라고 들은 뒤 그걸 따라 하면 모두가 칭찬해 주었다. 그 대신, 자유롭게 해보세요, 라고 하는 부분에서는 깜짝 놀랄 만큼 서툴렀다. 그런 수업에서는 대체로 선생님이나 다른 학생의 것을 견본 삼아 만들었었다.

그거면, 됐는데 말이지.

왜냐면 그 흉내조차 완벽히 할 수 있는 사람은 적잖아? 나는 나대는 게 너무 좋았고, 모두가 나를 추켜세워 주는 게 만족스러웠다.

하지만 어느 날 TV를 봤다. 버라이어티 방송인데, 관동 지방의 커다란 동물원에 있는 원숭이가 출연했었다. 그 애가 출연자의 흉내를 낼 때마다 연예인이나 관객 언니들이 꺄꺄 떠들어댔다.

(……아, 이거 나잖아.)

그렇게 생각해 버렸다. 말 그대로 원숭이의 흉내.

그 뒤로, 자신의 가치가 0인 듯한 기분이 들어 무엇을 해도 재미가 없었다. 예뻐서 좋아한다고, 사귀자고 하는 남자애가 있어도 어째선지 결국에는 내게 정말로 사랑을 요구하는 건 뭐지 싶었고, 딱히 내가 아니어도 될 거라고 생각했다.

처음부터 당신을 좋아하는 애를 찾아서 예쁘게 하시죠, 시간 낭비예요.

그런 느낌으로도 닿아 있었던 게 유우와 만났던 시절의 나였다.

유우와 함께 있는 건 즐거웠다.

나를 진심으로 믿어줬으니까. 그전까지는 거의 친구가 없었던 모양이라, 병아리를 기르는 듯한 기분이었다.

히카루 겐지[*]였나? 자기 취향의 여자애를 기르려고 했던 변태. 고전문학 교과서에서 읽은 정도밖에 모르지만, 나도 마치 그런 기분이었겠지.

스스로는 아두것도 만들 수 없는 나는 유우의 꿈을 돕는 것으로 자신만의 가치를 얻으려 했다. 유우가 그런 조금 교활한 의도를 눈치채지 못하는 것을 이용해서.

……하지만 나는 실패했다.

아니, 애초에 성공할 수 없는 상대를 골랐던 거겠지. 나는 유우에게서 유일무이한 가치를 얻는 대신에, 유우의 액세서리를 바깥세상에 알렸다. 그 결과, 에놋치 같은 **나보다 어울리는 상대**를 끌어들여 버린 것이다.

아라키 선생님의 꽃꽂이 교실.

좋은 향기가 나는 다다미 위에서 뒹굴거리며, 나는 그런

---

* 일본의 고전문학 겐지모노가타리의 주인공.

생각을 하고 있었다.

시선 끝에는 유우와 에놋치가 둘이서 화목하게 꽂꽂이 도전을 하는 중이다. "해볼래?"라고 한 아라키 선생님은 정원에서 적당한 화초를 가져오더니, 도구만 주고 다시 초등학생들과 포켓몬을 하러 갔다. 어쩔 수 없이 남은 유우가 에놋치에게 레슨을 해주는 모양새가 되었는데…….

"……유 군. 어려워."

"음. 그러게."

꽂꽂이 그릇에 호화롭게 들어찬 화초의 산을 보며, 둘이서 끙끙대고 있었다.

확실히 대단하다. 굳이 말하자면 플라워 카츠동이라는 느낌. 내가 남 말 할 처지는 아니지만, 나랑은 다른 방향으로 센스가 없는 것 같네—.

아라키 선생님의 교육 방침은 '일단 즐겁게'라, 까다로운 기본 기술을 가르치기 전에 마음대로 하게 둔다. 유우도 그걸 본받으면서 시작했지만, 의외로 에놋치는 미적 센스가 탁월하지 않은 듯하다. 어제의 와플 꼬치도 심각했고.

(역시 자유롭게 한다는 건 어려워.)

나는 왠지 모르게 마음속으로 안심하고 있었다. 왜냐하면, 여기서 미경험자인 에놋치가 화려하게 완수해버리면 내가 정말 비참해지잖아.

그런 생각을 하는 사이 유우가 에놋치의 플라워 카츠동에 손을 댔다.

아무튼 마구 꽂아둔 꽃을, 정성스럽게 빼기 시작하는 유우. 꽃꽂이 그릇을 텅 비게 한 뒤, 뽑았던 화초들을 손에 집었다. 그리고 침봉에 상처 입은 줄기의 끝부분을 꽃꽂이 가위로 잘라내면서 말했다.

"일단 익숙해지기 전까지는, **면**으로 보여주는 걸 의식하면 좋아."

"면이라니?"

"꽃꽂이는 360도 모든 방향에서 감상할 수 있지만, 일단은 그걸 한 면으로 좁히는 거야. 처음부터 100%를 노리는 게 아니라 일단 30%를 100%처럼 보이게 하는 느낌. 이러면 이미지를 주기가 쉬울 것 같은데."

모르겠어~~~~.

옆에서 듣고 있는 나는 전혀 모르겠는데? 30%를 100%로 만든다는 게 무슨 계산식인데? 늘 유우의 액세서리 제작을 보고 있는데도 무슨 말인지 전혀 모르겠다.

와―, 유우의 눈이 엄청 반짝반짝 빛나고 있어. 정말로 꽃에 관련되면 즐거워 보이는구나―. 하지만 모르겠다. 아마 에놋치도…….

"아, 그렇구나."

어라?

에놋치는 태연하게 말하더니 꽃꽂이 그릇을 살짝 회전시켰다.

"이쪽 앞면에서 보이는 부분만, 우선 보기 좋게 한다는 거지?”

“맞아맞아. 뒤쪽은 완전히 무시하는 거야.”

“우리 가게에서 현관 쪽만 깨끗하게 청소하고, 보이지 않는 뒷문에는 상자를 쌓아두는 느낌이네.”

“으음. 뭐, 그런 거긴 한데…….”

그리고 둘이서 다시 그릇에 꽃을 꽂아간다.

“꽃의 수가 너무 많은 것도 사실은 별로 좋지 않아.”

“그런 거야?”

“꽃꽂이와 플라워 어레인지먼트는 살짝 즐기는 방법이 달라. 꽃꽂이는 공간을 즐기는 거라고 하면 되려나.”

“아, 살짝 알 것 같아. 케이크도 먹기 전의 기대감이 묘미니까.”

“그래그래. 그런 느낌. 꽃의 숫자에도 정석이 있어서…….”

……둘이서 내가 모르는 이야기를 하고 있는 것을, 빤히 지켜보았다.

에놋치의 두 번째 꽃꽂이는 완성까지 시간이 얼마 걸리지 않았다. 그걸 보고 나는 그저 멍하니 있었다.

(……예뻐.)

작은 백합꽃이 한 송이 중앙에. 거기에 흥을 더하듯이 주변에 조금 적은 수의 초목이 장식되어 있었다.

단 한 송이의 주역을 돋보이게 하기 위해, 그 모든 것이 있다. 지금 이 방에 있는 우리들조차 가련한 순백의 꽃을 즐기기 위한 도구로 전락한 듯한…… 그런 기분이 들었다.

아직 서투르다는 것은 알겠지만, 품위가 있어 멋지다고 생각했다. 순수하게 꽃의 아름다움만을 표현하려고 한 결과, 그 이외에는 아무것도 보이지 않는 듯한 모티브.

뭐랄까, **에놋치가 본 유우** 같았다.

"유 군. 어때?"

"엄청 좋아. 내가 여기 처음 다녔을 때보다 더……."

완성된 작품을 둘이서 즐겁게 같이 보고 있다. 그 둘의 배치가 정말로 자연스러웠다. 뭔가 한참 예전부터 그랬다는 느낌.

(……어째서, 저 감성을 가진 게 내가 아닌 걸까.)

유우를 향한 사랑을 눈치챈 이후로 그런 마음이 지금까지도 나를 힘겹게 한다.

아무리 차 있어도 만족할 수 없다.

나는 욕심쟁이니까. 언제나 가진 것보다 가지지 못한 것을 보게 된다.

짧은 보브컷으로 자른 머리카락이 다다미 위에 느슨히 펼쳐졌다. 그걸 손가락으로 만지며 장난 삼아 감아봤다. 보슬보슬해서 느낌이 좋다. 언제나 윤기 있고 반들반들한, 할머님께 물려받은 옅은 색의 머리칼.

좀 전에 아라키 선생님이 했던 말을 다시 떠올렸다.

『이렇게 예쁜 머리인데 아깝네.』

중학교 시절. 유우가 액세서리를 만들 때, 인두 납땜으로 내 머리카락을 태워버린 적이 있었다. 아니, **그냥 있었던게**

아니라 **자주 있었다.**

유우의 뒤편에 달라붙어 작업하는걸 보고 있으면, 작업에 집중한 유우의 납땜기가 닿아서 타버리는 거다.

곱슬곱슬하게 탄 머리 끝을 보고 매번 유우가 사과하는 게 안쓰러웠다. 애초에 내가 신경 쓰면 되는 일이었으니까.

그런 이유로 고등학교에 올라가면서 그냥 싹둑 해버렸는데.

『히이, 지금보다 귀엽네.』

에놋치에게 악의가 없다는 건 안다.

솔직히 나도 중학교 따가 더 귀여웠다고 생각한다. 하지만 유우의 열정적인 눈동자를 독점하기 위해서는, 긴 머리가 방해였으니까.

(……실은 머리 긴 거 좋았는데.)

있지, 유우.

만약 내 머리가 길었다면.

에놋치랑 비슷할 정도로 길고, 좀 더 여자애 같은 성격이었다면.

나만을 봐주었을까?

에놋치보다도, 나를 좋아해주었을까?

……그런 소녀 같은 생각을 하는 나도 참 기분 나쁘네. 살짝 소름이 돋았어. 역시 안 어울려.

(잠깐 바깥 공기 좀 마시고 올까—.)

쳇, 하고 삐지며 정원 쪽으로 나갔다.

아까까지 시끄럽게 굴던 초등학생들이 사라지고, 아라키 선생님이 혼자서 담배를 피우는 중이었다.

처마 밑에 늘어뜨린 풍령이 딸랑딸랑 상쾌한 소리를 연주했다.

"선생님—. 아까 그 애들은?"

"집에 갔어. 내일은 같이 여름방학 숙제 할 거야."

"……이럴 거면 꽃꽂이 교실이 아니고 초등학생용 학원이 좋지 않아요?"

아라키 선생님은 "가방끈이 짧아서"라며 웃었다.

그러고는 꽃꽂이 교실 쪽을 돌아보더니 입에서 연기를 내뱉었다.

"에노모토랬나? 나츠메 군이 초등학생 때 말했던 히비스커스 여자애 맞지?"

"……선생님, 눈치챘어요?"

아라키 선생님이 어깨를 으쓱했다.

아무래도 처음 보는 사람마저 알 정도로 어울리는 느낌인가보다. 기죽네.

"에노모토도, 나츠메 군을 좋아하는구나?"

"엄청나요. 일단 7년이나 짝사랑했다고 하니까."

"나츠메 군은 지금도 걔를 좋아해?"

"입으로는 아니라고 하지만, 사실 좋아해요."

요새는 에놋치만 보고 있으니까. 본인은 그렇지 않다고 하지만 그냥 다 보인다. 내가 눈치 못 챌리가 없잖아.

아라키 선생님이 웃었다.

"청춘이네. 마음껏 고민하렴."

"우와, 귀찮아져서 이야기 끊는 거 봐!"

"그야 그렇지. 전에는 연애 감정 0이었던 이누즈카가 갑자기 얀데…… 사랑에 빠진 소녀 무브를 하고 있으니 대처가 곤란해."

"얀데레 아닌데요?!"

"아하하. 내가 볼 땐 엄청났거든—? 나츠메 군이랑 에노모토를 쏘아 죽일 듯이 빤히 보고 있으니."

"그런 말은 안 해도 돼요! 선생님 성격 나빠!"

아라키 선생님이랑 시끄럽게 굴며 장난치는데, 뒤에서 목소리가 들렸다.

"히마리. 잠깐 이거 봐줄래?"

움찔했다.

어, 유우? 방금 얘기 들렸나?

식은땀을 줄줄 흘리며 돌아보자, 유우가 태연한 얼굴로 손짓을 하고 있었다. ……아, 안 들린 것 같다. 그것도 그것대로 열받네.

교실로 돌아가자 에놋치가 앨범을 펼쳐서 보고 있었다.

"왜 그래—? 꽃꽂이 체험은 끝났어?"

"내가 예전에 뭘 만들었는지 이야기가 나와서. 사진을 찾고 있었는데…….”

그렇게 말한 유우가 어느 사진을 가리켰다.

“앗.”

나는 숨을 삼켰다.

커다란 해바라기로 만든 크리스마스 리스.

내가 처음으로 이곳에서 한 개인전을 보러 갔을 때 있던 거. 잊을 리가 없다. ……유우가 처음으로, **나를 위해** 만들어 준 플라워 어레인지먼트니까.

“쿠레하 씨와의 승부. 해바라기는 어때?”

“응응! 테마에도 딱 맞고, 좋은 것 같아!”

나는 무심코 텐션이 높아져 버렸다.

이 녀석─. 깜찍한 부분도 있잖아. 나한테는 흥미 없다는 듯이 해놓고, 사실은 나를 제대로 보고 있다니까─. 유우도 참, 사실은 나만 생각하고 있으니까 미워할 수가 없어!

……그렇게 혼자 덩실거리는데 유우가 말했다.

“방금 에노모토 양이 이 해바라기가 좋다고 말했어.”

“……어?”

나도 모르게 원래 톤이 됐다.

유우는 그걸 눈치채지 못하고 살짝 자랑스럽게 설명했다.

“게다가 해바라기라면 쿠레하 씨의 화려함에도 지지 않으니 딱이라고 생각해. 에노모토 양이라는 인상이 비슷한 모델도 있으니 이미지를 맞춰 보기 쉬운 것도…….”

“그, 그렇, 구나…….”

에놋치도 자랑스러운 듯 의기양양한 얼굴을 하고 있다. 유우에게 칭찬받은 게 기뻐서 참을 수가 없다는 느낌. 그 충견 같은 태도가…… 나를 오싹하게 만들었다.

갑자기 뒤에서 누가 어깨를 두드렸다. 돌아보니 아라키 선생님이 곤란해 보이는 미소를 보내고 있었다.

"이누즈카. 쿨하게."

"…………."

주머니에서 상비용 요구르피를 꺼내서 빨대를 꽂아 쪼옥 마셨다. 쿨다운 완료. 의아해하는 유우와 에놋치 쪽을 보며, 최선의 미소를 만들었다.

"해바라기, 괜찮은 것 같은데?"

유우와 에놋치는 기쁜 듯이 서로 얼굴을 마주 봤다. 그것이 또 내 가슴에 작은 가시를 박는 줄도 모르고.

이렇게 해서, 쿠레하 씨와의 승부를 위한 액세서리의 모티브는 완성됐다.

III | "사랑의 고백" for Flag 3.

며칠 뒤, 이른 아침.

나는 시내에 두 개 있는 역 중 최근에 생긴 곳에 있는 스타벅스에 있었다. 실외 테이블에 앉아 회사원들이 오가는 모습을 멍하니 바라보는 중이다.

……역시 여름방학 중에도 사회는 돌고 있구나.

당연한 소리지만 어딘가 감개가 깊다. 그리고 우리들 역시 앞으로 2년이 지나면 저쪽에 합류하게 된다. 그리 생각하니, 이 여름방학이 귀중하게 느껴졌다.

그렇게 감상에 잠겨 있는데 픽업 존에 낯익은 새까만 외제차가 섰다. 물론 히바리 씨의 차다. 조수석에서 히마리가 내렸기에 나는 그쪽으로 향했다.

오늘의 히마리는 얇은 롱 셔츠에 7부 레깅스를 입고 있었다. 그리고 햇빛 가리개용으로 멋 부린 밀짚모자까지.

내 손에 있는 캐러멜 프라푸치노를 보더니, 히마리가 감탄했다는 듯 신음했다.

"……유우. 아침부터 잘도 그런 크림 잔뜩 들어간 걸 마시네—."

"어라. 좀 이상해?"

"속이 거북해지지 않나 해서."

"아니, 네가 먹는 대량의 요구르피보다는 괜찮을걸."

히마리는 "그럴듯해—"라며 웃더니 요구르피 종이팩을 꺼내 쪼옥 마셨다.

나는 운전석 창문을 통해 히바리 씨에게 인사했다.

"히바리 씨. 안녕하세요."

"오, 유우 군. 안녕."

선글라스를 벗고 싱긋 웃는 히바리 씨. 덤으로 이를 반짝였다. 여전히 치열이 너무 예쁘다.

"해바라기는 좋은 선택이라고 생각해. 쿠레하 군은 예전부터 화려한 걸 좋아했으니까."

"뭐, 아직 액세서리의 형태 같은 건 안 정해졌지만……."

"천천히 해도 괜찮아. 조급함은 품질의 저하로 이어지니까. 오늘 좋은 꽃이 찾아지기를 기도할게."

"감사합니다."

히바리 씨는 히마리 쪽에도 같은 미소를 보냈다.

"그럼, 히마리. 즐기고 오렴."

"네—."

히바리 씨는 애차를 출발시켜 이른 아침의 거리로 사라져 갔다. ……이런 점만 보면 평범하게 좋은 오빠 같은데 말이지.

"그럼 나도 마실 것 좀 사 올까나—."

"그러면 난 표 사 올게."

"어―. 유우도 같이 줄 서자―."

"스타벅스 음료를 들고 스타벅스에 줄을 선다니, 너무 뻔 뻔하잖아⋯⋯."

불만스러워 보이는 히마리를 두고 나는 매표소로 향했다.

리모델링 전보다 훨씬 예뻐진 카운터에서 목적지인 역을 전했다. 표 값을 지불하고 표를 받아 나왔다.

유리가 쳐진 스타벅스 안을 엿보자 히마리는 아직 주문 줄에 서 있었다.

옆에 있는 패밀리레스토랑에 들어가 아침식사용 빵을 구 매⋯⋯하려다가, 오늘은 주먹밥으로 했다. 언제나 우리 집 편의점 빵을 먹고 있으니 가끔은 쌀로 하자.

덤으로 졸음 퇴치용 껌을 사서 나오자, 마침 히마리가 찾 아왔다.

"에놋치가 못 온 건 아쉽네―. 가게 돕기 때문에 쉴 수가 없대."

"갑작스러웠으니 어쩔 수 없지. 뭔가 사 줄 만한 선물이 있으면 좋을 텐데."

출퇴근 패스를 가지고 있는 회사원들의 열에 서서, 요즘 시대에 굳이 사람이 서 있는 개찰구를 지나, 시골 특유의 개 방감 있는 넓은 홈으로 나온다. 시골 마을의 평화로운 경치 를 내려다보며 전차를 기다리기를 10분⋯⋯ 사이렌 소리와 함께 역에 특급열차가 들어 왔다.

신칸센 같은 모양을 한 열차에 나는 눈썹을 찌푸렸다.

“……자리가 좁은 편이네.”

“이런―. 유우, 머리 안 부딪히게 조심해…….”

그런 얘기를 하면서 들어가다가…… 나는 입구의 천장에 머리를 부딪혔다!

“아얏.”

“푸핫. 유우, 너무 들뜬 거 아냐?”

“시끄러워. 이 노선, 차량에 따라서 차이가 너무 심해.”

자유석 차량에서 비어 있는 자리를 잡았다.

히마리가 앉은 창가 쪽 좌석 뒤편에, 나는 웃차 하고 허리를 내렸다. 그러자 히마리가 머리 위에 대량의 ‘?’를 띄우며 돌아봤다.

“어, 유우, 왜 뒤로 가? 내 옆으로 와.”

“아니, 그게…….”

나도 모르게 갈을 우물거렸다.

이 차량은 좁다. 자리도 뭐 답답하다면 답답한 정도.

즉, 옆에 앉으면 히마리와 밀착하게 된다. 목적지에 도착하기 전에 내 멘탈이 죽을 것이다. 하지만 나는 그걸 자백할 수는 없어서 얼버무렸다.

“발을 뻗고 싶어서…….”

“아니아니. 지금은 괜찮아도 사람이 많아지면 민폐잖아. 이쪽으로 와.”

“어. 그렇지, 나는 옆에 사람이 있으면 죽어 버리는 병이라서.”

"변명이 너무 허접한데요—. ……뭐, 알았어."

히마리는 한숨을 쉬고 앞을 봤다.

사이렌 소리가 울리고 열차가 천천히 출발했다. 몸이 붕 뜨는 듯한 이상한 감각. 우리는 서서히 빠르게 흘러가는 창밖 경치를 지켜봤다.

그러다 히마리가, 앞좌석에서 빼꼼 얼굴을 내밀었다. 너야말로 다른 승객들한테 민폐 아니냐고 생각했지만, 긁어 부스럼이 될 듯하니 말하지 않았다.

히마리가 즐거운 듯이 말했다.

"유우랑 이렇게 멀리 나가는 거 오랜만인 것 같네—."

듣고 보니 그런 것 같다.

봄방학 때 오이타현에 있는 커다란 이온에 최신 영화를 보러 갔을 때가 마지막이다. 그로부터 4개월밖에 안 지났다는 게 놀라웠다. 이 고등학교 2학년의 봄은 너무 많은 일이 일어났었다.

그 시작은 틀림없이 에노모토 양과의 재회겠지.

"있지, 유우."

"응? 왜?"

"유우가 지금 무슨 생각 하는지 맞혀볼까?"

"……해봐."

그러자 히마리가 히죽 웃으며 눈을 가늘게 떴다.

좌석에 턱을 올리고 고개를 갸웃하는 히마리.

"에놋치가 없어서 쓸쓸하네—?"

“…………..”

아쉽네, 완전 틀렸어.

에노모토 양은 생각했지만, 그런 내용이 아냐.

나는 한숨을 쉬었다. 그러고 보니 히마리 녀석 4월쯤에는 이런 소리만 했었지. 나랑 에노모토 양을 엮는 건 이제 그만둔 거 아니었나?

“정답은 오늘 저녁은 뭘 먹을까였습니다.”

“저기, 아직 아침인데요—?”

“앗. 그러고 보니 주먹밥 샀었지.”

편의점 봉투에서 주먹밥을 꺼냈다.

그리고 먹다 만 캐러멜 프라푸치노와 같이 놓아 본다.

“……차도 사둘 걸 그랬네.”

평소엔 빵만 먹으니 신경을 안 썼다.

“히마리. 이 특급열차 자판기 없었나?”

“있을 것 같은데, 아마 지정석 차량 쪽…….”

열차가 덜컹 흔들린다.

히마리가 “앗” 하고 가방에 손을 찔러넣었다. 그리고 무려 페트병에 든 차를 꺼내더니, 내게 내밀었다.

“자, 유우. 내가 집에서 가져왔어.”

“와. 고맙다.”

이것도 내 행동을 예측한 건가? 아니, 너무 주도면밀한 거 아냐? 히마리 씨, 제 뇌에 칩 같은 거 심은 거 아니죠?

어찌 됐든 이 걸로 주먹밥을 먹을 수 있다. 아무리 단것을

선호하는 나라도 크림이 듬뿍 든 음료와 가다랑어포는 상성
이 안 좋다.

"……으응?"

"앗…….."

나와 히마리는 동시에 눈치챘다.

받은 페트병 내용물이 살짝 줄어들어 있었다. 아마 딱 한
입 마시고 그걸 잊은 채로 내게 건넸겠지.

뭔가 갑자기, 이 차가 판도라의 상자 같은 오라를 내기 시
작했다. 물론 기분 탓이겠지만, 그래도 내 멘탈에는 확실히
영향을 끼친다.

(역시 돌려줄까? 아니, 이제 와서 마실 거 같이 먹는 걸
싫어할 만한 사이가 아니잖아…….)

……뭔가 의식하는 것 같아서 반응하면 지는 느낌이다.

그렇게 망설이고 있자니 불쑥 히마리가 말했다.

"……에놋치한테 미안해?"

"어?"

히마리는 창밖을 보고 있었다.

아니, 창문에 비치는 내 얼굴을 보는 거겠지. 그런 느낌이
들었다.

"요새 유우는 나 피하잖아?"

"읏……."

미묘하게 눈이 맞는 걸 피하면서 히마리는 계속 질문했다.

"그건, 역시 에놋치한테 미안하다 싶어서야?"

“아니, 그런 게 아닌데…….”

“그럼 왜?”

“왜라니…….”

실은 너를 여자애로 의식해 버려서 솔직히 늘 두근거리는 바람에 죽을 것 같은데 가게를 연다는 목표가 있으니 솔직하게 고백해 버리는 건 꺼려져서야……라고 할 수 있겠냐!

펴, 평소처럼 가자. 아까부터 너무 긴장하고 있어서 입안이 끈적끈적한 게 기분 나쁘다. 이럴 줄 알았으면 귀찮아하지 말고 자판기를 찾으러 갈걸 그랬다…….

“……딱히 피하는 건 아니고, 에노모토 양이랑은 상관없어.”

“………….”

우왓?!

갑자기 히마리가 페트병을 뺏어갔다.

히마리는 그걸 꿀꺽꿀꺽꿀꺽꿀꺽 단숨에 원샷하더니, 호쾌하게 입가를 닦았다.

“푸핫―! 차 맛있어!”

“맛있어, 는 무슨! 갑자기 무슨 짓이야?!”

청바지가 살짝 젖었잖아!

내가 비난의 목소리를 높이자 히마리가 “푸하하하하” 하고 웃으며 타월을 내밀었다.

“미안, 미안! 자, 이걸로 닦아.”

“진짜 뭘 하고 싶은 건데? 갑자기 귀에서 큰 소리나 내고, 심장 떨어지는 줄 알았잖아.”

아까까지 진지한 척하고 있었잖아?

그러자 히마리는 후후후 하고 의미심장하게 웃었다.

"아니—, 유우의 에놋치를 향한 사랑을 측정해 주려고 했지—."

"그렇다고 마시다 만 차를 쓰는 건 무슨 발상이야? 그리고, 에노모토 양은······."

"네네. 유우 군은 솔직하지 못하군요—."

"대화가 성립이 안 되네······."

그래도 아무튼 위기는 벗어났다.

그 대가로 엄청 지쳤지만. 그리고 배가 고프다. 주먹밥 먹고 싶다. 하지만 목이 말라서 여기서 밥을 먹었다간 죽을 것 같다.

그런 생각을 하는데 히마리가 자리에서 일어섰다.

"사죄의 의미로, 내가 사 와줄게."

"어? 아냐, 내 일이니까 내가 갈게······."

"안 돼. 유우는 짐 보고 있어—."

히마리는 그렇게 말하고 지갑만 챙겨서 가버렸다.

앞쪽 차량으로 사라진 등을 멍하니 다시 떠올리다가, 나는 나른해졌다.

······내 절친이 뭘 생각하는지 진짜 모르겠네.

3개 칸을 나아간 뒤

자판기 앞 작은 공간.

강한 바람소리나 활주음이 울려퍼지는 가운데, 나는 혼자서 추~~~~~~욱 **처져** 있었다.

"하아아아아아아아아아……."

한숨과 함께 꾹꾹꾹꾹 자판기의 차 버튼을 눌러댔다. 아래쪽 배출구에서 덜컹덜컹 페트병 차가 떨어졌다.

(……오늘로 확실해졌네.)

유우는 나를 피하고 있어. 왜 굳이 앞뒤로 앉는 거야? 의미를 모르겠어. 최근엔 '푸핫'도 진심으로 싫어하는 느낌이 있고. ……좋아하는 애가 생기면, 남자애는 이렇게 바뀌는 거구나.

(안 돼. 이 이상 생각하면 안 돼. 안 그러면 **또** 나쁜 게 튀어나와…….)

유리창 너머로 바깥 풍경이 보인다.

고속으로 흘러가는 시골의 풍경. 유리창에 비치는 나는 오늘도 완벽하고 미라틀하게 귀엽다. 말 그대로 신에게 사랑받는 존재다.

하지만, 에놋치는 더 귀엽다. 외모 얘기가 아니라 내면 이야기.

나는 사랑받기 위해 태어난 인간이지만, 에놋치는 행복해지기 위해 태어난 인간이다. 에놋치와 접할수록 그것을 강하게 느낀다.

그리고 에놋치의 행복은, 분명 유우와 한 세트겠지.

유우가 나를 소중히 여겨질수록 내 더러운 부분이 커져 간다. 나 같은 것보다 좋은 애가 유우의 곁에 있다는 사실에서, 아무리 해도 눈을 돌릴 수 없다.

전에, 마키시마 군이 말했었지.

『네가 나츠가 모든 걸 버리려고 했던 각오에 어울리지 않는다는 걸 스스로 드러내기 전에, 승부를 지었어야 했다고.』

그때는 "하아?" 했지만 지금은 어쩐지 알겠다.

나는 고식적이고, 어찌할 수도 없을 만큼 이기적이다. 채워지지 않는 것을 참지 못하고, 타인을 상처입히는 것도 아랑곳하지 않는다. 그렇기에 이 본성이 고개를 내밀기 전에 결판을 지어야 했다.

정말로 엉망이다. 마지막에 유우를 손에 넣으면 된다는 걸 알고 있는데, **지금의 사랑**이 아무리 해도 방해를 한다. 절친으로서 있고 싶다는 자신보다도, 연인으로서 있고 싶다는 자신이 하루하루 더 커져 간다.

사랑을 알게 되고서 나는 인생이 즐겁다.

하지만 동시에, 문득 생각하고 만다.

"에놋치만 없었더라면——."

······?!

당황해서 뺨을 찰싹 때렸다.

안 돼, 안 돼.

엄청 나쁜 생각을 해버릴 뻔했다. 정말 최악이다. 슈퍼 인기 캐릭터에게 어울리지 않아. 생각을 전환하자, 나! ······ 사랑과 일에 힘쓰는 오피스 레이디인가?

나도 모르게 너무 많이 산 페트병 차를 손님들에게 나눠주면서, 나는 우우가 있는 곳으로 돌아왔다.

유우는······ 예의 바르게 주먹밥을 먹지 않고 기다리고 있었다. 아침노을에 비춰지며 눈이 부신 듯이 눈을 가늘게 뜨고 있다.

누구를 생각하고 있는 건지, 왠지 모르게 알 것 같다. 나는 가슴이 조금 아파오는 걸 느끼며 만들어낸 미소로 옆에 앉았다.

"유우. 기다렸지―."

"아, 히마리. 고마워····· 어어?! 차를 왜 이렇게 많이 샀어?"

"음―. 살짝 버튼을 막 눌러대고 싶은 기분이어서. 저질러 버렸어☆"

"그게 뭐야. 영문을 모르겠는데? 그리고 이거 진짜- 어쩔 건데?"

유우가 쓴웃음 지으며 차를 받았다.

그 허물없는 표정이, 뭐랄까 정말 나한테만 보여주는 것 같아서 심장이 꾹 조여왔다.

나는 몹쓸 여자다.

이제 승산이 없다는 건 알고 있다. 그런데도 유우가 웃어주면—— 어찌할 수도 없을 만큼 기뻐져서 정말 답이 없다.

♣ ♣ ♣

히마리가 함께 열차에서 흔들리기를 약 한 시간.

우리는 목적지인 마을에 도착했다.

고향의 거리와 비교하면…… 뭐, 비슷비슷하다. 풍경만 보면 딱히 멀리 온 기분은 안 든다.

역사가 느껴지는 기와 지붕의 목조 역에서 나왔다.

역에서 차로 20분 정도 가면 도착하는 모양이다. 택시를 타서 가는 동안, 우리 지역과 별로 차이 없는 거리를 보면서 히마리와 이야기를 나눴다.

"히마리. 점심은 어떡할래?"

"음—. 어떡할까……."

"그러고 보니, 전에 '마츠코가 모르는 세계'에서 소개된 교자집이 있었잖아?"

교자라고 하면 우츠노미야나 하마마츠가 유명하지만, 우리 지역에선 이곳도 상당히 괜찮은 곳으로 알려져 있다. 인터넷 판매도 하고 있는 모양이지만, 전에 TV에 소개된 이후로는 아직도 반년은 대기해야 한다고 들었다.

하지만 히마리의 대답은 붕 떠 있었다. 창밖의 풍경을 보면서 멍하니 끙끙거릴뿐.

"응―……."

"히마리?"

그제서야 내게 눈길을 주는 히마리.

"응?"

"아니, 점심."

"아, 응. 뭐든 괜찮아―."

"그, 그래……."

어쩐지 어른스럽다.

아까 차를 사러 다녀온 뒤부터 이런 느낌이다. 오랜만에 멀리 나와서 더 기분이 좋은 줄 알았는데.

"뭐, 일단 중요한 건 꽃이니까―."

"……그건 그렇네. 끝내고 나서 그때 기분 따라 정할까."

택시의 창밖에는 광대한 밭이 펼쳐져 있었다.

그 일각…… 일각이라기엔 눈에 가득 들어올 정도로 넓지만, 아무튼 거기에 올려다봐야 할 정도의 해바라기가 흠씬 늘어서 있었다. 지평선까지 이어지는 밭에, 쭉 해바라기가 서 있는 것이 장관이었다.

색색의 깃발이 달린 장대를 기점으로 삼아 택시에서 내렸다. 벽처럼 치솟은 해바라기 무리에, 나는 텐션이 올랐다.

"히마리! 미쳤어! 한 면이 다 해바라기야! 나보다 키도 크고! 꽃집에서 파는 것들보다 훨씬 크지 않아?! 응? 미쳤지 않아? 여기 해바라기 다 가져가도 되나?!"

"우후후—. 유우, 마음은 알겠지만 진정하지 않을래?"

꽤나 진지하게 타일러져서 조금 진정됐다.

히마리가 밀짚모자를 누르면서 눈부시다는 듯 눈을 가늘게 떴다.

"아라키 선생님한테 듣긴 했지만 대단하네—."

여기는 해바라기 생산량으로 일본 제일이라 일컬어지는 대농원이다.

연에 한 번 이렇게 여름 축제가 열리는 모양이다. 해바라기 밭 근처에 설치한 스테이지에서 지역 출신 예능인이나 밴드를 불러서 하는 공연. 해바라기 밭을 이용한 해바라기 미로 등의 액티비티. 식사를 위한 포장마차도 늘어서서 가족 단위로 즐길 수 있는 행사다.

그리고 뭐니 뭐니 해도, 여기서는 자기가 수확한 해바라기를 사서 돌아갈 수가 있다. 우리의 목적은 그거였다.

아라키 선생님에게 들었던 것보다 훨씬 사람이 많았다. 하지만 역시 손님들의 연령층은 높다. 가족 단위로 온 사람도 있지만 우리 같은 고등학생 집단은 보기 드문 것 같았다.

사회를 보는 아저씨가 시원한 토크를 하고, 근처에 있던 아저씨 아주머니들이 박수를 치고 있었다. 그 뒤를 지나가면서 바로 해바라기 판매 구역으로 가봤다.

"오오. 이건, 뭐라고 해야 되나, 어어……."

"이런 큰 꽃은 보기 힘들단 말이지—. 뭔가 지브리 영화 같은 데 나올 것 같아—."

"아아 맞아! 내가 말하려고 했는데!"

"으음—. 마음이 뜨거워지는 건 알겠는데, 텐션이 너무 높아서 귀찮아……."

너무하네…….

해바라기.

말하지 않아드 아는 한여름의 대표 꽃.

태양 같은 노랗고 큰 꽃송이가 특징이다.

해바라기는 큰 거라면 3m까지도 자란다. 꽃의 직경도 30cm까지 자랄 수 있다. 거인이라도 올려다 보는 듯한 감각이 들엇다.

중학교 때 다뤘던 해바라기보다 훨씬 크다. 이것이 제철 해바라기. 그 꽃을 지탱하는 줄기나 잎에도 묵직한 두께가 있다.

그것을 쓰다듬으면서 히마리가 찬찬히 말했다.

"해바라기는 잘 알고 있지만, 실물을 볼 일은 별로 없지—."

"해바라기는 사실 두 종류의 꽃으로 구성되어 있어."

"우와, 유우 시동 걸렸다."

"……별로 안 듣고 싶으면 괜찮아."

찬물이 끼얹어져 텐션이 떨어졌다. 시큰둥하게 삐져서 걸어가려는데, 히마리가 당황하며 후드티 소매를 잡아당겼다.

"우후후—. 농담이라니까. 아, 유우의 깨알 지식이 듣고 싶네—?"

"이렇게 기대가 높아진 상황에서 말하는 것도 너무 빡세

지 않아?”

“나밖에 없으니까 상관없잖아. 그래서 꽃이 두 종류라는 게 뭐야?”

“……하아.”

뭐, 괜찮겠지.

나는 다시 해바라기의 큰 꽃송이를 올려다봤다.

“해바라기는 하나의 큰 꽃처럼 보이지만, 실제로는 작은 꽃들의 집합체야. 두상화서라는 국화과의 특징인데…….”

“어? 무슨 말이야? 의미를 모르겠는데.”

나는 근처에 있던 키가 작은 해바라기를 부드럽게 끌어당겼다.

우선 해바라기의 큰 꽃을 감싸는 불꽃 같은 꽃잎. 이것들은 설상화라고 하는 꽃이다. 이 꽃잎 한 장 한 장이 하나의 독립된 꽃으로서 기능을 가지고 있는 것이다.

그리고 안쪽에 오돌토돌한 꽃받침이라는 부분. 모르는 사람은 이걸 해바라기의 수술이나 암술이라고 생각하지만, 실제로는 여기도 작은 꽃들의 집합체다. 관상화 또는 통상화라고 불리며, 잘 보면 한 장 한 장의 작은 꽃잎들을 가지고 있다. 물론 각각 생식기관을 갖추고 있다.

“응—? 그럼 해바라기는 하나의 커다란 꽃이 있는 집이 아니라, 작은 꽃들이 모여 사는 맨션 같은 거라는 거야?”

“말 그대로 그런 느낌이야. 이렇게 함으로써 벌레가 한 마리만 붙어도 대량의 수분이 가능해져. 국화과의 식물이 대량 번식할 수 있는 요인 중 하나지.”

오랜만에 꽃에 대한 지식을 선보여서 살짝 속이 시원했다. 요새는 히마리도 꽃에 으숙해져서 이런 기회가 별로 없었으니까.

돌아가면 에노모토에게도 선보일까 생각하는데, 문득 히마리가 흐뭇하다는 듯 보고 있었다.

“뭐, 뭐야?”

“아니—, 유우는 정말로 꽃을 좋아하는구나 해서.”

“놀리지 마.”

“놀리는 거 아니야—. 좋아하는 게 있다는 건 좋은 거잖아.”

묘하게 구슬려지는 듯한 느낌이라 살짝 석연치 않았다.

뭐, 괜찮겠지. 아무튼 지금은 이 큰 꽃들을 만끽하자. 이런 상황에서 꽃을 고를 수 있다니, 정말 일 년에 한 번 있을 일이니까.

“됐고, 빨리 꽃을 확보하자.”

이 축제 자체는 이틀 연속으로 열리는 듯하다.

하지만 직접 채취한다는 것은 언제나 빠른 사람이 승자. 그런 의미에서 1일 차 오전 중에 온 것은 완전히 정답이다. 그걸 알고 있는 건지, 지금 여기에 있는 사람들은 다들 애호가 같은 분위기를 풍기고 있었다.

신중하게 밭에 발을 들인다. 각 줄기 사이에 난 작은 공간을 해바라기가 다치지 않도록 주의하며 나아간다.

역시 전문적으로 기른 사람의 꽃은 아름답다. 애정을 쏟 있다는 것도 잘 알 수 있다. 가련함과 생명의 강인함. 그 상반되는 인상이 이 해바라기라는 꽃에 공존하고 있었다.

아라키 선생님은 꽃을 고를 때 중요한 것은 밸런스라고 했다.

꽃이 너무 커서도, 잎이 너무 무성해서도 안 된다. 그 두 가지가 딱 좋은 상태인 꽃이 사람 손에 잘 **길들여지는** 것이란다.

눈을 빤히 뜨고 보면서, 해바라기 몇 개 중에 내 손에 맞는 것을 골랐다. 꽃에도 개성이 있으니 간단히 끝나지는 않는다.

"…………."

이건 잎 모양이 비뚤어져 있어 뭔가 솔직하지 못해 보인다.

이쪽은 꽃이 너무 커서 오만한 인상이다.

(아, 이건…….)

문득 하나의 해바라기에 눈길을 빼앗겼다.

무척이나 아름다웠다. 아니, 다른 것과 크게 다르다는 것은 아니다. 하지만 나에게는 그렇게 보였다.

꽃의 형태도 둥글고, 잎 모양도 아름다운 타원형. 꽃잎의 크기도 균일하고 꽃받침의 나열도 가지런하다. 이 꽃을 어디선가 본 것 같은 느낌마저 들었다.

(히마리한테 딱 어울리네…….)

무심코 그런 생각을 했다.

나의 절친. 그리고 좋아하는 사람.

이 꽃으로 만든 액세서리를, 히마리에게 달아주고 싶다. 그런 생각을 해버린 탓에 이상하게 부끄러워졌다.

아라키 선생님 댁에서 에노모토가 앨범을 보면서 했던 말을 떠올렸다.

『이거, 히이 느낌이 나서 좋네.』

그 해바라기의 크리스마스 리스.

사진을 본 순간 이것밖에 없다고 생각했다. 에노모토도 좋아 보인다고 말해주었다.

그 겨울에 열렸던 개인전.

히마리가 보류했던 50점을 되찾으려면 지금뿐이다. 그리고 히마리를 향한 사랑을 액세서리로 승화할 꽃은, 이 해바라기뿐이겠지.

내가 확실한 감각을 받고 있는 사이 히마리가 건너편 열에서 돌아왔다. 히마리는 내가 보는 해바라기를 향해 "오오" 하고 감탄했다.

"이거 좋네. 이걸로 할 거야?"

"어. 일단 몇 개 더 고를 거긴 한데. 어쩐지 이게 신경 쓰였어."

"우후후―. 아까 유우의 눈동자가 번뜩 빛나길래 '오?' 했었는데. 역시 유우네―."

"내가 무슨 으주 괴수냐……?"

여전히 히마리의 감성은 잘 모르겠다.

가끔은 나보다 훨씬 특이한 녀석이라는 느낌이 든다. 뭐,

그게 히마리의 좋은 점이지만.

그런 생각을 하는데 히마리가 불쑥 투덜거렸다.

"정말, 꽃으로 태어나는 게 더 좋았을지도—."

"……응? 무슨 소리야?"

돌아보자 히마리는 "응? 왜 그래—?"라는 느낌으로 싱긋 웃었다. 아무래도 못 들은 걸로 치고 넘어갈 생각인가 보다.

그것은 평소의 히마리 같기도 하면서…… 어쩐지 오늘은 조금 다른 것 같기도 했다.

기분 탓이겠지. 분명 히마리도 승부를 앞두고 긴장하고 있는 것이리라.

지금은 액세서리에만 집중하자. 쿠레하 씨한테 이기지 못하면 히마리와의 이런 나날도 잃어버릴 수 있는 거니까.

◇ ◇ ◇

첫 번째 해바라기를 정했을 때, 유우는 기뻐 보였다.

뭔가 엄청 상냥한 미소로 해바라기를 애지중지하는 느낌. 마치 좋아하는 여자애를 겹쳐보는 것만 같았다.

기뻐하는 에놋치의 얼굴을 생각하고 있는 걸까.

그럴 만도 하지. 애초에 해바라기가 좋다고 한 건 에놋치니까.

오늘, 실은 에놋치와 같이 오고 싶었던 거겠지—.

어쩌면 이렇게 나와 놀러 온 것도 바람피우는 느낌이라

죄책감을 느끼는 걸지도. 그래서 아침부터 이렇게 쌀쌀맞은 느낌인 거고.

(남녀의 친구 관계는 한쪽이 연인이 생기는 순간 파탄 난다고 했는데, 진짜 같아서 싫네.)

나는 꿈을 이룰 때까지 이 절친이라는 위치에서 참기로 정했는데.

꿈을 확실히 이뤄서, 유우의 유일무이한 존재로 인정받는다. 그리고 당당히 유우를 받아간다.

하지만 유우가 에놋치와 사귀어 버리면, 애초에 가게를 내기도 전에 이별해야 하는 걸까.

(……어라?)

문득 뇌리에 무언가가 스친다.

잠깐, 왜 나는 **아직 사귀지 않는다는 전제**로 생각하고 있는 걸까?

어쩌면 실은 뒤에서 벌써 사귀고 있다든가? 그래서 요새 계속 숨어서 같이 있는 거라면?

실은 요전번의 점심시간 때도 "아─앙♡"을 하면서 이런 이야기를 하고 있었던 거라면?

『에노모톳치. 우리 관계, 슬슬 히마릿치에게 말하는 게 좋지 않을까???』

『안 돼♡ 사실을 가르쳐주기 전에, 더~ 질투시켜야지♡』

『휘유─. 극악무도하녀~. 역시 나님의 악녀☆』

『나를 이런 여자로 만든 게 누구인·데♡ (유우의 코끝을 꾹꾹)』

누구야 이건.

너무 동요한 나머지 헤이세이 초기 냄새가 나는 상상이 됐다구. 아무리 엄마가 아이돌계 학원 드라마를 좋아한다고 해도, 내 망상 속까지 침략하는 건 사절이야.

진정해, 히마리! 심호흡! 너는 쿨한 여자야!

우선 유우한테 에놋치와의 관계를 추궁해야지. ……애초에 무리인가? 유우가 솔직하게 자백하질 않아서 이렇게 답답해하는 거니까.

아니아니, 이렇게 마음 약해지면 어떡해?

내 별명을 잊은 거야? 남자애 다루기라면 백전연마인 '마성'이라고. 유우의 진정한 마음을 끌어내는 정도는 식은 죽먹기지. 새끼손가락이면 끝나는 일이야!

그런고로, 렛츠 트라이!

"유, 유우. 잠깐 묻고 싶은 게 있는데…… 응?"

유우의 등에 대고 말을 걸었지만 반응이 전혀 없다.

계속 두 번째 해바라기만 찾고 있다.

무시당하는 거야? 아니, 무시는 무시지만 살짝 다르네.

꽃에 집중하고 있어서 다른 게 보이지 않게 됐다. 유우의 나쁜 버릇이자 내가 몹시 좋아하는 부분.

이 해바라기 밭에 도착했을 때는 아이처럼 신나 있었던 주제에, 작업에 한번 들어가니 무척 냉정해졌다. 나에 대한 것도 마치 처음부터 없었던 것처럼 잊어버렸다.

지금 유우의 앞쪽으로 돌아 들어가면 평소 같은 반짝반짝한 눈을 만끽할 수 있겠지. 정말 유우는 꽃을 생각할 때 일직선이다. 달리 어떤 고민이 있든, 그것을 방해하는 것은 불가능하다.

유우와 꽃 사이를 방하하는 것은 나에게도 에놋치에게도 불가능하겠지.

(……뭐야. 처음부터, **유우의 첫번째는 내가 아니었던 건가.**)

그리고 보면 유우의 액세서리 모델을 시작했던 건 그 정열적인 눈동자를 한순간이라도 내 것으로 만들고 싶어서였다.

꽃에 질투하다니, 정신이 나간 거지.

하지만 동시에 부럽기도 해.

나에게는 이렇게 열정을 바칠 수 있는 것이 없다.

내 귀여움은 재능이라고 쿠레하 씨가 말했다던데 말이지. 그건 유우의 첫 번째가 될 무기는 아니라고. 그런 걸 칭찬받아서 기쁠 것 같아?

아예 꽃으로 태어났으면 좋았을 텐데.

유우에게 정열적인 시선을 받고, 이 몸에 유우의 것이라는 증거를 새겨주기를 바랐다. 그것만으로 썩어 문드러질 때까지 행복하게 살아갈 수 있었을 텐데.

그런 유우의 등에 말을 던졌다.

"유우. 해바라기 예쁘네."

"…………."

역시나 내 목소리는 닿지 않는다.

"내년에는 에놋치도 데려오고 싶네—."

"…………."

닿지 않는다는 걸 아는데도, 나는 텅 빈 말을 계속 던졌다.

유우는 내게 등을 돌린 채 묵묵히 해바라기를 고르고 있었다. 키가 큰 해바라기에 손을 뻗는 유우. 키스하기 위해 턱을 드는 것처럼, 꽃에 닿았다.

그 눈동자가 반짝반짝 타오르고 있었다.

그렇게나 내성적인 아싸인데도, 꽃을 접할 때는 정열적이다. 그러면서도 그와 반대로 손길은 상냥하다.

그것이 한순간, 결코 용서할 수 없는 일로 여겨져 버렸다.

"……유우, 좋아해. 꽃 말고 나만을 봐줘."

결코 닿지 않을 진심을 던진다.

꽃에 질투하다니 이상하다고?

첫사랑에 이상해지지 않는 게 진짜 이상한 것 아닐까?

나는 비겁한 여자야.

결코 닿지 않을 거라는 사실을 알아야만 진심을 전할 수 있다.

반드시 이길 수 있는 싸움 방식으로만 승부에 나선다.

이런 녀석에게 정말로 승리의 여신이 미소 지을까?

(이제 됐어. 저쪽 휴게소에서 쉬고 있어야지…….)

작게 한숨을 쉬고 뒤를 돈 순간.

"히, 히마리……?"

유우의 목소리가 들렸다.

내가 돌아보자, 유우와 시선이 맞았다. 손에 든 해바라기를 내게 겹치고 있는 듯한 위치였다. 마치 데생을 위해 모델을 향해 연필을 들고 있는 화가 같았다.

하지만, 그 눈동자는 어느샌가 정열적인 반짝임을 잃고 멍하니 나를 보고 있었다.

"…………."

"…………."

하아?

이 상황을 이해하는 데 약간 시간이 필요했다. 그 사이, 우리는 말 없이 서로를 마주 보고 있었다.

유우가 나를 보고 있다. 오케이. 여기까지는 이해가 된다.

하지만 모르겠다. 꽃에 몰두한 유우는 무슨 일이 있어도 나에게 대답하지 않는데. 학교 과학실에서 작업하고 있을 때, 옆에서 화병을 깨뜨려도 눈치채지 못할 정도였잖아?

그런 유우가 어째서인지 나를 보고 있다.

그것도 얼굴을 사과처럼 새빨갛게 물들인 채로.

"…………."

두근두근두근두근, 내 심장의 고동이 커져 간다. 그 사실을 확인하기 위해 간신히 말을 골랐다.

"유우. 설마, 방금 들렸어?"

내 물음에 유우는 거북하다는 듯이 얼굴을 돌렸다.

"이 꽃이 히마리의 이미지에 맞을지 체크하려고 했는데……
살짝."

그 팔에 안은 해바라기가 나를 빤히 바라보고 있다.

나는 마음속으로 얼굴을 양손으로 덮고 큰 소리를 질렀다.

우와아아아아-아아아아아아아아아아아아아아아아아아아
아아아아아아아-아아아아아아아아아아아아아아아아아아
아아아아아아아-아아아아아아아아아아아아아아아아아아
아아아아아아아-아아아아아아아아아아아아아아아아아아
아아아아아아아-아아아아아아아아아아아아아아아아아아!!

진정해, 진정해.

방금 살짝이라고 했잖아? 그 말은 즉, 전부는 안 들렸다
는 거지?

그럼 어디가 들린 걸까. 좋아한다는 거? 나만을 봐달라는
거? 어느 쪽이든 망했거든—!

어떡하지, 어떡하지.

설마 들리다니. 아니, 왜 하필 이 타이밍이야? 이상하지
않아? 승리의 여신이, 나를 싫어하는 건가?! 뭐, 내가 여신
이었다면 절대 이기게 해주지 않았겠지만—!

그러면서 혼자 흥분해 있는데, 갑자기 유우가 한숨을 쉬
었다.

“……하아. 히마리, 이런 때까지 ‘푸핫’을 걸지는 말아줄래?”

“어?”

유우는 빨개진 얼굴을 숨기면서 퉁명스럽게 머리를 긁적였다.

“지금은 쿠레하 씨와의 승부를 위해 꽃을 고르고 있는 거거든? 전철 안은 그렇다 쳐도, 지금은 그런 **농담**으로 방해할 타이밍이 아니잖아?”

“………….”

지끈, 가슴이 아파왔다.

마음에 한 줄기 균열이 가는 소리가 확실하게 들렸다.

뭐야 그게?

뭐야 그게??

결국, 그렇게 되는 거야?

내가 진심으로 손을 뻗어도, 이 마음은 결코 닿지 않는 거야?

내가 최선을 다해 우리의 가게를 내기 위해 노력해도, 결국은 에놋치에게 빼앗기는 거야?

그럼, 나는 뭘 위해 노력하는 건데?

이 인생은 뭘 위해 있는데?

내 가치는 정말로 그 정도인 거야?

물론 내 잘못이라는 건 알지마아아아아아아아아아아아아안!!

순간적으로 유우가 안은 해바라기를 뺏었다.

"아, 히마리?!"

나는 뒤를 돌아 해바라기 밭을 달렸다.

자신이 무엇을 하고 있는지도 잘 몰랐다. 단지 머리가 부글부글 끓어오를 것만 같아져서. 아마 열사병이겠지, 하지만 밀짚모자를 쓰고 있잖아, 더 물을 마셔둘 걸 그랬어, 라며 쓸모없는 생각만이 머릿속을 맴돌았다.

"히마리, 기다리라니까!"

유우가 쫓아온다. 그러고 보니 5월에 처음으로 크게 싸웠을 때도 비슷한 술래잡기를 했었지. 그때는 왜 도망쳤더라……?

해바라기 사이를 꿰듯이 달린다. 키가 큰 유우는 자연스레 허리를 숙여야 한다. 그 탓에 이번에는 꽤나 쫓아오지 못했다.

(아아 정말! 나 이거 어떡해야 돼?!)

시야가 따끔따끔하다. 해바라기의 노란색과 초록색의 대비가 내 감각을 둔하게 만드는 것 같다. 분명 이것은 꿈이다. 정신을 차리면 나는 폭신폭신한 침대에서 자고 있고, 평소처럼 알람 5분 전에 일어나서 오늘도 나는 확실히 귀엽네— 하고 의기양양한 표정을 짓고, 유우와 해바라기 밭에 갈 준비를 하는 거다.

예지몽이라는 게 정말로 있었구나. 해냈어. 이제 오늘의 절친 무브에 빈틈은 없는 거라구. 두 번 다시 좋아한다는 말 따위 할까 보냐. 정말로 숨 쉬기가 힘들다. 죽을 것 같다. 이

거, 정말 꿈이야? 다리가 바들바들 떨리기 시작했다. 뇌에 산소가 부족하다. 아—, 젠장. 뭔가 전부 다 짜증 나! 제대로 못 하는 나도, 나를 좋아하지 않는 유우도! 짜증 나 짜증 나 짜증 나!

(……아, 한계야.)

머릿속이 새하얘져서, 마침내 멈춰 선다.

그러고 보니 목소리가 멀구나 싶어 돌아봤다. 쫓아오던 유우가 없다. 어느샌가 따돌린 모양이다. 하하, 나 꽤 하잖아…….

산소를 찾아 하늘을 올려다봤다.

가득 펼쳐진 해바라기가 나를 빤히 바라보는 것 같았다. 문득 요전의 찻집에서의 이야기를 떠올렸다.

해바라기의 장막에 가로막혀, 나와 유우는 세계에서 사라져 있었다.

멀리서 유우의 목소리가 들린다.

"히마리, 어디야?!"

여기에는, 우리 둘밖에 없다.

지금이라면 닿을까.

"유우. 여기야."

나의 속삭이는 듯한 목소리.

들릴 리가 없다.

이런 작은 소리로 찾아낼 리가 없다.

"…………."

고요해졌다.

아까까지 들리던 유우의 목소리는 어딘가로 사라져 버렸다. 분명 다른 곳을 찾고 있는 거겠지.

봐, 역시 무리야.

설령 세계가 멸망해 우리가 둘만 남는다 해도.

분명 유우는 나를 절친이라 말할 것이고, 내 목소리는 닿지 않겠지. 우리는 그런 운명으로 태어난 거야.

(……어라?)

그럴 터인데 내 옆에 있는 해바라기가 흔들렸다.

그것도 잠시, 그곳에서부터 유우가 무척 다급한 표정으로 뛰쳐나왔다.

"히마리, 여기 있었구나!"

엄청 흙투성이였다. 땀으로 끈적끈적하고, 옷은 더러워져 있고, 뭔가 울 것 같은 표정이고. 진짜 웃긴데요.

전혀 멋있지 않은데, 어째서인지 가슴이 두근거렸다.

"히마리. 너, 그렇게 소리를 작게 내면 못 찾…… 어?"

유우의 후드티 옷깃을 잡고, 확 끌어당겼다.

유우의 얼굴이 점점 가까워진다. 그 눈동자에 비치는 나는 어쩐지 볼이 상기되어 있고, 눈망울은 촉촉하고, 열이 있는 것 같아서… … 무척이나 사랑하는 소녀 같았다.

"히, 히마리? 너, 뭐 하는 거야?"

뭐 하는 거냐고?

이러는 거야.

두 번 다시 **농담**이니 하는 소리는 못 하도록, 나를 새겨줄게.

살며시 목덜미의 초커를 풀었다. 그것을 유우의 손에 쥐여줬다.

더 이상 '절친'의 반지는 필요 없으니까.

마지막에 시야에 들어온 것은, 해바라기의 선명한 노란색.

아무 말도 하지 않는 꽃들의 시선을 받으며.

——나는 유우에게 키스했다.

그 뒤의 기억은, 솔직히 애매하다.

뭔가 단편적인 부분만 끊긴 듯이 남아 있고, 여름방학의 학교에 도착하고서야 정신이 돌아왔다.

확실한 것은 해바라기와 선물인 냉동 교자를 안고 돌아왔다는 것. 그리고 어느샌가 내 손에 히마리의 남바람꽃 초커가 쥐여 있었다는 것이다.

나는 학교의 과학실에서 혼자 곧장 해바라기에 대한 조치를 진행했다. 역시 꽃은 신선할 때 조치를 해두는 것이 제일이다.

손만이 묵묵히 움직인다.

오랜만에 가장 큰 기재를 꺼내 작업을 하게 됐다. 다양한 작업을 거친 뒤, 마지막에 용액을 채우고 해바라기를 담근다.

정신이 들었을 때는 이미 창밖에 해가 저물고 있었다.

아침부터 멀리 나갔다가 돌아와서, 꽃 처리의 1단계까지 완료해버렸다.

이 얼마나 밀도 높은 하루였을까. 오늘 하루 만에 일주일 분량의 사건이 있었다. 최고의 해바라기를 손에 넣었고, 액세서리의 모티브를 정했다. 사쿠 누나에게 줄 교자 선물도 샀고, 인생 처음으로 여자와 키스도 했다.

"…………."

나는 과학실의 구석에 가서 쪼그려 앉았다.

얼굴을 양손으로 덮고 있는 힘껏 외쳤다.

"우아아!!"

왜, 왜, 왜?!

왜 히마리는 그런 짓을 한 거야?!

너무 영문을 모르겠어서 감정이 전혀 못 따라갔다고! 잘 생각하면 위험…… 잘 생각하지 않아도 위험하다니까?!

(어? 어떻게 된 건데? 그런 거야?! 그런 거가 뭔데?!)

머릿속이 핑글핑글 돌아서 무척 혼란스러웠다.

나는 과학실 뒤쪽에 있는 철제 선반을 연 뒤, 거기 늘어선 LED 화분을 꺼냈다. 실내에서 식물을 기를 수 있는 우량품. 저번에 히마리가 화단만이 아니라 이쪽에도 씨앗이나 구근을 심어주었었다. 작은 싹이 핀 그것들을 6인용 테이블에 늘어놓은 뒤 반대편에 앉았다.

"긴급회의를 시작한다."

나는 꽃들에 대고 선언했다.

츠무기(코스모스)가 '의제는?'이라고 물었다…… 그런 기분이었다.

"히, 히마리가, 그, 저기…… 키스를 한 이유에 대해……."

미오(콜키쿰)이 '뻔하지 않니. 꼬맹이는 그런 것도 모르는 걸까?'라고 도발적으로 말했다.

아니, 평범하게 생각하면 당연히 알지. 히마리는 곧잘 남자랑 사귀지만 그런 부분은 드라이하다고 해야 하나, 딱히 아무나하고 그런 짓을 하지는 않는다. 그럼, 키스했다는 건 그렇다는 뜻……?

히나코(시클라멘)이 머뭇머뭇 '하지만 상대는 히마리인걸요? 곧이 곧대로 받아들이는 건 위험하지 않나요……?'라고 조심스럽게 진언했다.

전면적으로 동의한다.

히마리가 히마리인 이상 '푸핫'을 위한 포석임을 경계해야 한다. 여기서 마침 잘됐다면서 고백해서 돌이킬 수 없는 사태가 벌어졌다간 못 볼 꼴을 볼 것이다.

카오루(사프란)이 '어느 쪽이든 상관없잖아. 저쪽에서 먼저 꼬셨으니까 야한 절친이 돼 버리자고—!'라며 깔깔 웃었다…… 그건 안 돼! 그리고 야한 절친은 뭔데?!

"너희에게 상담한 내가 바보였어……."

꽃들이 우우— 하고 불만을 토한다. 아, 미안. 나도 모르게 마음에도 없는 말을 해버렸다. 물을 줄 테니까 용서해 줘…….

부지런히 물을 주는데, 뒤에서 목소리가 들렸다.

"나츠. 혼자서 꽃에 말을 거는 게 재밌나 보군?"

"……뭐야. 마키시마냐."

돌아보자 교복을 입은 마키시마가 창틀에 몸을 기대고 있었다.

파닥파닥 부채로 자신을 부치면서 "후—. 여기는 에어컨이 나와서 극락이구만"이라고 못 참겠다는 듯 말한다.

"오늘 부활동은 끝이야?"

"그래. 전국대회까지 앞으로 2주 조금 넘게 남았지. 꽤 생각대로 되지 않아."

"마키시마 네가 그런 약한 소리를 하다니 웬일이야."

"아니, 선배 얘기야. 나랑 둘이서 개인전으로 나가는데, 마지막 대회인데도 기세가 안 오르고 있어."

그러고 보니 올해는 마키시마와 전 부장 둘이서 전국에 나간다고 했었다.

마키시마는 부채를 접더니 그걸로 목덜미를 긁었다.

"같은 학년 멤버랑 전국에 못 간 게 원인이야. 자기만 나가게 되니 다른 멤버들을 볼 낯이 없는 거겠지. 좋게 말하면 착하고, 나쁘게 말하면 경쟁심이 부족해."

"뭐, 너한테는 그런 고민은 없겠네."

"나하하. 그 정도로 냉혈한은 아니야. 이래 봬도 전국에서 선배와 부딪히게 되면 봐줄 정도의 배려가 있다고. 뭐, 선배가 진심으로 하면 나 같은 건 손도 발도 못 쓰겠지만 말이야."

"허. 그렇게 잘해?"

"애초에 다른 현의 강호 고등학교에서 스카우트 제안을 받았던 사람이야. 친구들과의 청춘을 우선해서 그걸 걷어차 버린 바보 같은 남자지."

마키시마는 껄껄 웃으면서 "뭐, 싫지는 않아"라고 했다. 그리고 창틀을 넘어 과학실로 들어왔다. ……안 잠겨 있으니까 문으로 들어오라고.

마키시마는 테이블 앞으로 오더니, 기재에 들어가 있는 해바라기를 보고 감탄했다.

"또 화려한 걸 만들고 있구만. 이건 뭐지? 팔 건가?"

"너, 쿠레하 씨한테 들었잖아?"

"그렇구만. 그쪽 관련인가. 아니, 나는 몰라. 어떻게 되고 있지?"

"…………?"

나는 고개를 갸웃했다.

이야기가 잘 안 맞물린다.

"쿠레하 씨랑 너랑 뒤에서 짜고 있는 거 아냐?"

"…………."

어째서인지 마키시마가 질색~~~~이라는 표정으로 입을 다물었다.

부채를 펼치고 입가를 가리는 마키시마. 그리고 내게서 시선을 돌리고 불쑥 중얼거렸다.

"이번에, 나는 아무것도 안 했다."

"그래?"

살짝 의외였다.

마키시마의 이름이 나왔으니 어차피 뒤에서 뭔가 조종하고 있을 거라 성각했는데. 그런 내 심경을 헤아린 마키시마가 분하다는 듯 혀를 찼다.

"짜려고 했는데, 정보만 낼름 뺏기고 팽당했어. 그 사람의 방식은 솔로플레이어 적합하니까. 동료 같은 건 걸림돌이겠지."

"쿠레하 씨으 방식……?"

"억지랑 돈다발로 후려치기."

"아아……."

분명 그런 느낌이었지…….

사쿠 누나나 히바리 씨와는 다른 타입의 공포를 느꼈었는데, 방금 그 말로 드디어 시원하게 정리됐다.

"히마리한테는 그럴 듯한 척했지만 실제로는 완전히 엑스

트라야. 이번에는 전국대회 쪽에 힘을 쏟아야 하니 잘됐다고 하면 잘됐지만……."

자학하는 듯이 "나하하하하" 하고 웃는 마키시마.

나는 살짝 생각했다. 아니, 철석같이 마시키마는 저쪽 편이라 생각해서 포기하고 있었는데. 이렇게 되면 이야기가 다르지.

"마키시마. 네가 얽혀 있는 게 아니면, 쿠레하 씨가 히마리를 포기하도록 협력……."

"그건 불가능해."

딱 잘라 거절당했다.

아무래도 이 말은 이미 예상하고 있던 모양이다. 내가 끙끙거리며 쳐다보자 마키시마는 즐거운 듯이 히죽히죽 웃었다.

"뭐, 그렇지. 마키시마 입장에선 히마리가 도쿄에 가주는 게 좋으니까. 에노모토 양이랑 붙이기 위해서."

"그것도 있긴 하지. 하지만 이번엔 그건 별로 상관없어."

"무슨 뜻이야?"

마키시마는 어깨를 으쓱였다.

"좋아하는 사람이 지는 거야. 내가 쿠레하 씨의 적이 될 일은 없어."

"…………."

한동안 우웅 하는 에어컨 소리만이 과학실을 감쌌다. 창밖에서 부활동을 마치고 돌아가는 학생들의 즐거운 목소리가 들렸다.

"뭐?!"

"아니, 그렇게 놀라지 마. 나한테도 진심으로 좋아하는 여자는 있다."

그런 얘기가 아니고!

나는 미묘한 죄책감으로부터, 그리고 마키시마로부터 시선을 돌리면서 말했다.

"나는 네가 어노모토 양을 좋아하는 줄 알았는데……."

"왜 그렇게 되지? 나는 린의 사랑을 응원하다고 말했을 텐데?"

"뭔가 그, 좋아하기에 몸을 빼고, 끊어내기 위해 사랑을 응원하는 복잡한 심경이랄까?"

마키시마는 흣 하고 조소했다.

"나츠. 너 생각보다 뇌가 연에 찌들어 있구만? 요새는 순정만화에서도 그런 수법은 별로 못 본다고?"

"시끄러워! 그렇게 집착하고 있었으니 생각할 만도 하지!"

마키시마가 유쾌한 듯 웃었다.

그리고 부채로 탁탁 손을 쳤다.

"린에게 진 빚은 다른 거야. 나츠가 알 필요는 없어."

"아니, 별로 알고 싶지는 않아……."

"만약에 알게 된다면, 린에 대한 인상이 확 반전될 우려가 있거든. 이것만은 휙휙 가르쳐 줄 수가 없다는 거지."

"가르쳐 주고 싶은 건지 아닌 건지 확실히 해줄래?!"

그렇게 굴면 신경 쓰이잖아!

이게 '은혜 갚은 두루미'*에서 두루미를 엿본 남자의 심경인가. 낙담해 있으니 마키시마의 목소리 톤이 올라갔다.

"그래서, 나츠. 그쪽은 어떻지?"

"뭐? 무슨 말이야?"

"아니아니. 얼버무리지 마라. 내 부끄러운 이야기를 들어놓고 이건 아니지. 나의 친구여."

"아니아니. 네가 멋대로 혼자 말해놓고 왜 내가 듣고 싶어했던 것처럼 말하냐고……."

갑자기 내게 어깨동무를 하는 마키시마. 아니, 뭐야? 갑자기 너무 가까운데? 남자랑은 별로 끈끈하게 붙어 있고 싶지 않은데.

둘밖에 없는데도, 마키시마는 부채를 펴쳐 내 귓가에 속닥속닥 말했다.

"히마리랑 키스했다는 건, 대체 어떻게 된 거지?"

"푸우웁?!"

뿜었다.

나도 모르게 엉덩방아를 찧은 뒤 사각사각 거미처럼 기어서 도망쳤다. 등에 철제 선반이 텅 부딪혀서 안에 있는 기재가 흔들렸다.

"내, 내가 거기까지 말했었나?"

---

* 일본의 전래동화. 베를 짜주던 여자가 두루미였다는 것을 엿보게 되어 정체를 들킨 두루미가 떠난다.

"확실하게 말했었지. 앞으로 꽃이랑 이야기할 때는 주위를 신경 쓰는 지 좋겠어."

마키시마가 후후후후후 하고 유쾌한 듯한 웃음을 흘리며 부채를 탁탁 치고 다가온다.

부채 끝으로 코끝을 찔리자, 등줄기에 오한이 일었다.

"그래서? 고백해버린 건가?"

"아니, 그런 지 아니고…… 오늘 같이 해바라기를 구하러 갔는데…… 뭔가 에노모토 양 얘기만 하네 싶더니 갑자기……?"

"호오~?"

아―, 마키시마의 눈이 엄청 반짝이고 있다.

이건 아마 말하면 안 되는 얘기다. 뭐, 이제 와서 눈치채 봤자 늦었지만…….

마키시마가 부채를 확 펼쳤다. 그리고 수수께끼의 포즈를 취하더니 무척이나 통쾌한 듯이 높게 웃었다.

"나하하하하! 이거 좋군! 쿠레하 씨가 있는 동안엔 내가 나설 일이 없을 거라 생각했는데, 여기서 재미있는 전개가 됐어. 무엇이든 변화 속에서 틈이 생겨나는 법이니 말이야."

"너 엄청 기은 넘치네……."

물 만난 물고기라는 건 이럴 때 쓰는 말이겠지…….

"있잖아, 마키시마. 실제로 히마리는 나를 어떻게 생각하는……."

"알 바냐. 자다 오줌 싸는 나이도 아니고, 혼자 생각해라."

"말이 심하잖아?!"

마키시마, 내 친구 맞지?

내가 울 것 같은 기분을 느끼는 사이 마키시마가 귀찮다는 듯 한숨을 쉬었다. 그리고 부채 끝을 왼쪽 가슴에 대고 히죽 웃었다.

"어찌 됐든 나츠는 이대로 다시 절친이니 뭐니 자신을 속이고 학교 생활로 돌아갈 만큼 약삭빠르지 않잖아? 그렇다면 히마리의 진의 같은 건 생각할수록 소용 없는 것 아닌가?"

"…………"

정론……인 걸 넘어 내가 마음속에서 원하던 말을 너무도 쉽게 해줬다. 이게 마키시마라는 녀석이다.

그렇지. 내게 히마리의 진의 같은 건 아무래도 상관없을지도 모른다. 사실은 누군가가 등을 밀어줬으면 하는 것뿐.

"마키시마. 고맙다."

"감사할 필요는 없어. 어차피 얼마 안 가서 내게 마구 화낼 테니까 말이지."

"……저기, 진짜로 살살 좀 부탁해."

이 녀석의 이런 농담은 정말 알 수가 없다. ……아니, 진심인가? 이제 모르겠어. 될 대로 돼라.

마키시마가 "그럼 간다" 하고 돌아가고, 나는 혼자 과학실에서 생각에 잠겼다.

하지만 일단은 쿠레하 씨와의 승부가 중요하다. 여기서 이기지 못하면 뭐가 어찌 됐든 히마리를 잃게 될지도 모르니까.

내가 할 수 있는 것은 평소와 같다.

그저 최고의 액세서리를 만드는 것. 그것뿐이다.

◇ ◇ ◇

우리 지역에서도 유명한 마와타리의 교자!

이 가게의 특징은 뭐니 뭐니 해도 두껍고 탱글탱글한 껍질이다. 이걸 바삭바삭하게 구워서 먹으면 바삭바삭탱글이라는 극상의 이중주를 즐길 수 있다. 물론 속도 쥬시해서 최고. 나도 엄청 좋아해!

아, 그래. 탱글탱글. 탱글탱글. 탱글탱글. 탱글탱글······ 탱글탱글······ 탱글탱······글······탱············글···········탱글············탱·················.

"······히마리?"

"우헤?"

엄마가 뭔가 불안한 듯이 내 얼굴을 보고 있다.

나보다 훨씬 서양 쪽 피가 짙은 쿨뷰티. 이제 50 직전인데도 30대 전반이라고 해도 통할 만한 최강 동안 사모님.

그런 엄마가 무언가 기분 나쁜 것을 보는 눈을 하며 내게 말했다.

"······오빠들 먹을 교자, 다 먹었는데?"

"우헤에?"

아니아니, 설마설마.

여러분은 모르실지도 모르지만, 이웃들에게 저는 요정 같다는 평판이라구요? 그런 미소녀가 가족이 먹을 교자를 다 먹어버리다니 규정상 있을 수 없는 일…… 우와 깜짝이야! 아까까지 있던 교자의 산이 사라져 있어?!

그게 다 내 배 속에 들어 있다고? 거짓말이지? 내가 든 젓가락에 마지막 교자가 있었다. 엄마가 '그거 먹으면, 너네 오빠 화낸다?'라고 눈으로 호소하고 있다.

덥석 먹었다. 쫀득쫀득한 식감과 그 뒤에 오는 쫙 퍼지는 육즙의 맛. 교자 최고.

"우헤에!"

잘 먹었다는 의사를 표하고 나는 일어섰다.

주방에서 나오려다가 호쾌하게 굴렀다. 엄마가 뒤에서 아연해하며 쳐다보는 듯했다. 그 시선에서 도망치듯이, 분주하게 사족보행으로 방에 돌아갔다.

방에 도착.

침대에 다이빙한 뒤 데굴데굴 왔다갔다를 시작한다.

결이 예쁜 천장을 바라보면서 나는 멍하니 자기 입술을 훑었다. 초커가 없는 목덜미가 허전하다.

"……우헤에."

저질렀다.

저질렀다고…….

저 질 러 버 린 거 라 고.

엎드린 채로 베개에 얼굴을 푹 파묻는다.

"우헤에에에에에에에에에에에에에에에에에에에
에에에에에에에에에에에에에에에에에에에어에에
에에에에에에에에에에에에에에에에에에에어에에
에에에에에에에에에에에에에에에에에에에어에에
에에에에에에에에에에에에에에에에에에에어에에
에에에에에에에에에에에에에에에에에에에어에에
에에에에에에에에에에에에에에에에에에에어에에
에에에에에에데에에에에에에에에!!"

꿈이 아니야!

꿈이 아니야, 농담도 아니야!

어째서야—!

왜 나는 참지 못한 거냐고—!

그치만 유우가 나빠—! 기껏 둘이서 놀고 있는데 계속 에
놋치만 생각하고 있잖아. 오늘 눈앞에 있던 건 나, 인, 데!

문득 스마트폰이 눈에 들어왔다.

아, 라인 왔다. 유우한테서 왔나………… 아니, 보내라
고~! 이럴 땐 좀 보내라고~! 지금은 신상 이모티콘 정보
는 필요 없다고~~~~!

그렇다고 내가 할 수도 없고~.

무슨 낯으로 보내야 하냐고~. 애초에 뭐라고 보내야 하
냐고~.

『내 입술이랑 교자피, 어느 쪽이 탱글탱글했어?』로? 바보
냐고~~~~! 어느 세상에 교자피랑 입술 감촉을 경쟁하는
여고생이 있냐고~……

엄마가 문 너머에서 "히마리, 시끄러워!"라고 야단쳤다.

나는 풀이 죽어 조용해졌다.

하지만 마음에 계속 응어리가 남아서 전혀 후련해지지 않는다.

(……무조건 미움받았겠지.)

그야 그렇겠지. 좋아하는 여자가 있다는 걸 알면서도 다가가서 키스한다든가, 진짜 패배자잖아. 여유가 하나도 없어.

게다가 쿠레하 씨와의 승부도 위험해.

어쩌지. 아마 유우의 멘탈에도 큰 대미지가 들어갔겠지. 쿠레하 씨와의 승부를 앞두고 무슨 짓을 저질러 버린 걸까…….

오빠한테 들키면 살해당하려나. 아니, 이제 됐어. 차라리 죽자. 이 인생 최고의 순간에 숨을 거두자. 그리고 세계의 미소녀인 나의 죽음을 아쉬워해 그 자서전이 소설이 되어 대히트. 사회현상이 되어 영화화까지 간 다음 흥행 수입도 왕창 버는 거야. 하지만 유감스럽게도, 나보다 예쁜 여배우를 기용할 수 없었던 게 아쉬워지겠네. 뭐, 어쩔 수 없지. 나보다 예쁜 존재라는 건 이 세상에 존재하지 않으니까, 푸하하하하핫!

……이러고 있을 때인가.

그렇게 혼자 태클을 거는데, 방문을 누군가 노크했다.

"히마리? 안 자고 있니?"

"우헤에아?!"

안 돼, 호랑이도 제 말 하면 온다더니!

오늘은 평소보다 집에 빨리 왔잖아! 전혀 마음의 준비가 안 됐어!

아마 내 상태가 이상하다는 말을 엄마한테 듣고 보러 온 거겠지. 위험해위험해우험해. 아니, 어떻게 잘만 하면…… 오빠한테 통할 리가 없잖아!

(이러면…… 도망치자!)

나는 침대에서 일어나, 스마트폰과 지갑을 챙겨 방에 있는 창문에 손을 댔다.

오늘 밤만 어딘가에 숨어서…… 어디 숨지? 유우네 집은 절대 안 돼! 에놋치네 집은…… 갈 수 있겠냐고!

아아, 이제 됐어! 아무튼 맥도날드에라도 도망…….

창문을 확 열었다.

"히마리. 어디 갈 생각이냐?"

"우헤에에에에에에에에에엣?!"

어째서인지 창문 밖에 오빠가 있었다—!!

말도 안 돼!! 아까 반대쪽에 있는 문에서 목소리가 났었 잖아?!

나는 몸을 젖혀서 그대로 방 안에서 엉덩방아를 찧었다. 오빠는 상냥한 미소를 띠더니 그대로 방에 들어와서…… 문으로 들어오라고!

"히마리. 무슨 일이지?"

"우, 우헤에……."

"그렇구나. 오늘의 해바라기 채취 때, 유우 군의 미적지근한 태도에 발끈해서 충동적으로 키스를 해버린 거구나. 그래서 나한테 혼날 거라고 생각한 거구나?"

왜 의사소통이 된 건데?!

오빠, 오늘 하루 종일 나 미행한 거 아니지?!

더는 안 되겠다. 끝이다. 오빠에게 들킨 이상 나는 말살당할 것이다. 유우의 액세서리 제작을 서포트하기는커녕, 이렇게 쓸데없는 문제만 일으키고 있으니까. 분명 유우의 비즈니스 파트너라는 지위를 박탈당하고, 예쁘게 랩핑된 채로 쿠레하 씨에게 보내질 거야…….

내가 바들바들 떨면서 분부를 기다리는 사이, 오빠는 복잡한 얼굴로 생각에 잠겨 있었다. 그러더니 "흐음……" 하고 중얼거린다.

"뭐, 저질러 버린 건 어쩔 수 없지. 마음을 다잡고 가자."

"……우헤?"

산뜻한 무죄 판결에 나는 눈을 끔뻑거렸다.

오빠는 신기하다는 듯이 고개를 갸웃했다.

"왜 그러지?"

"우, 우헤에……."

"하하하. 그럴 리가 없지. 네가 자기 마음을 솔직하게 전한 건 칭찬해야 할 일이야. 뭐, 분명 방식이 다소 많이 억지스럽긴 했지만 말이지."

"우헤에……?"

……왜지? 말도 안 돼.

게다가 오빠, 엄청 기분 좋아 보이는데. 오늘 일하다가 좋은 일이라도 있었던 걸까?

오빠는 하얀 이를 반짝였다.

"애초에 네가 차여 버리면 아무 걱정도 없이 내가 그 역할을 대행하면 되는 거다. 문제없어!"

"우헤에에에……."

그랬지요. 이 사람, 이런 사람이었지요.

오빠는 내 어깨를 두드리더니 상냥하게 말했다.

"게다가 창작이란 크리에이터의 인생을 비추는 거울이기도 해. 유우 군에게 새르운 경험을 축적시켜 주는 건 장기적으로 봤을 때 좋은 일이야."

"우, 우헤……."

그렇게 말한 오빠는 이번에는 문을 통해 방을 나갔다.

"자, 그럼 나는 저녁을 먹어야지. 아까부터 향기로운 교자 냄새가 풍겨서 참을 수가 없네. 하하하!"

즐거운 듯이 웃는 오빠를 배웅하고, 나는 바닥에 납작하게 쓰러졌다.

다, 다행이다. 어찌된 건지 살았……나 보네?

이야―, 숨이 붙어 있다는 건 멋지네. 당연하지. 이 나이에 죽을 수 있겠냐고. 설령 흥행 수입이 왕창 벌려도 내가 못 쓰면 의미가 없으니까!

아무튼, 이렇게 됐으니 계획을 짜 내야지. 이대로 유우와 얼굴을 맞대는 건 엄청 불편할 테니까!

나는 기합을 다지고 공부용 책장에 있는 노트북을 켰다. 으음. 일단은 넌지시 유우의 상태를 확인하고, 그다음에……음~~~~?

나는 오빠가 나간 문 쪽을 돌아봤다.

뭔가 잊고 있는 것 같은데…… 아, 교자.

나는 곧바로 아직 열려 있는 창문에 발을 올렸다. 도망쳐라. 생존본능이 고하고 있다. 하지만 실은 잘 알고 있다. 오빠에게서 도망치는 것은 불가능하다는 걸.

그렇게 생각한 순간, 뒤에서 다시 방문이 열렸습니다☆

해바라기 채취 후 다음 날.

나는 혼자 과학실에서 작업을 계속하고 있었다.

에탄올에 담근 해바라기의 상태를 본다. 상태는…… 솔직히 모르겠다.

이제 된 것 같은 느낌도 들고, 아직 부족한 것 같은 느낌도…… 에잇, 모르겠어! 그리고 어제부터 계속 히마리의 얼굴이 어른거려서 집중이 안 된다.

라인을 보내려고 해도 너무 거북해서 안 되겠고, 저쪽에서도 소식이 없다. 히마리의 답 같은 건 상관없다고 끊어 내봐도, 그걸로 마음이 다잡힐 만큼 시원한 성격이 아니다.

집중하자, 집중. 힘내라 유우. 너라면 할 수 있…….

"유 군. 안녕."

"우와앗—?!"

에노모토였다.

내 앞에 불쑥 얼굴을 내밀고, 정면에서 빤히 보고 있다. 너무 귀엽네.

"에, 에노모토 양. 안녕. 취주악부는?"

"점심시간 휴식이라, 상황 보러 왔어."

"아, 미, 미안. 그러고 보니 같이 밥 먹자고 했었지……."

에노모토는 테이블에 도시락을 놓고 반대편에 앉았다. 그리고 기재 속에 잠겨 있는 해바라기를 찬찬히 봤다.

"와아, 색이 빠졌어…… 이제 꺼내는 거야?"

"아직 검토 중. 표면만 보면 성분이 빠져 있어도, 안쪽까지 빠져 있는지는 몰라. 어중간한 상태로 다음 작업을 진행하면 완성한 뒤에 문제가 생기거든……."

에노모토가 흠흠 하고 스마트폰에 메모했다.

여전히 성실하네…….

"하지만 튤립 때는 하루 만에 꺼냈잖아?"

"그랬었지. 하지만 해바라기는 프리저브드 플라워로 만들기가 어려워."

"그런 거야?"

"꽃 자체가 너무 크거든. 크면 그만큼 용액이 침투하는 데도 시간이 걸리고, 그렇다고 필요 이상으로 담그는 것도 좋지 않아.”

“흐음. 그렇게 어려운 거구나…….”

빤히 네 개의 해바라기를 순서대로 확인해 갔다.

“어제, 히이랑 가져온 거야?”

무심코 뜨끔해 버렸다.

에노모토가 이상하다는 듯 보길래 서둘러 얼버무리기 위한 헛기침을 했다.

“으, 응. 해바라기 밭에서…….”

“히이랑 키스하는 김에 가져왔구나?”

“아니, 굳이 말하자면 해바라기를 가져오는 김에 히마리랑 키스를…… 으윽.”

슬쩍 시선을 보내자 에노모토가 음울한 얼굴로 홍차 페트병의 뚜껑을 열고 있었다.

무표정인 채로 갑자기 페트병 뚜껑을 손가락으로 겨누는 에노모토. 딱밤 스타일의 사출기에 올라탄 뚜껑이 히죽 웃은 듯한 기분이 들었다.

그리고 에노모토가 뚜껑을 기세 좋게 검지로 튕겼다!

“에잇.”

“아얏?!”

페트병 뚜껑이 내 이마에 화려하게 명중했다.

아이언 클로가 아니라서 방심했다. 그건 그렇고 양과자점에서 단련된 근력이 너무 심하게 센 것 아닌가?

명중당한 이마를 쓰다듬으며 나는 머뭇머뭇 물었다.

"……마키시마한테 들으셨나요?"

"응."

그 자식…… 아니, 됐다. 마키시마가 그런 놈이라는 건 알고 있었고, 애초에 들리게 한 내가 잘못이다.

무엇보다 아무튼 에노모토에게는 말할 생각이었다. 이제부터 내가 하려는 일도 전부.

에노모토는 방울토마토를 젓가락으로 찍어서 공중에서 빙글빙글 돌리고 있었다. 다리는 흔들흔들 움직이면서 한숨을 쉰다.

"나도 갔어야 했는데―. 그랬으면 히이한테 새치기 안 당했을 텐데……."

"……되게 답하기 어려운 말이네."

미안하지만 에노모토가 있는 상황에서 히마리의 히스테리가 터졌다면 정말 답도 없었을 것 같다.

"있잖아, 에노모토 양……."

"응?"

심장 소리가 시끄럽다.

나는 무척 긴장하면서 그 사실을 전했다.

"나, 히마리한테 제대로 마음을 전해보려고 해."

"…………."

에노모토는 평소에 짓는 미묘하게 불쾌한 표정 그대로였다.

내가 두근두근하며 대답을 기다리자 쌀쌀맞게 방울토마

토를 씹는 에노모토.

"좋은 것 같아."

"어, 괜찮아?"

"안 괜찮은 게 좋았어?"

"아, 아냐. 고마워……."

어―. 엄청 기분이 이상한데.

애, 나를 좋아한다고 했었잖아? 괜찮은 거지? 정말로? 아니면 사실 이미 정이 떨어졌었나? 나 혼자 섀도 복싱을 한 거라면 너무 부끄러운데?

내가 고뇌하고 있자 에노모토가 "헷" 하고 웃었다.

"왜냐면, 유 군이 히이랑 사귀든 말든 나랑은 관계없는걸."

"어, 무슨 뜻이야?"

"나는, 유 군이 히이랑 사귀지 않아서 좋아한 게 아니야. 유 군이 처음부터 히이랑 사귀고 있었다 해도 아마 좋아한다고 말했을 거야."

"…………."

그러고 보니 에노모토는 이런 애였지…….

이 강철 멘탈은 정말 좀 나눠 받고 싶다.

"나는 히이의 최고의 친구가 되어서, 서로 납득한 뒤에 히이가 유 군을 내게 바치도록 힘낼 거야. 초지일관."

"그건 친구가 아니라 상하관계에서 오는 납득 시스템 아닌지……?"

에노모토가 의기양양하게 커다란 가슴을 폈다.

"히이라는 성공 사례를 연구하는 것으로, 나는 더욱 높이 올라갈 거니까."

"무슨 소리야……?"

"이번 결과에서 도출되는 건, 유 군이 연애뇌와 우정뇌가 합쳐져 있는 타입이라는 것. 그러니까 나도 지금까지 쓰던 방식으로는 안 된다고 생각해. 이제부터 우선해야 할 것은 유 군의 우정뇌를 함락시키는 것. 즉 'you' 팀 안에서의 특별한 포지션 개척이야——."

"진심이야?!"

에노모토는 멘탈이 강하구나 생각했었는데, 단순히 역경에 불타오르는 타입이었던 걸까. 굉장한 압박이 느껴지지만 그걸 본인 앞에서 선언하는 것도 엄청 귀엽다.

"그럼, 다시 부활동 연습하러 갈게."

"알았어. 힘내."

도시락을 다 먹은 에노모토가 일어섰다.

그리고 문을 연 순간, 복도 쪽에서 문에 손을 대려던 히마리와 맞닥뜨렸다.

"…………."

"…………."

"…………."

분위기가 무거워!!

완전히 기습적이었다. 과학실이 불편한 침묵에 휩싸인다.

어쩌지? 완전히 기세가 꺾였는데. 물론 에노모토가 없었더라도 제대로 대화할 수 있었을 것 같진 않지만.

가장 먼저 움직인 것은── 에노모토였다. 그 오른손이 히마리의 머리를 꽉 잡는다.

"처벌."

그 순간, 히마리의 추잡한 비명이 울려 퍼졌다!

"으갸아아아아아아아아아아아악?!"

히마리를 복도에서 침몰시킨 뒤, 에노모토는 "또 시시한 녀석을 담가버렸어……"라는 느낌으로 양손을 짝짝 쳤다.

"유 군, 연습 끝나면 올게."

쿨하게 떠나가는 에노모토.

"…………."

아니 에노모토 양, 화난 거 맞잖아?!

다행이다, 내게 아이언 클로가 오지 않아서 정말 다행이다……!!

"히마리, 괜찮아……?"

"괘, 괜찮을 리가 있겠냐구──……. 에놋치, 오늘은 정말 진심이었어…… 진짜 죽는 줄 알았어……."

평소에는 봐줬는데도 그 정도였나…….

결코 남의 일이 아니라는 공포를 느꼈다. 히마리는 머리를 부여잡으며 들어왔다.

"…………."

"…………."

그리고 침묵.

에노모토 덕(?)에 분위기는 약간 누그러졌지만, 거북한 건 변함없다. 아까부터 히마리는 시선도 마주치려고 하지 않고. ……그렇게 리액션하면 이쪽도 신경 쓰이는데요.

그래도 히마리는 해바라기가 든 기재를 보면서 평소처럼 행동하려고 했다.

"아, 아하하―. 유우, 엄청 순조로워 보이잖아. 이러면 쿠레하 씨와의 승부도 완전 여유라는 느낌……."

"있잖아, 히마리."

나는 저쪽에서 뭔가 말하기 전에 가로막았다.

히마리가 깜짝 놀라 쿵 앉았다. 입술을 꽉 깨물면서 꾸지람당하기 전 같은 느낌으로 내 말을 기다렸다.

"나는 어제 있던 일, 없었던 걸로는 안 할 거야."

"?!"

히마리의 몸이 굳었다.

살짝…… 아니, 상당히 울 것 같은 표정이다. 아마 또 이상한 오해를 하고 있겠지. "콤비 해산이라도 말하려나?!"라고 생각하는 것 같다.

나는 당황해서 결정한 사항을 전했다.

"그래서, 그…… 쿠레하 씨와의 승부에서 이기면 하고 싶은 말이 있어."

"…………."

내가 봐도 참 진부하다……. 그리 생각했지만 달리 떠오르는 게 없었다. 그래도 히마리처럼 인기 있는 애가 이 말의 의미를 눈치채지 못할 리가 없겠지.

갑자기 얼굴이 새빨개진 히마리는 있는 힘껏 허공에 시선을 굴리다가…… 이윽고 입가를 양손으로 가리면서 작은 목소리로 "……응"이라는 대답만 했다.

"…………."

"…………."

아니, 불편해!!

그럴 만도 하지. 확실히 고백받은 것도 아닌데 히마리가 그 이상의 대답을 할 리가 없잖아.

할 말은 정해 두었지만, **말한 뒤**에 대한 건 전혀 생각을 안 하고 있었다.

뭐, 뭔가, 그, 저기…… 이제 그냥 됐다. 해바라기나 꺼내자!

나는 당황한 채로, 그러면서도 세심한 주의를 기울이며 기재를 열었다. 그리고 용액에 잠겨 있는 해바라기를 꺼냈다.

결과적으로 그것은 잘한 일이었다.

히마리의 흥미가 꽃으로 옮겨갔다. 그리고 그것을 빤히 쳐다보면서 내게 물었다.

"유우. 이걸로 뭐 만들 거야?"

"…………."

나는 살짝 망설이면서 대답했다.

"해바라기 티아라."

티아라.

주로 여성이 머리에 착용하는 예장용 장식품. 설명대로,
대부분 **특별한 경우에만** 사용한다.

히마리를 위한 티아라.

그 의미는 뭐, 정해져 있다. 그리고 나의 이 더럽게 무거
운 제안에도 히마리는 살짝 기쁜 듯이 웃었다.

"괜찮네."

그 미소는 그 중학교 시절의 개인전 때보다도 훨씬 귀엽
다고…… 나도 모르게 생각해 버렸다.

사랑을 쌓아 올리는 데 3년의 세월이 걸릴지라도, 그것을 잃어버리는 것은 한순간이겠지.

나의 인생이 소설이라면. 혹은 영화라면.

줄어드는 페이지 수가, 남은 상영시간이 이 사랑의 끝이 다가오고 있음을 가르쳐 주고 있지 않을까. 클라이맥스 전에는 알아보기 쉬운 분위기의 고조가 있을 것이고, 최대의 위기에는 사전에 복선으로 느낌을 풍겨줄 것이다.

하지만 이것은 현실이다.

전조도 없이 끝이 오며, 그 운명은 피할 수 없다.

그날―― 쿠레하 씨와의 약속까지 앞으로 3일을 남기고 있었다.

우리 집 편의점은 오봉에도 정상 영업이고, 애초에 우리 가족은 원래 방임주의다. 연휴라고 가족끼리 단란하게 보내지 않는다.

단지 오봉 때는 집에 있기가 거북하다. 그것은 시집간 누나 둘이 게릴라 형식으로 습격을 와서, 집에 있으면 내가 잔소리를 듣기 때문이다.

게다가 오봉 동안에는 학교가 완전히 문을 닫는다.

과학실로 도망칠 수가 없기에 나는 묵을 준비를 하고 이누즈카 집안에 피난을 와 있었다. 여기라면 자유롭게 행동할 수 있고, 무엇보다 완성된 티아라를 고양이 다이후쿠에게 노려지지 않는다.

문제를 꼽자면 전에 말했던 대로 히마리가 부모님과 나가 있기 때문에, 며칠 동안 히바리 씨, 할아버님과 함께 셋이서 지내는 상태라는 정도.

물론 두 분 다 잘해주신다. 잘해주시기는 하지만, 내게 줄 식사를 가지고 매번 리얼 파이트를 하는 건 그만뒀으면 좋겠다…….

아무튼 액세서리 제작은 완료되었고, 남은 건 쿠레하 씨가 귀성하기를 기다리는 것뿐이었다.

해바라기 티아라.

해바라기 잎을 본뜬 파츠를 중심으로 내가 심혈을 기울여 만들었다. 왼쪽 끝에는 커다란 해바라기 프리저브드 플라워를 장식했다.

틀림없이 나의 최고 걸작이다. 이거라면 이길 수 있다. 제아무리 쿠레하 씨라도 만족해 줄 터. 실제로 본 히바리 씨도 확실히 보장을 할 만큼의 완성도였다.

그날 밤, 히바리 씨가 집에 돌아왔다.

내가 묵고 있는 손님용 방에 뛰어 들어와 선물로 고등어 누름초밥을 들어서 보여줬다.

"안녕, 유우 군! 기다리게 했지!"

"아, 다녀오셨어요."

"이야이야. 곤란하네. 이 오봉 시기에 중학교 동창회가 잡히다니. 나 참, 유우 군이 있는 상황에 쓸데없이 시간을 써 버렸어."

"오히려 오봉이라 잡힌 거 아닌가요……?"

그쪽 사정은 고등학생인 나는 모르지만, 히바리 씨는 불평하는 것치고 즐거워 보였다. 역시 옛 친구들을 만난다는 건 특별한 일인 걸지도 모른다.

히바리 씨는 기분 좋은 듯 위스키 병을 꺼내더니, 고등어 스시와 함께 테이블에 늘어놓았다.

"자, 2차를 해볼까!"

"스시랑 위스키가 어울리나요?"

"위스키에 어울리지 않는 요리를 찾는 게 더 힘들지. 유우 군이 성인이 된 뒤가 너무 기대되는군. 같이 근처에 있는 맛있는 술집을 제패하자!"

"저는 아빠 닮아서 아마 술은 약할 거라 생각하는데요……?"

그렇게 말하면서 나도 페트병에 든 차를 잔에 따랐다.

한동안 히바리 씨와 별것 아닌 이야기를 나누었다. 동창회의 영향인지 히바리 씨는 학생 때의 이야기가 많았다. 특히 중학생 때는 인기가 없어서 선배 여자에게 고백했다가 깨지고, 그게 같은 반 남자애들에게 퍼져서 부끄러웠다는 이야기는 의외였다.

"허. 히바리 씨는 예전부터 인기 많았을 줄 알았는데……."

“생떼나 부리는 꼬맹이였거든. 그 할아버지한테 길러진 이상 어쩔 수 없지만, 역시 같은 반 애들은 거북해하더라고.”

“그럼 그런 중학교 동창회에 나가신 거예요……?”

“지금은 사이가 좋아. 취직한 뒤에 업무 관련으로 재회했거든. 신기하게도 사람이라는 건 만나는 시기가 달라지면 친구가 원수가 되기도 하지. 그 반대도 마찬가지고.”

이렇게 그릇이 큰 사람이 어째서 아직도 쿠레하 씨를 적대하고 있는 걸까. 역시 연애 트러블로 생기는 악연은 깊은 모양이다…….

그렇게 시간을 보내고 있는데, 문득 히바리 씨가 말했다.

“그렇지. 그 쾨아라가 보고 싶네. 술안주로 쓰기엔 아깝지만, 눈 호강이 있는 거랑 없는 건 차이가 크니까.”

“어. 저번에도 보셨잖아요…….”

“하하하. 좋은 건 몇 번이라도 보고 싶은 거야. 게다가 유우 군도 최근에는 히마리만 생각하느라 체크를 안 했잖아?”

“으윽…….”

히바리 씨의 시선은 방구석에 난잡하게 놓인 현내의 여행지를 정리한 잡지를 향하고 있었다. 여름방학 이벤트라든가 축제에 관련된 정보를 망라한 책이다. 시골에서는 아직도 인터넷보다 이런 잡지 쪽이 정보가 더 풍부하기도 하다.

정성스럽게 펜으로 ○ 표시 같은 게 되어 있어서, 내가 얼마나 들떴는지를 알 수 있었다.

“이, 이건 그, 저번에, 해바라기를 찾으러 갈 때 또 놀러 가자는 약속을 한 것뿐이고…….”

“하하하. 숨길 것 없어. 히마리한테 전부 들었으니까 말이야!”

“젠장, 프라이버시를 지킬 수가 없어…….”

전부 공개. 전부 공개입니다.

애초에 끝까지 숨길 생각은 없었지만, 그래도 너무 빠른 것 아닌가? 히마리 씨, 대체 무슨 태도를 취해야 이렇게 되는 건가요?

내가 혼자서 낙담하자 히바리 씨가 웃으면서 어깨를 두드렸다.

“이야, 이제 정식으로 진짜 매제가 되는 건가. 형님으로서 더 응석을 받아줄 수 있는데?”

“너무 적극적이어서 오히려 힘들어요…….”

이래서 요새 기분이 좋으셨구나.

내가 혼자서 죽고 싶은 기분을 느끼는데, 히바리 씨가 덜컥덜컥 어깨를 흔들었다.

“자자. 곧 히마리에게 바칠 티아라로 건배하자. 곧 찾아올! 히마리의! 봄날에! 착용할 예정인! 해바라기 티아라로!”

“너무 무거워요! 그리고 진짜로 그런 말투 하지 말아주세요!”

너무 성질이 급하다고 해야 하나. 뉘앙스는 맞지만 말로 하지는 말아줬으면 좋겠다. 사춘기 남자에게 그런 말을 해도 되는 거라 생각하시는 건가요…….

나는 티아라를 담은 케이스를 꺼내 열었다.

그리고 안을 들여다보고…… 숨을 삼켰다.

해바라기가, 변색되어 시들고 있었던 것이다.

히바리 씨도 그 사실을 눈치챘다.

아까까지 주정뱅이였던 태도가 순식간에 사라지고, 진지한 표정으로 내게 물었다.

"유우 군. 이건?"

"이, 이건, 그게…….'"

어째서지?

어째서, 이렇게 됐지?

나는 새하얘지려는 머리로 최대한 생각했다.

누군가가 시들게 했나? 아니, 뜯기거나 찢긴 것이 아니다. 이것은 사람의 손으로 이루어진 일이 아니라…… 자연스럽게 일어난 일이다.

시들고 있다. 즉 꽃의 내부의 수분이 사라져 마르기 시작한 상태라는 것이다. 프리저브드 플라워는 꽃의 가사 상태. 언젠가 이런 상태가 되는 것은 맞다.

하지만, 그것이 너무 빠르다.

꽃 내부에는 보습을 위한 용액이 차 있을 텐데. 그것은 웬만한 일로 쉽게 빠지지 않는다.

그런데도 수분이 빠지고 있다는 것은…… 용액을 빨아들이게 하는 초기 단계에서 꽃의 탈수가 충분히 이루어지지 않았었다는 뜻이다.

원래 꽃의 수분과 용액의 관계는 의자 뺏기 게임 같은 것이다.

우선은 원래 든 수분을 의자에서 쫓아내고, 거기에 용액을 앉게 한다는 이미지다. 수분이 빠지지 않았다면 용액은 충분히 침투할 수 없다. 그리고 안쪽에 남은 수분은…… 보급이 되지 않으면 금세 사라져 버린다.

탈수용 용액에서 빼는 타이밍을 착각했다.

어째서? 탈수할 때, 나는 무엇을 했지…… 아앗?!

"유우 군. 왜 그러니?"

"…………."

나는 대답할 수 없었다.

그렇다.

탈수용 용액에서 빼냈던 것은—— 히마리에게 그 약속을 했던 때다.

『이제 그냥 됐다. 해바라기나 꺼내자!』

그때 히마리와 말없이 있는 분위기를 견디지 못하고, 무심코 해바라기 작업에 들어가면서 얼버무렸다. 탈수 상태는…… 미묘했었다. 아직 내부의 수분이 완전히 빠지지 않았던 것이다.

히바리 씨가 난감한 얼굴로 물었다.

"유우 군. 이건 복원할 수 있는 거니?"

"이건 불가능해요. 이 꽃에는 이제 보습용 용액을 빨아들

일 힘이 없어요. 겉모습만 꾸미는 건 가능하지만, 어떻게 해도 품질은 떨어져요……."

"여분은?"

"이것 외에 세 개 있던 것 중에 두 개는 시험작에 썼네요……. 남은 한 개가 집에 있지만 같은 타이밍에 채취한 거라…… 아마 안 될 거예요."

실수했다.

이런 일이 생길 수 있기에 여분을 써서 용액에 담그는 시간을 달리 해둬야 했다. 액세서리의 완성에만 정신이 팔려서 이런 사태를 예상하지 못했다. 안 그래도 해바라기는 어렵다고 에노모토에게 설명한 주제에…….

지금부터 프리저브드 플라워를 다시 만들면, 시간이 될까? 솔직히 미묘하다. 당일만 예쁘게 보이게 하는 정도는 가능할지도 모르지만…….

"유우 군! 차를 가져올 테니 바로 집에 있는 여분을 체크하러 가자. 안 된다면 꽃집을 이 잡듯이 뒤져서……."

"아뇨, 히바리 씨 너무 많이 마셨어요!"

"앗?! 이, 이런—!"

히바리 씨가 택시를 부를 준비를 하는 사이, 나는 그저 한심하게 주먹을 쥐고 있었다.

머리 한구석에서 알고 있었다.

아마도 이 승부는…… 이제 끝났다는 것을.

V | "계속 곁에 있어요" for Flag 3.

사흘 뒤, 이른 아침.

나는 수라장을 넘었다.

근처 꽃집에서 해바라기를 사고, 매우 서둘러서 프리저브드 플라워로 가공했다. 꽃의 사이즈가 작아졌기에 티아라도 새롭게 만들었다.

그리고 어제, 오봉이 지나 히마리가 돌아왔다.

최근에 잔뜩 들은 "유우, 뭐 하는 거야?!"로 시작되는 언쟁 등 이런저런 일이 있었지만, 히바리 씨가 중재해 주었다. 어젯밤에는 돌아오느라 지쳐 있을 텐데도 계속 같이 있어 줬고.

"……좋아. 어떻게든 완성했어."

크게 숨을 돌렸다.

해바라기 티아라. 3일 전까지의 최고 걸작이라고는 못 하겠지만, 어떻게든 팔기에는 충분한 완성도가 되었을 터…….

장지문 너머는 완전히 밝아져 있었고…… 깜짝이야! 히마리가 내 어깨에 팔을 축 늘어뜨리고 잠들어 있었다.

평소처럼 목을 안고서 작업을 보고 있었나 보다. 액세서리의 최종 조정에 집중하느라 눈치채지 못했다. 그래서 어깨가 아픈 거구나…….

(……이러고 있으니까 그 키스 때가 떠오르네.)

매끈한 머리카락이 내 볼에 닿아서 눌려 있다. 따뜻한 숨이 목덜미를 쓰다듬고, 숨을 쉴 때마다 등에 히마리의 가슴이 눌렸다. …… 위험해. 진짜 긴장된다.

내가 '어, 어쩌지? 히마리를 안 치우면 못 움직이는데. 하지만 작업은 끝났으니 한동안 이대로 있어도……'라고 나쁜 생각을 하고 있는데, 장지문이 열렸다.

"유우 군, 들어갈게. ……허어?"

히바리 씨였다. 아, 안 돼. 그렇게 생각할 틈도 없이 주먹밥과 차가 놓인 쟁반을 들고 들어왔다.

우리의 자세를 본 히바리 씨가 흐뭇한 미소를 지었다.

"히마리 팔, 머플러로 가공해서 들고 갈래?"

"무서워요! 무슨 사고를 거쳐야 그런 말이 나오는 거예요?!"

"하하하. 농담이야. 둘이 너무 눈부셔서, 나도 모르게 심술을 부려버렸네."

알아듣기 힘들어!

눈 밑에 옅게 다크서클이 있다. 아마 히바리 씨도 자지 않고 대기해 주셨던 거겠지. 엄청나게 자상하지만 수면 부족인 히바리 씨의 농담은 너무 불온하다.

그 태클에 히마리가 눈을 떴다.

"으응…… 아, 좋은 아침."

"조, 좋은 아침…….“

입가에 침을 흘려서 내 옷깃을 적셨는데도, 막 일어난 미소녀는 오늘도 무척이나 귀엽다.

히마리는 눈을 끔뻑거리더니 얍, 하고 가볍게 일어났다. 장지문을 열고 창밖을 보면서 확 기지캐를 켠다. 무척 개운하게 잤나 보다.

"이야—, 어제는 오랜만에 유우 성분이 보급돼서 나도 모르게 자버렸네—."

"그 유우 성분은 대체 뭔데? 멋대로 이상한 성분 만들지 말아줄래?"

"이상한 성분 아니야—. 오빠도 자주 말하는데."

"히바리 씨?!"

히바리 씨는 상쾌한 미소로 넘기더니 주먹밥이 올라간 쟁반을 테이블에 놓았다.

"어디. 성과를 볼까?"

"아, 네!"

방금 완성된 티아라를 히바리 씨 앞에 내밀었다.

히바리 씨는 그걸 히마리와 함께 들여다봤다.

"오—, 좋잖아! 엄청 예뻐."

"가, 감사함다……."

무심결에 부끄러워졌다.

그리고 히마리가 히바리 씨에게 동의를 구했다.

"그치, 오빠!"

"…………."

응?

히바리 씨는 난감한 얼굴로 티아라를 빤히 바라보고 있다.

"히바리 씨. 혹시, 어딘가 별로인가요……?"

"아. 아니야, 그런 게 아니야."

그렇게 말하고 싱긋 웃는 히바리 씨.

"**나는** 좋은 작품이라고 생각해. 요 3일 만에 이렇게까지 만회하다니. 이거라면 쿠레하 군도 납득하지 않을까."

뭔가 걸리는 느낌이다.

아니, 히바리 씨는 거짓말을 하지 않는다. 나는 그 말을 믿을 뿐이다.

"그럼 슬슬 준비할까. 쿠레하 군은 어제 도착했을 거야."

우리는 고개를 끄덕이고 티아라를 케이스에 넣었다.

몸단장을 마치고 히바리 씨의 차로 출발했다.

그 도중에, 에노모토네 집을 들렀다. 거기서 태운 에노모토는 무척이나 의욕을 담아 선언했다.

"오늘이야말로, 언니를 잡을 거야."

"에노모토 양. 그 커다란 가방엔 뭐가 든 거야?"

에노모토는 너무나도 어울리지 않는 투박한 가방을 안고 있었다.

에노모토는 "에헤" 하고 부끄러운 듯 웃더니, 무척 귀엽게 대답했다.

"비밀이야."

"그, 그래. 응, 잡으면 좋겠네……."

지퍼 틈새로 뭔가 굵은 사슬 같은 게 보이고 있는데.

괜찮지? 이대로 우리 집에 데려가도 괜찮은 거지? 경찰을 부르는 사태는 안 일어나겠지?

바들바들 떨고 있자니 우리 집 편의점이 보였다.

……드디어, 약속의 날이다.

도착한 시각은 아침 9시였다.

쿠레하 씨는 이미 일어나서 우리 집 거실에서 사쿠 누나와 우아하게 홍차를 마시고 있었다. 우리가 거실에 들어서자 만면의 미소로 맞이했다.

"앗! 유~짱, 히마리, 안녕~☆"

"아, 안녕하세요."

무척 높은 텐션으로 손을 붕붕 흔드는 쿠레하 씨.

긴장감이 없구나 생각하는데 갑자기 쿠레하 씨의 몸이 빙글빙글 사슬로 감겼다. 등 뒤에서 에노모토가 철컥 잠금을 걸었다.

그리고 에노모토는 그대로 그녀를 질질 끌고 갔다.

"언니. 집에 갈 거야."

"잠깐, 리온~! 난폭한 짓은 그만둬~!"

"시끄러워. 언니, 늘 눈만 떼면 도망치잖아. 오늘이야말로 엄마한테 혼나게 할 거야."

"엄마는 용서해 줬잖아~!"

"언니가 잡히지를 않으니까 포기한 것뿐이야."

에노모토는 거실 출구에서 우리 쪽을 쳐다보고, 꾸벅 고개를 숙였다.

"실례했습니다."

그렇게 말하고 거실을 나섰는데…… 아니 잠깐—?!

"에노모토 양, 잠깐잠깐!"

"……뿌우."

큰일 날 뻔했네.

수면 부족으로 판단력이 둔해져서 그대로 보내줄 뻔했네. 최종 보스가 갑자기 가족에게 끌려가서 퇴장이라니 대체 뭐야?

"저기, 에노모토 양. 나도 쿠레하 씨랑 이야기를 해야 해. 괜찮다면 그게 끝난 뒤에 해주면 어떨까……."

"……유 군이 그렇게 말하면 그럴게."

사슬에 감긴 채로 소파에 앉혀지는 쿠레하 씨.

아니, 뭐야 이 상황. 여기서 우리 아빠나 엄마가 돌아오면 무조건 이상한 오해를 받을 텐데…….

그리고 당사자인 쿠레하 씨는 전혀 개의치 않고 싱글싱글 웃으면서 말했다.

"그러면, 유~짱의 액세서리를 볼까나~ ♪"

"네, 네. 잘 부탁드려요."

엄청 두근거린다. 때가 닥치니 역시 손이 떨리고 있었다.

케이스를 열고 해바라기 티아라를 꺼냈다. 그리고 신중하게 쿠레하 씨의 눈앞에 있는 테이블에 놓았다.

우선 에노모토가 숨을 뱉었다.

"예쁘다."

"고, 고마워."

여러 사람 앞에서 칭찬받으니 반응하기가 힘들다. ……그리고 히마리 왜 네가 의기양양한 거야? 괜히 반응하면 긁어 부스럼이니까 절대 안 하겠지만.

"…………."

사쿠 누나는 평소처럼 포리피를 먹으며 말없이 빤히 보기만 했다.

히바리 씨도…… 응? 히바리 씨, 왜 긴장하면서 사쿠 누나를 보고 있는 거지? 그게 조금 걸렸지만, 지금은 신경 쓰지 말자.

아무튼, 지금은 쿠레하 씨의 반응이 중요…….

"우와~, 예쁘네~. 인스타에 올라오는 것보다 훨씬 정성이 들어갔어~♪"

……어?

생각보다 훨씬 더…… 아니, 애초에 생각도 못 했을 정도로 크게 웃으며 티아라를 보고 있다.

"이거, 혹시 웨딩 티아라인 걸까~? 해바라기가 화려하고 예쁘네~. 티아라도 조금 덜 화려하게 했지만 세세하게 만들었고~. 응응, 엄청 좋아~♪"

노골적으로 몹시 칭찬하고 있다.

너무나도 악의 없는 리액션에 오히려 뭔가 있는 게 아닐까 의심하게 될 정도였다. 히마리나 에노모토도 멍하니 있었다.

“저기, 정말로 그렇게 생각하세요?”

“어~. 귀여운 건 귀여운 거잖아~. 이거 갖고 싶어~. 이거 일반 판매할 생각은 있는 거야~?”

나는 뒷말을 잇지 못했다.

너무나도 허무한 결말이다. 이 3주 동안 그렇게나 이것저것 생각했던 건 뭐였지. 아니, 긍정적으로 생각하면 이것저것 생각했기에 이런 결말이 된 건가?

하지만 어찌 됐든 좋은 인상이라는 점에 안심했다.

이 승부에서 이기면, 히마리를 데리고 가는 건 포기하게 만든다. 나는 숨을 돌리고 쿠레하 씨에게 확인했다.

“그럼, 제가 이긴 게 맞는 거죠……?”

“응~? 그건 글쎄다~?”

갑자기 애를 태우는 쿠레하 씨.

묘한 대답이었다. 쿠레하 씨는 마음에 들었다고 하는데, 승부가 안 났다고?

기분이 상쾌해지지 않은 건 히마리나 에노모토도 똑같았다. 둘이서 얼굴을 마주 보고는 “어떻게 된 거야?” “글쎄”라는 말을 나누고 있다.

단 한 명, 히바리 씨가 무언가를 짐작한 듯 작게 혀를 찼다.

그 모습에 나는 기분 나쁜 술렁임을 느꼈다.

좋지 않은 예감을 긍정하듯, 쿠레하 씨는 젠체하며 팔을 교차시켰다.

즉…… 'X'다.

쿠레하 씨는 변함없는 미소로 드높이 선언했다.

"예쁘지만, 승부는 졌어~♪"

"아니…….”

무심코 목소리가 거칠어졌다.

"설마 뭘 만들든 지게 할 생각이었나요?!"

"그런 비겁한 짓은 안 해~. 유~짱이 좋은 물건을 만들면 히마리를 포기해 줄 생각이었어~.”

"그럼, 어째서……?"

내 말에 쿠레하 씨가 미소 지었다.

전혀 변함없는…… 그 차가운 인형 같은 미소다.

"당연하잖아~? 이 승부의 조건은 '유~짱의 전력을 보여 주는 것'. 그런데도 **실패작**으로 나를 속여넘기려 하다니, 그게 더 이상하다고 생각하지 않아~?"

"그, 그렇지 않아요! 저는 언제나 액세서리에 전력을 다 해…….”

"하아."

쿠레하 씨가 한숨을 쉬었다.

"그럼, 왜 **두 번째 액세서리**를 가져왔어~?"

"……?!"

말문이 막혔다.

그 태도가 가장 큰 긍정이 되었다. 아니, 여기서 얼버무려 넘기는 것은 어차피 의미가 없다. 쿠레하 씨가 **무언가 확신**을 갖고 말하는 건 분명했다.

"어, 어떻게 가셨죠?"

"해바라기가 시든 건 알고 있어~. **사쿠라가 가르쳐 주었으니까~♪**"

······하?

태연하게 밝힌 진실에 나는 말을 잃었다.

그리고 해바라기가 시든 사실을 전했다는 사쿠 누나는, 태연한 얼굴로 포리피를 집어 먹고 있다. 그 눈이 나를 힐끗 봤다가 아두 말 없이 TV를 향했다.

쿠레하 씨의 차가운 시선이 꽂혔다.

"유~짱. 나를 속이려고 한 거네~?"

"그, 그런 게 아닌데······."

"그럼, 어째서 원래 정했던 해바라기가 시든 걸 솔직하게 말하지 않았어~?"

"아뇨, 그래도 승부어만 맞추면······."

"맞추면, 뭐라고?"

"······?!"

내가 지금, 믹라고 하려고 했지?

쿠레하 씨의 추궁보다도 갑자기 나온 내 말에 아연해졌다.

『승부에만 맞추면, 뭐든 상관없잖아요.』

깊게 삼킨 그 말이 내 안에 **쐐기**를 박는다.

그것이 녹아 사라지지 않고, 마음의 추가 되는 것을 느꼈다.

쿠레하 씨의 흥미가 나에게서 옮겨 갔다. 그녀는 히바리 씨를 보더니 조소했다.

"히바리 군으 최애라고 해서 기대했는데~. 정말 실망했어~."

"…………."

말없이 지켜코던 히바리 씨가 입술을 꽉 깨물었다.

반론의 여지가 없다는 뜻이었다. 그리고 그걸 넘어서……그 자존심 강한 히바리 씨가 저런 표정을 짓게 만들었다는 것이, 참을 수 없이 괴로웠다.

쿠레하 씨는 이야기가 끝났다는 듯 에노모토 쪽을 보았다.

"리온, 돌아가자~. 오랜만에 엄마 얼굴 봐야지~."

"……응."

그리고 에노모토에게 끌려서 거실을 나가는 쿠레하 씨. 그 와중에 그 눈은 히마리를 향해 있었다. 쿠레하 씨는 화사한 미소로 말을 건넸다.

"그럼, 히마리. 이제부터 진행할 일은 나중에 라인으로 얘기할게~ ♪"

"쿠, 쿠레하 씨! 저는……."

하지만 히마리의 말은 눈빛 한 번에 끊겼다.

"미련을 못 버리면, 애써 가진 귀여움이 빛바랠 거야~."

"……윽."

입을 열지 않는 에노모토에게 꽉 묶인 채로, 쿠레하 씨는 "안녕~"이라고 말하며 떠났다.

그리고 침묵에 휩싸인 거실.

우리의 시선은 사쿠 누나에게 쏠렸다.

사쿠 누나는 소파에서 다리를 꼰 채 포리피를 입 안에 확 넣었다. 그리고 그걸 아작아작 씹어먹으면서 힐끗 나를 쳐다봤다.

꿀꺽 삼키자마자 후우 한숨을 쉬는 사쿠 누나.

"뭔가 하고 싶은 말이 있나 보네?"

"……왜 원래 해바라기가 시들었다는 걸 쿠레하 씨한테 말한 거야."

히마리가 헛 하더니 웬일로 사쿠 누나에게 덤벼들었다.

"맞아! 사쿠라 씨, 유우를 응원하고 있던 게 아니었어?!"

하지만 사쿠 누나는 차가운 얼굴이었다.

"착각하지 말아줘. 내가 응원하고 있는 건 바보 동생이 아니라 히마리야."

"나, 나……?"

사쿠 누나는 확실하게 고개를 끄덕였다.

"바보 동생이 **히마리의 인생을 맡는다고** 하니까, 하다못
해 제대로 하라고 말했던 것뿐이야. 바보 동생이 액세서리
에 진지하지 않아졌다면 빨리 그만둬 버리는 게 좋아."

그 말에는 명확한 모멸이 배어 있었다.

"사쿠 누나. 내가 액세서리에 진지하지 않다고 말하려는
거야……?"

사쿠 누나가 주머니에서 액세서리 케이스를 꺼냈다.

그것을 테이블 위에 올리더니 뚜껑을 열었다. 거기에 들
어 있던 것은…… 내 액세서리?

"바보 동생. 이거 기억해?"

……기억한다.

이것은 지난달에…… 그 학교에서 있었던 소동 때 만들었
던 것 중 하나. 학교 학생들에게 만들어준 오더메이드 액세
서리. 이걸 왜 사쿠 누나가 가지고 있지?

"나, 그때 'you'의 회계 관계로 사정을 전하러 학교에 불
려 갔었어."

"……그러고 보니 그랬었던 것 같네."

내 액세서리를 샀던 학생의 보호자에게서 클레임이 들어
왔던 사건. 그 일로 내가 불려 갔을 때, 진로 지도 담당인 사
사키 선생님이 그런 말을 했었다. 그 뒤로 아무 말도 듣지
못해서 철석같이 문제가 없었던 거라 생각했다.

"그, 그때 무슨 말이라도 들은 거야……?"

"문제는 없었어. 사사키 선생님은 이해심이 있는 편이고,

회계에 관해서도 특히 문제 삼을 만한 부분은 없었어. ……
문제는 이 액세서리야.”
“이 액세서리에, 무슨 문제가……?”
“잘 봐.”
탁탁 테이블을 손가락으로 두드리는 사쿠 누나.
그것은 헤어핀이었다. 전에 에노모토에게 만들어 줬던 튤
립 헤어핀처럼, 프리저브드 플라워를 쓴 것.
“……아.”
꽃이 시들어 있었다.
3일 전에 해바라기 티아라에 일어났던 것과 같은 현상이다.
“이거랑 똑같은 게 두 개 더 있었어. 그리고 꽃잎에 균열
이 생긴 것도 하나. 이 의미를 너는 이해할 수 있잖아?”
“…………”
내가 말을 잃은 사이 사쿠 누나가 계속 말했다.
“4월쯤에 있던 일 기억나? 너한테 더 높은 곳으로 가기 위
해 ‘사랑’의 액세서리를 만들라고 말했던 거.”
“그것도 기억하는데…….”
에노모토의 월하미인 팔찌를 수리했던 날 있었던 일이다.
내 액세서리는 재구매 고객이 적다며, 사쿠 누나가 그런 과
제를 냈었다. 에노모토에게 튤립 헤어핀을 만들어 주게 된
계기이기도 하다.
“내가 준 과제를 마주하고, 네가 나름 열심히 했다는 건
알아. 게다가 더 높은 곳을 향할 이유도 찾았지. 하지만 그

것 때문에 드러난 사실이 있어. 너는, 근본적으로 **크리에이터에 적성이 없는** 거야.”

사쿠 누나가 일어섰다.

거실 구석에 골판지 상자가 있었다. 사쿠 누나는 그걸 가져오더니 테이블에 놓고 열었다. 안을 보고, 우리는 깜짝 놀랐다.

“이거, 전부 내 액세서리야……?”

지금까지 내가 만들었던 액세서리가 대량으로 들어 있었다. ……그중에는 그 중학교 문화제 때 판 것도 있다.

누나는 그걸 하나씩 테이블에 늘어놓았다. 액세서리 케이스에는 연도와 달이 붙어 있었다. 내가 액세서리를 판매한 시기였다.

“지금까지 네가 판 액세서리 중에 불량품은 하나도 없었어. 뭐, 다른 고객에게 판 것까지는 모르니까 절대라고는 못 하겠지. 하지만 이만큼 샘플이 있는데 하나도 불량품이 없다는 건 사실이야.”

그리고 사쿠 누나는 늘어놓은 액세서리 중 한곳을 손가락으로 툭툭 쳤다.

그것은 올해…… 4월.

“내가 과제를 내고 4달. 그 정도 시간 만에 여기 4개의 불량품이 나왔어. 그것도 오더메이드 작업에서. 이 과거 작품들이랑 오더메이드 한 작품. 뭐가 다른 것 같아?”

질문을 받아 생각한다. 아니, 생각할 것도 없었다.

기술이나 사용된 파츠의 문제가 아니다. 클라이언트에게 자세히 이야기를 들었는가, 같은 문제도 아니다.

문제는 그 시기의 내 멘탈.

히마리를 향한 마음을 주체하지 못해 거기에만 정신이 팔려 있었다. 말하자면 사생활 쪽에 캐퍼시티가 크게 할애된 탓에, 일에 악영향을 끼치고 있다는 것이다.

"네가 지금까지 크리에이터처럼 해올 수 있었던 건, 달리 열중 가능한 선택지가 없었기 때문이야. 살짝 연애가 얽혔다고 이렇게까지 집중력이 뚝 떨어진 게 그 증거지."

"사쿠 누나, 잠깐만. 분명 이 티아라의 원래 버전은 제작 단계에서 실패했어. 하지만 이렇게 늦지 않게 준비했잖아. 쿠레하 씨도 예쁘다고…….”

"너. 그런 타인의 평판으로 만족하는 사람이었어?"

"……?!”

사쿠 누나는 테이블 위의 티아라를 손에 들었다.

"해바라기 티아라. 좋다고 생각해. '너만을 바라본다'라는 마음을 담은 웨딩 아이템. 뛰어난 발상이야."

그리고, 날카로운 눈빛을 내게 보냈다.

"만약 이게 진짜 결혼식을 위한 주문이었다면, 넌 어떻게 할 생각이었어?"

그 말에 숨을 삼켰다.

"인생에 단 한 번뿐인 화려한 무대. 이 사람이라면 괜찮다고 결정한 운명의 상대. 자신의 인생을 지지해 준 가족이나 친구들 앞에서 선보여질 최고의 주역에게…… 이 **타이밍만 맞춰서 마련한 티아라**를, 너는 가슴을 펴고 줄 수 있어?”

사쿠 누나가 티아라의 윤곽을 쓰다듬는다.

“지금까지 네가 만든 액세서리는 전부 최선을 다하는 게 보였어. 분명 기술만 보면 이 티아라에 떨어질지도 몰라. 하지만 지금까지는 시간이 허락하는 한 하나의 작품의 완성도를 추구했었단 말이야. 이 티아라가 정말 네가 생각하는 네 최선이라고 말할 수 있어?”

“………….”

말할 수 없다.

이 티아라는 원래의 티아라에 달린 꽃이 시드는 바람에 준비한 ‘대체품’이다.

대체품의 해바라기는 그 해바라기 밭에서 가져온 것보다 훨씬 작다. 그렇기에 티아라 자체도 원래 생각보다 작게 했으며, 그것은 치명적으로 매력을 떨어뜨린 요소이기도 했다.

웨딩 티아라는 애초에 넓은 공간에서 사용하는 것을 전제로 한다. 그래서 멀리 앉은 내빈들의 눈에도 보이도록 큰 해바라기를 고른 것이다. 그런 전제를 만족하지 못한 시점에서 이것은 **실패작**이라 불려도 어쩔 수 없다.

“자신들의 꿈을 건 단 한 번뿐인 승부에서조차 진지하게 액세서리와 마주할 수 없잖아. 어차피 쿠레하가 굽혀줄 거라느니, 정말 그런 생각을 한 건 아니지? 너 중학교 때와 비교해서 남이 친절하게 해주는 걸 당연하게 여기는 거 아냐?”

해바라기 티아라를 내 앞에 놓는 사쿠 누나.

누나는 사랑에 얽매인 죄를 보라는 듯, 짜증을 담은 손가락으로 테이블을 두드렸다.

"비료를 너무 많이 준 꽃이 시든다는 걸 너라면 알고 있을 거야. 크리에이터로서 있고 싶다면 그 달콤하기만 한 감정은 버려. 만약 사랑을 우선한다면, 타인(고객)을 말려들게 하지 마."

그 차가운 안광이 나를 꽉 위압한다.

사쿠 누나는, 언제나 옳다.

그 옳음에 나는 언제나 지고—— 이번에도 그랬다.

"서로의 성장을 막는 상대라는 걸 알면서 같이 있고 싶어하는 건, 운명공동체(절친)이 아니라 동족상잔(이기심)이야. 그 **청춘놀이**의 티아라를 **장사**의 영역에 내놓은 한심함을 부끄러워해."

그렇게 말하고, 사쿠 누나는 거실에서 나갔다. 계단을 오르는 소리, 그리고 그대로 방문을 닫는 소리. 사쿠 누나는 야간 근무를 마친 뒤라 분명 이대로 오늘 출근 시간까지 잘 것이다. 나에게는 커다란 사건이라도, 사쿠 누나에게는 그 정도의 이벤트인 거겠지.

조용해진 집에서 나는 그저 멍해져 있었다.

……사쿠 누나의 말이 의외였기 때문이 아니다. 모든 것이 정곡이었다.

내가 어렴풋이 느끼고 있었고—— 그럼에도 히마리를 향

한 사랑이나 히바리 씨 등 여러 사람의 응원에 기대어 보려고 하지 않았던 것. 그 모든 것이 이렇게 간단하게 폭로되었다.

히바리 씨가 미안하다는 듯한 얼굴로 나를 보는 것도 어쩐지 가슴이 아팠다. 히바리 씨는 잘못이 없다. 잘못은, 전부 내게 있는데.

히마리는 히바리 씨에게 끌려가면서 문득 돌아봤다.

"있잖아, 유우……."

"히마리."

그 말을 끊었다.

분명 히마리는 나를 위로해주려고 하는 것이다. 나는 그것을 견딜 수 없다.

"이 티아라를 만들기 전에 했던 말은…… 미안해, 잊어줘."

히마리의 얼굴이 한순간 슬픈 듯 일그러졌다.

그녀는 그 이상 아무 갈도 하지 않았다. 히마리가 히바리 씨에게 끌려나가 나 혼자 남은 거실. 나는 티아라에 달린 해바라기를 집고 손으로 쥐어…… 조용히 으스러뜨렸다.

다음 날. 삶는 듯한 더위의 오후.

나는 이온 근처에 있는 안 커피 베이크에 들렀다. 미국식 인테리어에 본장에서 들여온 맛있는 햄버거. 그리고 멋진 커피를 즐길 수 있는, 이 거리에는 아까울 정도의 본격적인 빵집이다.

중앙에 있는 6인용 테이블 한가운데에, 나를 불러낸 녀석이 앉아 있었다.

우리 학교 껄렁껄렁 껄렁남 대표, 마키시마 군.

무지 티셔츠 위에 캐주얼한 셔츠를 걸치고 있었다. 아래는 칠부 길이의 청바지. ……오늘은 부활동에는 가지 않은 듯하다.

마키시마 군은 먼저 햄버거를 주문해서 식사를 하고 있었다. 내가 반대편 자리에 앉자, '역시 왔군'이라는 듯 짜증 나는 미소를 지었다.

"무슨 용건이야?"

"나하하. 슬슬 겉으로도 태도를 꾸미지 않게 됐구만."

"솔직히 그런 농담에 어울려주는 것도 귀찮을 정도로 바쁘거든. 우리 집 집 전화에까지 연락해 놓고 무슨 용건인데?"

"바쁘다고? 아아, 그렇겠지. 도쿄에 갈 준비를 해야 하니까 말이야아?"

……내가 짜증을 담은 표정을 보이자 마키시마 군은 '농담이다'라는 듯 어깨를 으쓱였다. 그리고 메뉴판을 내밀더니 주문을 재촉했다.

"사주지. 샌드위치 메뉴는 격주로 바뀌는데 뭐든 맛있다고. 음료는 카페라테나 특제 진저에일, 아니면 레몬에이드 같은 걸 고르면 좋아."

"……그럼 아이스 카페라테만."

마키시마 군은 자기 진저에일을 입에 댔다.

"어차피 너니까 어떻지든 도쿄에 가지 않고 넘길 방법…… 혹은 간 뒤에 도망쳐 나올 방법이라도 생각하고 있겠지?"

"……그렇지."

이 녀석에게는 거짓말을 해도 소용없다.

어차피 금세 간파하니까…… 그리고 들켜서 안 좋을 것도 없다.

"네 생각대로 일이 흘러가게 두지는 않겠어."

"무슨 소리지? 나츠한테 들었지 않나? 이번에 나는 아무것도 안 했다고."

"나한테 거짓말해도 소용없어. 미안하지만 나는 우우처럼 너를 친구라고 생각하는 게 아니니까."

"거짓말이 아니다. 믿어 달라고는 안 하겠지만, 그런 나쁜 사람 취급은 안 해도 되지 않나?"

얄미운 자식…….

그러는 사이 아이스 카페라테가 나왔다. 빨대에 입을 대고 쪽 빨아 마셔본다. 쓴맛과 단맛이 절묘하다.

"우와, 맛있네……."

"그렇지? 가끔은 히마리 너한테 도움이 되는 이야기를 한다고."

이런 걸로 한 방 먹였다는 듯한 미소가 열받는다.

마키시마 군은 입을 최대한 벌린 뒤 패스트푸드점보다 한

층 더 큰 햄버거를 덥석 물었다.

그리고 우물우물 맛있게 먹더니, 입가의 소스를 살짝 핥았다.

"내가 뭘 꾸미는 건, **지금부터**야."

"…………?"

내가 눈썹을 찌푸리자 마키시마 군은 즐거운 듯 말했다.

"히마리. 순순히 쿠레하 씨네 사무소에 들어가서 그 분야에서 정진하도록."

"…………진심으로 하는 소리야?"

마키시마 군은 가슴 주머니에서 부채를 꺼내더니…… 아니, 그런 줄 알았는데 손에 아무것도 없었다. 사복이라 부채가 들어 있지 않았나 보다.

조금 민망한 듯 있던 마키시마 군은 손을 부채처럼 펄럭펄럭 움직이더니 끝냈다. 참 불쌍한 녀석이다…….

"진심 중의 진심이지. 엄청 진심. 어차피 쿠레하 씨에게서 벗어날 수는 없으니까 그 칼로리를 긍정적으로 활용하는 쪽이 좋다고 하는 거다."

"손을 잡은 것도 아니면서 굳이 쿠레하 씨에게 점수라도 따겠다는 거야? 그러고 보면 예전부터 마키시마 군은 쿠레하 씨를 동경했었지. 꽤 순정남인 구석도 있네?"

"나하하. 좋을 대로 말해라. 미안하지만 나는 히마리 너처럼 자기 사랑에 떳떳하지 못하지는 않거든."

"……미안하지만 나는 유우와의 약속을 완수하는 게 최우선이야. 물론 돈 문제가 있으니 쉽게 가지는 않겠지만, 포기하지 않을 거거든."

마키시마 군은 한동안 침묵하고 있었다.

그 탁해진 눈동자가 빤히 나를 바라본다. 그리고 마키시마 군은 "그런가" 하고 중얼거리더니, 다시 부채를 펼쳐……아니, 펼치는 동작만 하고 입가를 가렸다.

"그게 본심이라면 더욱 이해가 안 되는군. 나츠를 위해서라면 왜 쿠레하 씨의 제안을 받아들이지 않지?"

"……무슨 소리야?"

하아, 하고 한숨을 쉬는 마키시마 군.

설명하는 것조차 귀찮다는 느낌으로 어깨를 으쓱였다.

"나츠의 액서서리를 퍼뜨리겠다는 목적이면, 쿠레하 씨의 스카우트는 더없이 승리에 가까운 한 수 아닌가. 만약 그 **청춘놀이**에 전념할 거라면, 쿠레하 씨의 스카우트를 거부하는 건 이상하다고 생각하지 않나?"

"……?!"

마침내 핵심을 찔렀다.

나와 유우가 처음 손을 잡은 중학교 문화제가 떠올랐다.

유우의 액세서리는 내 협력으로 완판되었다. ……거짓말이다. 실제로 협력한 것은, 내가 아니라 '쿠레하 씨'다.

쿠레하 씨가 선전해주지 않았다면 무명 중학생의 오리지널 액세서리가 완판되는 건 불가능했다.

그리고 고등학생이 되어 1년 하고 조금. 나는 쿠레하 씨와 같은 일을 하고 있다. 자신을 모델로 삼고 SNS에서 액세서리를 선전하는 일이다.

하지만 아직도 그런 폭발적인 매상을 달성한 적은 없다. 그때 이후로 액세서리는 점점 매력적으로 변해가는데, 딱 하루 사진을 투고한 쿠레하 씨의 발끝에도 미치지 못했다.

나와 쿠레하 씨의 차이는 단 하나.

'모델의 지명도 차이'.

코미디언이 소설을 써서 베스트셀러를 찍어내는 일은 드물지 않다.

원래부터 시나리오를 짜는 걸 생업으로 하고 있는 사람들이기에 스토리의 품질이 높은 건 당연하겠지만, 그것만으로 팔린다고는 할 수 없다. 필요한 한 수는 **본인의 지명도**.

인플루언서라는 말도 침투했다. 유명인이 추천하는 것이라면 분명 좋을 것이라는 심리를 이용하는 것이다. 그것은 판매 전략으로서 옳다.

내가 쿠레하 씨 같은 모델이 되고 싶다면…… 그 쿠레하 씨를 사사하는 것은 최선의 방법이다. 아이라도 알 만한 논리.

마키시마 군은 부채를 턱 끝으로 향하는 듯한 동작을 취하며, 나를 손가락으로 척 가리켰다.

"히마리 네 강점은 예쁘다는 거다. 하지만 **그것을 숙달시키기 위한 전장은 여기가 아니야**. 예쁘다는 것을 올바르게 이용할 방법을 배우기 위해, 쿠레하 씨의 제안에 **응하는 척**을 해라. 타인을 이용해 자기 이익으로 삼는 건 특기 아닌가?"

“하, 하지만 나는 유우의 액세서리 제작을 서포트해야 해…….”

“그건 린을 써라. 린은 사무작업도 할 수 있고, 나츠가 신작 액세서리를 시험하기 위한 인스타 모델로도 충분한 인재다. 골든위크 때 인스타로 실적도 냈지.”

“………….”

나는 입을 다물었다.

논리로서는 완벽하다. 아마 5월부터 있던 일련의 트러블을 검증하여 이 순간을 위해 정성스럽게 전략을 짜오고 있던 거겠지. 눈앞에 있는 것은 그런 남자다.

마키시마 군은 긴장된 공기를 누그러뜨리려는 듯 일부러 쾌활하게 웃었다.

“나하하. 나츠를 린에게 넘기라고 하는 게 아니야. 그저 네가 ‘자신만의 무기’를 손에 넣을 때까지 **맡겨두라**는 거다. 어디서 굴러먹은지도 모를 녀석에게 빼앗기는 것보단 소재가 명확한 게 안심이 된다고 생각하지 않나?”

그리고 내가 대답을 하기도 전에 날카롭게 말을 이었다.

“늘 말하잖나. 30살까지 가게를 차려서, 그때부터 사랑을 기르면 돼. 애초에 처음부터 그럴 생각이었으니 아무 문제도 없을 텐데.”

그 말이 최후의 공격이었다.

나와 유우의 관계의 최대의 강점이자…… 최대의 약점.

“진정한 인연이라면 몇 년 정도 떨어져 있어도 끄떡없잖아?

주간소년 점프의 인기 만화에도 꼭 나오는 수행 파트라는 거지."

진정한 인연.

그 말이 내 머리를 쿵 때렸다. 뇌리에 스치는 것은 유우에게서 받은 남바람꽃 반지. 그것을 찾아 무의식 중에 목을 만졌지만—— 거기에는 아무것도 없었다.

그러고 보니 해바라기 밭에서 유우에게 건넸었지.

내가 사랑이라는 죄에 빠져 우정을 놓친 말로가 어제의 그 결말——.

내 탓이다.

유우는 착실하게 액세서리를 마주했다. 그걸 엉망진창으로 만든 것은 나다.

사과하고 싶다.

하지만 나는 어제부터 연락하지 못하고 있다. 당연하다. 만약 질책받았다간…… 나는 더 이상 유우 곁에 있지 못할지도 모르니까.

"……아직 못 정하고 있군?"

"시끄러워. 입 다물고 있어."

테이블 아래에서 주먹을 꽉 쥔다.

진정한 인연이 있다면 수행 파트에 들어가도 괜찮다. 떨어져 있다고 해도 라인으로 연락할 수 있고, 휴가 때는 반드시 돌아온다. 신작 액세서리가 나오면 내게 보내달라고 할 수도 있다.

기껏해야, 같이 학교에 다니지 못하게 되는 것뿐이잖아.

매일 얼굴을 마주하지 않아도 괜찮잖아?

(……정말로?)

에놋치의 얼굴이 떠오른다.

유우의 곁에서 기쁜 듯이 "에헤" 하고 웃는 얼굴. 에놋치의 그런 얼굴은 지금까지 본 적 없었다. 늘 기분 나쁜 듯이 굳어 있는데, 유우의 곁에 서면 갑자기 사랑하는 소녀가 되어 버린다.

귀엽다.

그렇게 귀여운 애가 곁에 있는데, 나는 다른 곳에서 노력해야 한다. 이길 수 있을 것 같지가 않다.

이미 마음으르는 알고 있다.

에놋치가 유으에게 더 어울린다. 에놋치라면 액세서리 제작의 서포트도 맡길 수 있고, 분명 유우도 소중히 해줄 것이다. 아니, 아예 양과자점에서 같이 액세서리도 팔면 되잖아. 볼수록 최고의 커플이라는 느낌이다.

그에 비해 나는 뭐지?

액세서리 제작을 돕겠다고 말하면서 방해만 하고 있다. 애초에 내가 없었다면 쿠레하 씨를 화나게 할 일도 없었다. 이렇게나 취약한 것을 지금까지 운명공동체라고 말해왔던 거야? 너무 심하다. 정말로 최악이다.

가장 심한 것은…… 여기까지 와서도 그것을 놓지 못하는 나다.

내가 입을 다물고 있자 마키시마 군이 중얼거렸다.

"조금만 더 하면 되겠군."

마키시마 군은 햄버거를 끝까지 먹더니 진저 에일까지 다 마셨다. 그리고 텅 빈 접시에 손가락을 툭 놓았다.

"큰 서비스다. 히마리랑 나츠의 꿈이 이루어졌을 때——즉 액세서리 가게를 냈을 때, 아직도 네가 나츠를 향한 마음을 가지고 있다면. 그때는 전력으로 네 편이 될 것을 약속하지."

"……무슨 소리를 하는 거야?"

정말로 영문을 모르겠다. 끝까지 유우를 위해서라고 말하고 있지만 실제로는 에놋치를 위한 일이다. 내가 도쿄에 가면 에놋치는 자유로워진다. 잔뜩 어필해서 유우를 얻을 기회도 늘어난다.

여기까지는 이해가 된다.

그렇다면, 왜 그걸 다시 빼앗는 데 도움을 주겠다는 소리 같은 걸 하지? 더위를 먹어서 머리가 이상해졌나?

"마키시마 군. 목적이 뭐야?"

"특별히 목적은 없어. 나는 지루한 게 싫은 거지. 그 린을 상대로 하는 건 분명 좋은 심심풀이가 되지 않겠어?"

그러면서 드물게도 자상한 느낌의 웃음을 띠는 마키시마 군.

"나는 껄렁거리지만 약속은 지켜. 치정 싸움에 얽혀 찔려 죽지만 않는다면 땅끝까지라도 가지."

“………….”

마키시마 군은 하고 싶은 말을 다 하더니 마지막으로 ‘검토해봐’라는 말을 남기고 떠났다. 테이블 위에는 천엔 지폐가 3장 놓여 있었다. ……이게 약속을 지킨다는 증거라고 말하고 싶은 건가.

(……하지만 멘탈이 약해졌을 때 듣는 정론은 효과가 좋아.)

전부터 마키시마 군은 거북했다. 그 이유를, 드디어 알았다.

정말로, 얼마나 우리 으빠를 의식하고 있는 거야.

사쿠 누나에게 마구 논파당하고 이틀이 지났다.

아침부터 매미 울음소리가 웅웅 머리에 울리고, 수면 부족인 몸은 죽을 만큼 나른했다.

연일 이어지는 무더위는 내 머리를 확실하게 멍청하게 하고 있는 것 같다. 나는 계속 아무것도 할 생각이 안 드는 상태로, 활짝 열어놨던 창문에서 커튼이 흔들리는 것을 바라볼 뿐이었다.

고양이 다이후쿠가 문틈으로 방에 들어왔다. 테이블 위에 놓인 액세서리 파츠를 물고 빤히 나를 바라봤다. 내가 막으려 하지 않는 걸 알아채더니, ‘재미없어’라는 듯 침대 매트

리스로 발톱을 갈고 나갔다.

(어떻게 하는 게 정답이었을까…….)

휴가나다에서 불어오는 바닷바람 탓에 이 거리의 여름은 늘 끈적하다.

기분 나쁜 땀을 닦으며 생각하는 것은, 승부 날의 일이다. 해바라기가 시든 뒤 나는 납기에 맞추기 위해 움직였다. 하지만 그것이 클라이언트에게는 '실패작을 억지로 팔았다'로 비친 것이다.

그럼, 어떻게 했어야 했을까?

사과하면 용서해 주는 건가?

애초에 용서받으려는 생각이 무르다는 소리를 들었잖아.

모르겠다. 밖에서 울리는 매미의 소음에 제대로 생각도 할 수가 없다. 에어컨을 켤까? 어째선지 그것도 내키지 않는다. 히마리에게서는 연락이 없다.

이대로 바싹 말라버리면, 내 몸을 프리저브드 플라워로 만들어서 장식해달라고 하자. 아니, 너무 무섭네. 무슨 생각이었지. 정말로 더위에 머리가 맛이 갔다.

물 마실까. 꽃에 수분이 필요하듯이 내게도 물이 필요하다.

아ㅡ. 그러고 보니 오늘 학교 화단에 물을 안 줬네. 얼른 안 가면 이 더위에 꽃들이 죽는다. 평소에는 히마리가 해주지만 아무리 그래도 어제는 못 갔을 테고, 아마 오늘도 그럴 터.

……에노모토 양에게 부탁하면 해주려나.

아니아니아니. 무슨 생각을 하는 거야. 아무리 그래도 너무 쓰레기잖아. 나 좋을 대만 에노모토에게 기대는 건 그만두자. ……그래드 취주악부 연습으로 학교에 있는 거 아냐? 아니, 안 된다니까!

"……응? 차?"

집 앞에 차가 멈추는 소리가 났다.

몸을 내밀고 창문으로 내려다봤다. 택시가 멈춰 서 있다. 그리고 우리 집에 택시로 오는 녀석은 한 명뿐이다.

(히마리?!)

예상대로 뒷좌석에서 히마리가 내렸다.

내 방을 올려다봐서 눈이 확실히 맞았다.

히마리는 왠지 덜컥덜컥 현관문을 열려고 했다. 잠겨 있다는 걸 알고는 벨을 누르──는 게 아니라, 현관 옆 화분 밑에서 여분의 열쇠를 꺼냈다!

(이런, 방이 엉망인데! 그리고 내 꼴이 심각해!)

티셔츠에 팬티만 입은 완전 휴일 모드. 그것도 땀으로 끈적끈적.

서둘러 침대에서 일어나 티셔츠를 벗었다. 어어, 갈아입자, 갈아입어. 그러고 보니 그저께부터 귀찮아서 세탁을 안 했구나. 우선 임시로…… 아, 그런데 다이후쿠가 들어온 탓에 문이 열려 있어…….

그걸 눈치챈 순간, 히마리가 경쾌하게 얼굴을 내밀었다.

"유우~. 귀여운 히마리가 와줬……."

그리고 우리는 동시에 소리 질렀다.

““우와아아아!!””

매미 소음 따위 비교도 안 될 수준의 대절규였다.

나는 당황하며 히마리의 입을 막았다.

히마리는 복도 벽에 등을 부딪혀 털썩 엉덩방아를 찧었다. 두 손으로 얼굴을 가리면서…… 아니, 살짝 틈새로 보고 있잖아?!

“뭐야뭐야뭐야뭐야?! 유우, 갑자기 팬티 한 장만 입고 무슨 생각이야?!”

“아니아니아니! 애초에 네가 멋대로 들어오는 게 이상하지 않아?!”

“사쿠라 씨가 마음대로 들어와도 된다고 열쇠 위치 알려 줬거든! 유우야말로 아까 나랑 눈 마주쳤잖아! 그 타이밍에 벗다니…… 아무리 그래도 제대로 사귀지도 않는데 이러는 건 안 되거든―!!”

“오히려 네가 이상한 거 생각하고 있잖아?! 그리고 히마리! 너네 집 욕실에 있을 때는 태연했으면서 이럴 때만 여자 어필 하는 건 치사하지 않아?!”

“그, 그그, 그건 상황이 그랬다고 해야 되나, 관계가 다르다고 해야 되나. 그리고 욕실 때는 유우가 덮칠 가능성이 아예 없었으니까 여유로운 척…… 아니, 와악! 가까이 오지 마 바보—!"

너, 가방 휘두르지 마! 명중하면 어쩌려고 그래!

아, 그렇지. 대초에 내가 갈아입으면…… 으응?

뭔가 방금 섬뜩한 오라가 꽂힌 거 같은데. 기분 탓인가…… 아니, 잠깐만. 나는 집안에서 위험 센서가 민감해진다. 집에서 내게 해를 끼치는 존재는 하나뿐이니까. 그 오라를 헷갈릴 리가 없다.

구체적으로 말하자면 어느샌가 옆옆 방의 문이 열려 있었고, 거기서 자다가 강제로 깬 듯한 수상한 눈동자가 이쪽을 보고 있었다.

야간 근무를 마친 사쿠 누나가 땅속에서 울리는 듯한 노성을 냈다.

"……바보 동생. 너, 히마리를 보내는 게 아깝다고 도리에 어긋나는 짓을 해도 될 거라 생각하는 거야?"

"자, 잠깐만. 사쿠 누나, 오해야 오해. 진짜 오해거든……."

……이렇게 말해봐야 팬티 한 장 차림으로 히마리를 반쯤 울게 만들고 있다는 사실에는 변함이 없다. 나는 포기하고는 방에서 뛰쳐나온 사쿠 누나에게 얌전히 제재당했다.

아침부터 끈적끈적한 러브코미디를 찍어 버렸다…….

마키시마에게 알려졌다가는 "역시 럭키 변태 주인공이었나, 나하하"라며 놀림받겠지. 잠깐만. 럭키 변태면 원래는 반대여야 하는 것 아닌가??

아무튼 나는 옷을 갈아입은 뒤 히마리와 함께 자전거를 갖고 학교로 향했다. 내가 자전거를 밀고, 히마리는 자전거 뒷바퀴 쪽에 걸터앉은 상태다.

"우후후—. 유우의 이 머리를 내려다보는 것도 마지막이려나—? 그렇게 생각하니 조금 감개가 깊네—?"

"더워, 진짜로 더워. 달라붙지 마!"

이 무더위 속에서도 히마리는 여전히 끈적끈적하게 몸을 밀어붙였다.

탁탁탁 내 어깨를 리듬에 맞춰 두드리면서, 즐거운 듯이 놀려댔다.

"내가 없는 동안 바람 피면 안 돼—."

"바람 이러네. 너랑 사귀고 있는 것도 아니거든?"

"어—? 그래도 유우, 나를 좋아하잖아. 에놋치 같은 귀여운 애가 어필하는 데도 사귀지 않는 건 무조건 이상하다니까."

"으윽……."

나는 한숨을 쉬었다.

이런 상황이 되어서도 이렇게 놀림을 받는다. 솔직히 상당히 짜증 났지만, 그래도 좋아하는 애가 이러니 즐겁다고 생각하는 내가 스스로 정말 한심했다.

……그런 생각을 하다가, 마지막 한마디가 오지 않는다는 사실을 눈치챘다.

"히마리. 오늘은 **푸핫** 안 해?"

"…………."

평소라면 여기서 "장난이야—!"라고 하며 얼굴이 빨개진 나를 놀렸을 참이다. "푸핫—. 정말로 나 의식했어—?" 같은 느낌으로.

하지만 히마리는 말을 농담으로 끝내지 않았다.

"우리, 지금 인생의 기로에 서 있는 느낌이지."

"…………."

내가 대답을 하지 않아도 히마리는 계속 말했다.

애초에 그런 건 기대하고 있지 않았나 보다.

"내가 예능 사무소에 들어가서 유명해지면, 유우의 액세서리를 선전하는 힘도 커지잖아? 결과적으로는 우리의 꿈은 이루어지는 거야. 죽을 때까지 가게를 계속 할 수 있어."

"……그럴지도 모르지."

그것은 확실히 사실이었다.

중학교 때의 문화제처럼…… 아니, 히마리라면 더 커다란 사람이 될 수 있을 것이다. 그렇게 되면 내 꿈에는 더할 나위 없는 무기가 된다.

……무엇보다 내 꿈이 도중에 사라진다고 해도 히마리는 히마리 혼자서 인생을 승승장구해 나갈 수 있게 되겠지. 히마리가 '혼자서는 아무것도 못 해' 같은 소극적인 이유로 우

리의 꿈을 마주하는 것은, 솔직히 보고 싶지 않다.

"아니면, 나는 할아버지한테 엎드려 빌어서 돈을 빌리고, 쿠레하 씨한테 진 빚을 청산하는 거야. 그렇게 되면 우리는 고등학생다운 러브러브하고 야릇야릇한 청춘을 구가할 수 있다구."

"말투. 말을 왜 그렇게 해."

그리고 이렇게 몸을 붙이고 있을 때 야한 소리는 진짜 하지 말아줬으면 좋겠다. 말로 안 해도 내 마음은 이미 알고 있을 텐데. 정말로 피 말린다고 해야 하나, 건전한 남자 고등학생에게는 힘들다.

하지만 히마리는 개의치 않고 이때다 싶어 공격한다.

"유우, 지금 야한 생각 했지—?"

"그런 걸 하지 말라고 하는 거잖아……."

물론 솔직히 생각은 했지만? 애초에 좋아하는 애한테 그런 소리를 듣고 의식 안 하는 남자가 어딨어. 내가 딱히 성욕이 없는 것도 아니고.

히마리는 내 뜨거워진 볼을 유쾌한 듯 탁탁 쳤다.

"어느 쪽이든 불이익은 있겠지만 이럴 때는 이익만 보자구. 그 대가를 받기 위해 열심히 하는 거니까—."

"……이의 없음."

히마리는 뒷바퀴 축에 발을 올린 채 뒤에서 내 볼을 양손으로 감쌌다.

내가 멈추자 히마리가 내 얼굴을 훅 올렸다. 원래는 나보다 키가 작은 히마리의 얼굴이 나를 들여다보고 있는 모양새다. 여름의 푸른 하늘. 찬란하게 빛나는 태양을 등 뒤에 두고, 히마리의 마린블루색 눈동자가 빤히 나를 응시하고 있었다.

"미래의 꿈과, 현재의 사랑…… 어느 쪽을 위해 살아야 하는 걸까?"

평소와 같은 통학로.

여름방학의 오전 중에 달리 사람은 없다.

멀리 국도를 달리는 차들의 땅울림만이 둔탁하게 귀를 때리고 있었다.

잘못 들을 리 없는 거리다. 나중에 없었던 일로 하는 것은 불가능하다. 나는 천천히 숨을 삼키고 솔직하게 전했다.

"히마리. 5월에 너랑 싸웠을 때 했던 말 기억해? 나는, 히마리가 꿈을 포기해 준다면 나도 꿈을 포기하고——."

"역시, 유우는 플라워 액세서리를 버릴 수 없구나—."

히마리를 위해 살겠다고 하려던 말을, 히마리의 목소리가 가로막았다.

"뭐? 아냐, 나는……."

"유우는! 액세서리 만드는 게 삶의 보람이니까—!"

히마리는 가까이서 쨍쨍 소리치며, 내 볼에서 양손을 뗐다.

나는 돌아보려 했지만…… 그럴 수 없었다. 그보다 빨리 히마리가 뒤에서 내 목에 양팔을 둘렀기 때문이다. 나는 후두부로 히마리의 숨을 느끼고 있었다.

히마리는 떨리는 목소리로 말했다.

"부탁이야. 나는, 액세서리를 만드는 유우가 아니면 싫어⋯⋯."

"⋯⋯⋯⋯."

여름의 태양이 우리의 피부를 따끔따끔 태우고 있었다.

아스팔트에서 올라오는 열기가 이대로 우리를 다 태워버려 주면 좋을 텐데. 이렇게나 더운데도, 히마리의 볼을 타고 흐르는 눈물은 마르지 않고 내 목덜미를 적시고 있었다.

이 세상은 모순투성이다.

우리의 손은 두 개 있는데, 어째서 단 하나밖에 잡고 있을 수 없는 걸까.

무언가 하나밖에 잡을 수 없다면── 분명 미래를 향해 손을 뻗는 것이 옳다며, 우리는 줄곧 달려왔다.

그것은 앞으로도 똑같다.

그걸 위해서라면, 각자 다른 길을 걸어야 한다는 쓰레기 같은 모순도 삼키겠다. 설령 이 손이 떨어진다고 해도, 앞으로도 우리는 **둘이서** 계속 달려나가는 것이다.

이 길의 먼 끝에서 다시 만날 수 있기에.

설령 그때가 되어 우리의 사랑이 다 변해버렸다고 해도, 분명 **절친**으로서 함께 웃을 수 있을 것이라 믿는다.

안녕. 우리의 사랑이여.

부디 잘 지내기를.

♡ ♡ ♡

유 군과 언니의 승부로부터 이틀 뒤.

점심이 지난 시간, 나—— 에노모토 리온은 눈을 떴다.

우리 집 양과자점은 점포와 주거를 동시에 하고 있는 건물이다.

길에서 봤을 대 뒤편에 내 방이 있다. 뒤편이라고 해도 햇빛은 정말 잘 든다. 커튼을 열면 한 면 가득 묘지가 펼쳐져 있기 때문이다.

쭉 늘어선 묘비에 찬란히 내리쬐는 태양 빛이 반사되어 한낮의 일루미네이션 같았다.

"……오늘도 더워 보여."

이 기온에 질려서 커튼을 닫았다.

크게 하품을 하며 옷을 갈아입었다. 가슴골과 가슴 아래쪽에 생긴 땀을 정성스럽게 타올로 닦는다. 아— 싫어싫어. 여름은 정말 싫다. 땀은 나고, 남자들의 시선은 신경 쓰이고. 1년 내내 겨울이면 좋을 텐데.

오늘은 어떻게 할까.

기껏 취주악부 연습이 쉬는 날인데, 유 군에게 가는 게 껄끄럽다. 나는 한숨을 쉬고 그 원흉인 언니의 방을 향했다.

"언니. 집에 돌아왔을 때라도 가게 좀 도와…… 앗!"

침대는 텅 비어 있었다.

팔을 묶어 놨던 사슬이 빠져서 허무하게 굴러다녔다. 짐도 사라져 있으니 아마 어딘가로 도망친 것이겠지.

"……으으으윽."

이제야 잡았다고 생각했는데.

나는 계단을 내려가 양과자점 쪽으로 돌았다. 뒷문으로 엿보자 오전 일을 끝낸 엄마가 알바분과 같이 밥을 먹고 있다.

엄마가 나를 눈치채더니 돌아봤다.

"어머, 리온. 오늘은 쉬어도 되는데?"

"……언니가 없어."

"어머어머, 기껏 돌아와 놓고. 그 애도 참, 차분하지가 않네."

"…………."

너무 티 난다.

엄마는 정말 언니한테 무르다. 어차피 도망치는 것도 알고 방치한 것이다. 어제도 전혀 혼내주지 않았고.

나도 모르게 한숨이 나왔다.

"어떡할 거야? 언니가 도쿄에서 결혼이라도 하면 이젠 절대 안 돌아올 텐데."

"그때는 그때야. 그 애가 행복하다면 그걸로 됐지 않니."

"……오히려 직장도 잃고 빈털터리가 될지도. 그렇게 돌아와도 곤란하잖아."

"그때는 리온이 위에 서서 언니를 실컷 부려 먹으면 돼~."

"…………."

그렇구나, 그런 방법이 있었네.

응응 하며 고개를 끄덕이는데 엄마가 테이블 위에 있는 종이봉투를 내밀었다. ……하네다 공항 마크가 있다.

"리온. 쿠레하가 선물 사 왔으니까 뒤에 있는 마키시마 씨네 가져다주렴."

"어……. 나, 오늘 쉬는 날인데……."

"리온도 저번에 맛있는 화과자 받았잖니?"

"……네."

쳇.

나는 종이봉투를 들고 뒷문으로 나왔다.

……우리 집 양과자점 뒤편에 펼쳐진 무척이나 넓은 묘지. 그곳을 가로질러 끝에 있는 절에 도착했다. 그 옆에 있는 번듯한 가온이 시이 군의 집이다.

으음. 이 시간엔 아주머님이 있을 것 같은데…….

"……. ……!"

"응?"

집 뒤쪽에서 소리가 났다.

돌아서 가면 시이 군 전용의 테니스 코트가 있다. 거기서 시이 군이 혼자서 서브 연습을 하고 있었다. 네트를 향해 공을 마구마구 떠리고 있다.

"나—핫하하! 역시 나의 안배는 완벽했어! 이러면 그 기분 나쁜 완벽 초인이라도 어쩔 도리가 없겠지! 기분이 최고다!!”

“………….”

저 사람 혼자 말하고 있어…….

뭔가 기분 나쁠 정도로 텐션이 높다. 마치 장난이 성공한 초등학생 같다. ……이럴 때의 시이 군은 정말 이상한 짓을 한 상태라 곤란하다.

“별일이네. 오늘은 여자애랑 놀러 안 갔어?”

“아아? ……뭐야, 린인가. 또 형의 잔소리인가 했군.”

시이 군은 연습을 중단하더니 타월로 땀을 닦았다. 포카리스웨트를 마시면서 부채를 파닥파닥 부치고 있다.

“부활동 연습은?”

“갈 기분이 안 나서 말이지.”

“전국 대회에서 졌는데 빠져도 돼?”

“사람이 기분 좋을 때 찬물 끼얹는 거 아니다. 얼른 용건을 말하고 돌아가도록.”

종이봉투를 건네자 시이 군이 “아아, 쿠레하 씨의 선물인가”라고 헤아렸다.

“알았다. 나중에 형이랑 엄마한테 전해서…… 으응?”

종이봉투를 건네는 척하다 확 당긴다. 시이 군이 헛발을 디디고는 나를 빤히 노려봤다.

“뭐지? 린, 뭔가 할 말이 있으면 확실히 해라.”

“………….”

종이봉투를 건네자, 시이 군은 이번에는 반대편으로 넘어질 뻔했다.

"언니가 히이를 데려가려고 해."

"그런가 보군. 그 사람은 히마리를 무척 마음에 들어 하니까. 언젠가 자기 사무소 마스코트라도 삼을 생각이겠지."

부채로 이쪽을 향해 파닥파닥 바람을 부치는 시이 군.

"우와, 정말. 머리카락 흐트러져. 그만해……."

"나하하. 린에게는 기회 아닌가? 연적이 혼자서 커다란 힘에 의해 배제당하는 거잖나."

"그런 건 공평하지 않아."

"아직도 그런 어설픈 소리를 하는 건가? 먼저 새치기한 건 히마리 쪽이다. 신경 쓸 필요는 없을 텐데?"

"그건 그렇지만……."

히이에 대해 화가 나 있는 건 맞다.

하지만 반드시 유 군을 좋아할 거라고 생각했었으니까. 굳이 말하자면 이제야 자백했구나 하는 느낌이 강하다.

단지, 상황이 조금 귀찮다.

"시이 군. 어떻게 좀 해줘."

"못 한다. 히마리가 스스로 도쿄에 가는 이상 히바리 씨라도 멈출 수는 없지. 지금까지 내가 그 둘 사이를 휘저었던 것도 전부 이 흐름으로 몰고 가기 위해서였지. 뭐, 이렇게 아름답게 걸려들 줄은 몰랐지만."

시이 군이 코웃음을 쳤다.

"그리고, 싫다. 나는 린을 이기게 하려고 이것저것 애쓰고 있어. 저번은 그렇다 쳐도 이번만큼은 절대로 도와줄 수 없지.”

그렇게 말하고 다시 테니스 라켓을 쥐는 시이 군.

공을 통통 바운드시키더니 서브를 위해 위로 똑바로 던졌다. 나는 라켓으로 자세를 잡는 시이 군에게 나직이 말했다.

“언니한테 이기면, 언니가 시이 군을 인정해 줄지도 모르는데?”

“……으.”

시이 군의 몸이 덜컥 멈춘다.

공중에 떴던 공이 이마에 딱 부딪혔다. ……아프겠다.

이마를 누르면서 돌아본 시이 군은 예상대로 핏줄을 세우고 있었다.

“린. 나를 화나게 하고 싶은 건가? 그런 거지?”

“화내도 되는데? 내가 더 싸움 잘하니까.”

“으윽…….”

양손으로 슥 자세를 잡았다.

덤벼들 것 같았던 시이 군은 움직임을 멈췄다.

“테니스를 좋아하는 건 맞지만, 전국 우승을 노리는 건 언니한테 ‘히바리 씨보다 위다’라고 인정받기 위해서잖아? 공부든 스포츠든 예전부터 히바리 씨한테 이기지 못해서 풀죽었으니까.”

“잘 들어라, 린. 그 이상 아무 말도 하지 마라, 응? 선물은 감사히 받지. 연습에 방해되니까 얼른 돌아…….”

"애초에 유 군에게 다가간 것도 히바리 씨가 좋아하는 사람이라는 걸 알아서였잖아? 유 군을 꼬드기면 히바리 씨가 분할 거라고 생각한 주제에, 그냥 친구나 되고. 대단한 주객전도네. 그 외에도……."

"아아! 알았다, 알았어! 나하하, 그렇지. 그 악녀 따위 이제 와서는 정말로, 아무렇지도 않지만 말이다?! 내가 반항하지 못할 거라 믿고 있는 쿠레하 씨를 한 번 놀라게 해주는 것도 나쁘지 않지!"

시이 군은 부채를 펼쳐 파닥파닥 부치면서 자포자기한 느낌으로 외쳤다. 그리고 부채를 접고는 내 코끝에 들이댔다.

"알겠나, 린? 여기서 히마리에게 도움을 준다는 건 눈을 멀뚱멀뚱 뜨고 승리를 양보한다는 건데?"

"괜찮아. 이런 건 내가 원하는 승리가 아닌걸."

"이해를 못 하겠군. 목적만 달성된다면 과정 따위 아무래도 상관없지 않나?"

"중요한 건 과정이야. 과정만 잘 만들면, 결과는 따라와. 히이가 액세서리 샵이라는 꿈에 연연하는 것과 같아."

"고집 센 녀석. 정말로 그 악녀를 똑 닮았어. 하지만 이건 지금까지 고생해서 세운 계획을 부수는 거다. 나는 앞으로 결코, 린 너의 편에 서지 않아. 그래도 되겠지?"

"괜찮아. **그때**의 빚은 이미 충분히 받았어."

그렇게 말하고, 싱긋 웃었다.

"**지금은** 히이에게 양보해 줄게. 마지막에 이기는 건 나니까."

“…………..”

시이 군은 유쾌한 듯이 웃고는 부채로 손바닥을 때렸다.

“나 참. 이 멘탈 괴물과 평생 경쟁해야 하는 히마리가 조금 불쌍해졌어.”

히마리의 결별 선언으로부터 하룻밤이 지났다.

나는 학교에서 화단에 물을 주고 있었다. 그걸 마치고, 창고 옆에 쌓인 비료 위에 앉아 멍하니 있었다. 이런 솔로 플레이가 졸업 때까지 계속될 거라 생각하니 그것만으로 죽고 싶어졌다.

아니, 졸업은커녕 자칫하면 가게를 가질 때까지…… 그야말로 죽을 때까지 계속될지도 모른다. 가게를 가진다 해도 히마리가 이 거리로 돌아와 줄 거라는 보증은 없다. 쿠레하 씨처럼 거점을 도쿄에 들지도 모르니까.

가게를 낸다 해도, 나는 이런 상황에서 해낼 수 있을까?

아아———!

젠장, 아무리 해도 생각이 나쁜 방향으로 가버린다. 괜찮아, 괜찮아. 히마리를 딛고 있고, 나도 잘할 수 있다. 애초에 나한테 액서서리를 뺏어가면 뭐가 남는다고. 중학교까지도 혼자서 해왔으니 겨우 10년, 20년 정도는 여유롭다고.

10년이나 20년…… 그렇게 긴 시간 동안 히마리가 없는 지루한 일상을 보내는 건가.

지금까지 우리는 자유로웠다.

자유로웠기에 친구로 있을 수 있었다면?

아무리 친구라도 해도 상대를 향한 배려는 필요하다. 지금까지보다 더 큰 책임과 제약이 있는 상황에서 지금까지처럼 절친으로 있을 수 있을까?

……힘들겠지.

동업자와 연인이 되면 파탄 난다는 얘기가 있는데, 정말 말 그대로다. 이 나이에 그걸 이해할 수 있다니 요행이네요.

……나도 참 어려운 말을 알고 있네.

그러면서 고개를 숙이고 있는데 저쪽에서 목소리가 들렸다.

"나하하. 아침부터 음침한 오라를 뿜는 녀석이 있구나 했더니."

"……마키시마 씨. 좋은 아침임다."

늘 보는 껄렁남이 실실 웃으며 다가왔다. ……어라? 사복? 부활동일 거라 생각했는데.

내가 이상하게 생각하고 있는데 마키시마가 어깨를 으쓱였다.

"늘 하는 서투른 비아냥도 없구만. 뭐, 순순한 편이 길들이기 쉬우니 좋지만."

"너 아직도 에노모토 양이랑 사귀게 해서 매제로 한다는 계획이야……?"

"그건 이제 끝났다. 클라이언트에게 잘렸거든."

"무슨 소리야? 에노모토 양이랑 싸우기라도 했어?"

뭐, 상관없지만.

마키시마는 자연스러운 동작으로 옆에 있는 비료 더미에 걸터앉았다.

"아침 물 주기는 히마리의 역할 아니었나?"

"……오늘부터 도쿄에 갈 거라 그 준비를 한대."

사무소에 인사 겸 쿠레하 씨의 일도 보고 오는 모양이다. 내가 멍하니 서 있는 동안에도 쿠레하는 착착 앞으로 나아간다.

"그래도 괜찮은 건가?"

"괜찮고 뭐고 히마리가 그렇게 정했으니까 어쩔 수 없잖아."

"열차 시간은 언제지?"

"점심 쯤이라는 것밖에 몰라."

"그럼 아직 시간은 있군. 나랑 얘기하자."

"왜? 너 빨리 부활동 연습이나 가."

"뭐 어때. 어차피 나츠도 도쿄에 갈 거잖나? 나랑은 만날 일도 없어질 테니 마지막으로 남자끼리 추억을 만들자고."

"내가 도쿄에? 왜?"

"어라, 아니었나? 5월에는 그렇게나 땅땅거리면서 히마리를 따라간다고 하지 않았나. 한번 액세서리를 버릴 각오를 했으니 두 번도 세 번도 되는 것 아닌가?"

"…………"

마키시마는 내가 입을 다무는 것을 보고 유쾌한 듯 입꼬리를 올린다.

"어차피 여자에게 반했다고 버릴 수 있는 열정이라면 처음부터 없는 것과 같지 않나?"

"……?!"

불쑥 일어나 마키시마의 셔츠 옷깃을 붙잡았다.

"애초에 네가 이상한 수작만 거니까 이렇게 된 거잖아……!"

"…………."

마키시마는 코웃음 치더니 부채 끝을 내 이마에 툭 댔다.

"그거다. 그게 보고 싶었어. 그 착한 사람 같은 표정이 무너지고 가면이 벗겨지는 게. 히바리 씨라도 나츠에게 미움받는 경험은 한 적이 없겠지. 그 진절머리 나는 완벽 초인에게서 드디어 한 세트를 따냈군. 나하하."

"…………."

무슨 소리를 하는 건지는 모르겠지만 바보 취급 하고 있다는 건 알았다. 후려 쳐버릴까 생각하는데 그걸 알아본 듯이 마키시마가 말했다.

"괜찮아. 전에도 말했지만 나츠는 나를 때릴 권리가 있어. 해버려라."

"……."

반사적으로 팔에 힘이 담긴다.

하지만…… 결국은 나의 냉정한 부분이 말했다. '전부 네 자업자득이잖아?'라고.

“……5월이랑은 상황이 달라.”

“뭐가 다르지?”

“히마리는 내 액세서리를 위해 사무소에 들어가겠다고 했어. 그걸 내가 막을 수 있을 리가 없잖아.”

마키시마의 옷깃을 놔줬다.

마키시마는 “뭐냐, 시시하군”이라며 옷의 주름을 폈다.

“그래서 바보 같다는 거다. 전에 나츠에게도 말했을 텐데. 누가 제일 소중한지 생각하라고. 그건 사람만 이야기하는 게 아냐. 꿈과 여자를 저울에 다는 것도 때로는 필요하지.”

그러고는 부채를 펼치고 파닥파닥 부쳤다.

“여자를 위해 살면 되지 않나. 가게를 내는 것만이 플라워 액세서리를 만드는 수단은 아냐. 평범하게 일을 하다가, 쉬는 날에 취미에 몰두하고, 좋아하는 여자와 아이를 가지고 가정을 만드는 거지. 평범하게 행복해져. 그것도 의외로 어려운 거라고. ……우리 형이 늘 하는 소리지만.”

내가 조용히 있으니 마키시마는 조소했다.

그 ‘전부 알고 있다고’라는 듯한 태도가 짜증 났다.

“버릴 수 없나? 그렇겠지, 그렇겠지. 한번 버릴 각오를 했다. **하지만 그렇다고 두 번 할 수 있다는 건 아니라는 거군.**”

“무, 무슨 소리야…….”

“알기 쉽게 말해줄까? 예를 들어 번지 점프를 한 번 경험한다고 하자. 보통은 반복하면서 익숙해지는 법이지만, 그중에는 그렇지 않은 사람도 있지. 높은 데서 떨어지는 게 트라우마가 되어 오히려 처음보다 더 멀리하게 되는 사람도 있어."

부채 면으로 내 뺨을 문지르는 마키시마.

"5월의 그때, 나츠는 처음으로 열정을 버릴 각오를 했다. 그 순간, 열정을 버린 뒤의 인생이라는 것을 **현실로 떠올려 버렸다.** 그러고 나니, 자신이 기대던 곳을 버린다는 것이 얼마나 위험한 것인지 이해해 버렸다는 거다."

그 말에 심장이 쿵 뛰었다.

내 태도에 마키시마는 대단히 만족한 것 같았다.

"지금까지 네 열정을 인정하지 않고 업신여긴 녀석들 속에서, 다시 생활하는 게 무서운 거겠지?"

마키시마가 내 얼굴을 들여다보며 히죽 웃었다.

"고등학교 졸업과 동시에 공방을 차려서 본격적으로 플라워 액세서리 판매에 돌입한다. 그리고 자금이 모이면 가게를 차린다. 얼핏 보면 큰 꿈이지만, 사회에 나가지 않고 살고 싶다는 응석받이 같은 방자함이지. 더 이상 상처받고 싶지 않다. 중학교 시절로 돌아가고 싶지 않다. 그래서 히마리가 곁에 있었으면 좋겠다. 히마리는 나츠를 바깥 세계로부터 지켜주는 더할 나위 없는 인재지. 자신의 열정을 받아들여 주면서, 세상의 역풍에도 대응할 수 있게 해."

그리고 마키시마는 못을 박겠다는 듯 입을 열었다.

"확실히 말하지. 나츠 너의 히마리를 향한 마음은, 자신을 보호해주는 상대에 대한 아양이야. 히마리가 절친을 원한 2년 동안은 절친을 연기하고, 5월부터는 사랑을 원했으니 사랑으로 응해주었을 뿐. 너는 결국 자신이 가장 소중한 거라고."

그 말에 몸속 깊은 곳에서 뜨거운 감정이 끓어올랐다.

마키시마가 뭘 안다는 거지? 우리의 무엇을 안다고?

나를 근성이 없다고 바보 취급하는 건 괜찮다. 하지만 이 마음만큼은 그래서는 안 된다.

"아니야! 나는 히마리를——…… 윽?!"

그 순간 볼에 날카로운 통증이 일었다.

마키시마가 부채를 접어 내 뺨을 친 것이다. 그리고 오히려 내 옷깃을 잡더니, 꼭 당기며 코앞에서 소리쳤다.

"아니라면 구구절절 하지 말고 빨리 가!!"

나는 입을 닫았다.

마키시마가 이렇게 감정을 뚜렷하게 드러내며 소리치는 건 정말로 처음 봤다. 그렇게 연습하고 부활동 대회에서 졌을 때도…… 이 녀석은 실실 웃으면서 약한 모습을 보이지 않는 녀석이었으니까.

"**말**에 휘둘리지 마. 이번 일로 배웠잖아? 히바리 씨라도 절대는 없어. 친누나라 해도 반드시 아군인 건 아니야. 그리고 히마리라고 해도 마음을 죽이고 철저히 절친으로만 있을 수는 없어. 어차피 말이라는 건 **타인을** 움직이기 위한 도구일 뿐이라고."

"타, 타인을 움직이기 위한 도구……?"

"그래. 말에는 진리가 깃들지 않아. 꾸밈 없는 말이라는 건 있을 수 없어. 중요한 건……."

마키시마는 부채 끝으로 툭툭 내 왼쪽 가슴을 쳤다.

"마음은 움직이기 쉽고, 흘러가기 쉬워. 모든 것이 논리로 정리된다면 참 편하겠지. 하지만 망설이기에 깊어지는 거야. 선택이 닥쳐왔다면 자신의 감정에 따라. 해봐서 안 된다면 그때 생각하면 된다고. 꿈을 좇는다는 건 그런 것 아닌가?"

마키시마는 그렇게 말하고 내 옷깃을 놓았다. 나는 그 기세에 밀려 엉덩방아를 찧었다. 마키시마는 그런 내게 등을 돌리고 떠나려고 하다가…… 도중에 멈춰 섰다.

무언가를 망설이는 듯한 느낌이었다. 작게 한숨을 쉰 마키시마는 몸을 돌리더니 힐끗 쏘아봤다.

"내가 쿠레하 씨한테 고백한 건 중학생이 되었을 즈음이었지. 당시에 쿠레하 씨는 대학생이었지만…… 그래도 나는 진심이었어. 그만큼 누군가를 좋아해 본 적은 지금까지 한 번도 없어. 하지만 그때는 이미 히바리 씨가 있었어."

마키시마는 부채 끝으로 자기 머리를 박박 긁었다.

그리고 작은 목소리로 "뭐, 무슨 소리가 하고 싶은 거냐면……"이라고 중얼거리고, 나를 향해 슬프게 웃었다.

"영원히 두 번째밖에 손에 들어오지 않는 인생이라는 건, 꽤 힘든 거라는 거다."

마키시마는 그렇게 말하고 이번에야말로 손을 흔들며 가

버렸다.

나는 어안이 벙벙해졌지만, 마지막 한마디만큼은 계속 귀에 맴돌았다.

뒤에서 일을 꾸미고, 나를 부추기고. 저 녀석은 정말로 뭐가 하고 싶은지 잘 모르겠다.

……하지만, 거짓말만큼은 하지 않는다. 그 사실은 잘 알고 있다.

◇ ◇ ◇

반드시 맺어질 상대를 운명의 빨간 실이 잇는다면.

절대로 맺어질 수 없는 상대를 잇는 실은 과연 무슨 색일까.

그런 건 존재하지 않는다고?

아니, 존재하겠지.

나와 유우처럼 강하게 이어져 있는데도, 절대로 맺어질 수 없는 상대를 잇는 실.

분명 무척 심술궂은 색일 것이다.

촌스러운 색.

아무도 보지 않아서, 더욱 칙칙해지고 마음이 더러워져 가는, 분명 지금의 내 눈 같은 그런 색…….

점심 전에 역 앞에 도착했다. 미치도록 텐션이 낮지만 오늘도 태양은 눈부시다…….

쿠레하 씨는 커다란 캐리어 백을 가지고 벌써 기다리고 있었다. 내가 택시에서 내리자, 바로 눈치채고 손을 흔들었다.

인사 대신, 쿠레하 씨는 뿌우~ 하고 볼을 부풀렸다.

"조금 유명해졌다고 생각했는데~, 아무도 눈치채 주질 않아서 서운하네~."

"이런 시골에 현역 인기 모델이 있을 거라 생각할 사람은 없어…….."

내 지극히 합당한 태클에 쿠레하 씨는 기쁜 듯이 웃었다.

"히마리. 마음을 먹어줘서 고마워~ ♪"

"……꿈을 위해서니까."

그래, 꿈을 위해서.

나는 도쿄로 간다. 쿠레하 씨의 사무소에 들어가서, 힘내서 인기인이 된다. 그리고 3년 전의 약속을 지켜서 유우의 액세서리를 잔뜩 팔게 해주는 거다.

……그것이 내 어리광에 계속 어울려 준 유우에 대한 보답이니까.

"그럼, 나 표 끊고 올게~. 짐 좀 봐줄래~?"

"아, 응……."

쿠레하 씨가 가벼운 발걸음으로 매표소를 향한다.

나는 할 일이 없어 따분한 상태로 멍하니 있었다. 스타벅스 유리창에 내 모습이 비치고 있다. 이렇게 마음이 죽어 있는데, 멋 부리기는 확실한 상태라 웃기다.

초커가 없는 목이 기분 나쁘다. 내 것이 아닌 듯한 감각.

햇볕에 탄 자국을 살짝 손가락으로 따라갔다. 뭔가 잡지 부록의 절취선 같다고 생각해 버렸다. 마음과 몸이 정반대다.

신기하네.

그렇잖아?

쿠레하 씨는 내가 귀여운 게 재능이라고 했다.

그런 말을 들어서 기뻤다.

나는 언제나 조르는 게 능숙할 뿐 스스로는 아무것도 할 수 없다고 생각했었다. 그래서 귀엽기만 해도 노력하면 무언가가 될 수 있다는 말에 살짝 마음이 움직였던 것은 사실이다.

하지만 동시에 이렇게도 생각했다.

무언가가 되는 것과 맞바꾸어, 가장 소중한 것은 손에 넣지 못하는구나.

세계 제일로 귀여운 나도 필요 없어. 이 요정 같다는 말을 듣는 눈동자 색도 필요 없어. 집안의 돈도 필요 없어. 응석을 받아주는 가족이나 친구도 필요 없어.

그저, 유우에게 사랑받아도 괜찮은 인간으로 태어나고 싶었다.

나는 운이 나쁘다.

하지만 그것도 전부 내 업보다. 지금까지 제멋대로 해온 것들이 이번 한 번에 청산된다면 오히려 운이 좋은 편이려나. 아하하…….

바보 같은 생각을 했더니, 눈물이 한 줄기 흘렀다.

역시 나야. 우는 얼굴도 귀엽네―.

……그러는 사이 뒤에서 쑥 사람 그림자가 나타났다.

"히이. 안녕."

"?!"

어느샌가 유리에 비친 내 뒤에 에놋치가 있었다. 닌자야?

당황하며 눈가를 닦고 평소다운 밝은 웃음으로 맞이했다.

"에, 에놋치. 어쩐 일이야―? 설마 배웅해주러 온 건가―? 우후후, 역시 다정하네―. 어디 사는 누구는 절친이라면서 만나러 오지도 않는데. 라인 무시는 진짜 아니지 않아? 아, 그렇지. 에놋치 요구르피 마실래? 더우니까 잔뜩 들고 왔는데 너무 무거워서―."

입만이 나불나불 움직였다.

쓸데없는 생각을 하고 싶지 않았다. 입이 멈추면 이상한 소리를 해버릴 것 같았다. 나는 가방에서 요구르피를 3개 정도 꺼낸 뒤 에놋치에게 내밀었다.

에놋치는 그걸 받지 않고 귀엽게 고개를 갸웃했다.

"히이. 배웅이 아닌데?"

"어?"

그리고 되물은 순간…… 어쩐지 등골이 서늘해졌다.

"감사 인사, 하러 왔어."

"……감사 인사? 무슨 소리야?"

에놋치가 웃음을 띠고 있었다.

무척 다정한 웃음. 감사의 웃음. 내가 마지못해 도쿄에 간

다는 걸 알고 있는데도, 엄청 기쁜 듯이 웃고 있었다.

나는 눈치챘다.

"히이. **멋대로 져 줘서 고마워.**"

"…………."

요구르피가 발치에 떨어졌다.

나는 떨리는 입술을, 표정 근육을, 필사적으로 움직였다.

"아, 아하하―. 아, 내가 멋대로 유우한테 키스한 거에 화났구나―? 그런 건 절친으로서 하는 친애의 행동이라니까―. 뭣하면 지금 에놋치한테도 할까? 자, 우우―♪"

"…………."

에놋치의 눈은 차가웠다.

"여기까지 와서 아직도 **착한 아이**가 되고 싶은 거야?"

"……?!"

나는 덜컥 굳었다.

에놋치는 어깨를 으쓱이더니 요구르피를 주웠다. 그리고 그중 하나에 빨대를 꽂아 쪼옥 마시더니 '헷' 하고 비웃었다.

"이미 히이의 마음은 다 보여. 그런 짓 해도 의미 없어."

에놋치는 힐끔 스타벅스의 유리창을 바라봤다. 아까까지 내 우는 얼굴을 비추고 있던 유리에서 무언가를 보고 있었다.

"자기 마음에 거짓말을 할 정도로 꿈을 이루는 게 중요해?"

그 한마디에 나는 반사적으로 되받아쳤다.

"주, 중요해!"

"어째서?"

“어째서라니…… 유우가 지금까지 열심히 해 왔다는 걸 에놋치도 알잖아!”

“그건 알아. 하지만 히이가 하기 싫은 것까지 해줄 필요는 없잖아.”

“…………”

나는 주먹을 꽉 쥐었다.

“시, 싫지 않아. 유우를 위해서라면 할 수 있어.”

“할 수 있어? 하고 싶어, 가 아니고?”

말꼬리를 잡는 태도에 발끈했다.

“쿠레하 씨의 스카우트는 반드시 우리의 무기가 될 거야! 예능 사무소에 들어가는 건 하고 싶어도 못 하는 사람이 잔뜩 있는 운 좋은 일이야! 그리고, 그렇게 내가 가는 거에 반대할 거면, 에놋치가 대신 가 달라고!”

단숨에 소리 치고 헉헉 거친 숨을 쉬었다.

자신의 유치함에 진저리가 났다. 갈 리가 없다. 에놋치도 유우를 정말 좋아하니까. 그런 당연한 소리를 내세워서 자신을 정당화하려는 옹졸함이 정말 싫었다. 에놋치의 얼굴을 볼 수가 없어서 가만히 발치를 노려봤다.

하지만, 에놋치는 선뜻 말했다.

“그래.”

내가 고개를 들자, 에놋치는 확실히 고개를 끄덕였다.

“내가 갈게.”

“어…….”

내가 멍하니 있으니, 에놋치는 스타벅스 유리창에 비치는 자신에게 시선을 향했다.

“나도 귀여우니까. 히이만큼은 아니라도 노력하면 어떻게든 되겠지. 언니에게 머리를 숙이는 건 정말 싫지만, 유 군과 히이를 위해서라면 할게.”

“어, 아니…… 에놋치?”

진심인 듯했다. 그 표정에는 망설임이 없다. 말할 것도 없이 내게는 느닷없이 굴러떨어진 행운이다.

(유우와 떨어지게 될 텐데?)

정말로 괜찮아? 7년이나 마음에 담아온 첫사랑이잖아?

하지만 돌아본 에놋치는 내가 예상도 못 한 소리를 했다.

“그 대신, 유 군을 내게 줄래?”

나는 그 말에 굳었다.

에놋치는 살며시 귓가에 속삭이듯이 되풀이했다.

“액세서리 샵을 열 때까지는 히이에게 줄게. 하지만 내가 돌아오면 내게 줘. 괜찮지?”

“…………”

에놋치의 찰랑거리는 흑발이 내 뺨을 매만진다.

전혀 변함없는 어조로 에놋치는 새끼손가락을 내밀었다.

“약속하자.”

손가락 걸기.

거짓말하면 바늘 천 개…… 아니, 아니야 아니야. 농담, 이지?

내가 멍하니 있으니 에놋치가 고개를 갸웃했다.

"왜 그래?"

"아, 아니, 저기, 이건……."

우물쭈물하자 에놋치가 밝은 목소리로 말했다.

"안 돼? 왜? 유 군은 절친이면 되잖아. 원래 그런 약속이 있었잖아? 괜찮다. 히이라면 유 군 같은 다정한 사람을 **또** 찾아낼 수 있어."

"…………."

손이 떨렸다.

아니야.

내가 유우를 찾아낸 게 아니야.

유우가 나를 찾아내 준 거야.

또는 없어.

유우를 생각하면 이렇게 머리가 둥실둥실 붕 뜨는 것도 지금뿐.

에놋치에게 질투해서 이렇게 가슴이 찌릿찌릿 저리는 것도 지금뿐.

살짝 잘 하지 못한 것뿐인데, 이렇게나 도려내지는 듯한 아픔에 우는 것도 지금뿐.

또 한번 이렇게 자신이 엉망진창이 되는 사랑이 있을 리 없다. 있어도 될 리가 없다.

나는 비겁한 사람이야.

자신의 마음을 숨기고, 에놋치를 응원하는 척하면서, 뒤에서 아무 일 없었다는 듯이 키스 같은 걸 해버리는 나쁜 여자야.

하지만 비겁해도 좋으니 이기고 싶다고 애를 태우는 일은 지금까지 한 번도 없었다.

나의 사랑은 죄다.

유우의 꿈을 망가뜨리고, 에놋치를 상처 입히고, 쿠레하 씨를 화나게 하며—— 다양한 사람에게 민폐를 끼치고 뒤에서 손가락질 당할지도 모른다. 그럼에도, 이 죄만큼은 손에서 놓고 싶지 않다.

그렇게 생각한 순간—— 나는 에놋치의 손을 쳐서 떨어뜨리고 있었다.

이가 까득까득 소리를 낸다.

무서워. 분명 화를 내겠지.

또 미움받을 거야. 기껏 **다시** 사이가 좋아졌는데, 나 때문에…….

"……봐, 역시 안 되잖아."

하지만, 에놋치는 웃고 있었다.

"히이. 옛날부터 이래. 자기가 원하는 게 있으면 전부 가져가 버려. 인형도, 키홀더도. ……우리 언니도."

에놋치는 그렇게 말하고 내 손을 쥐었다.

"하지만 가장 원하는 것은 어째서인지 솔직히 말을 못 한

단 말이야."

그 눈은 다정했다.

아, 당했다. 그렇게 깨달았을 때는 늦었다. 기껏 들키지 않도록 꾸몄던 마음이 마침내 한계를 맞이했다.

마음에 균열이 생기고, 그 틈에서 진심이 뿜어져 나온다.

에놋치의 옷소매를 잡고, 나는 어느덧 울고 있었다.

"싫어…… 가고 싶지 않아!"

"응응. 그렇겠지."

"하지만 내 탓이고, 너가 해결해야 했어. 게다가 내가 있어도 유우에게 도움이 안 될 것 같아서……."

"뭐, 나도 히이가 남는 건 도움이 안 될 거라 생각은 해. 혼자서 규칙을 만들어 놓고, 혼자 못 참게 돼서 다른 사람을 말려들게 하고."

"아—! 지금은 무조건 위로해줘야 하는 타이밍이잖아!"

"나, 히이의 그런 부분이 진심으로 싫어."

"뭐—?! 에놋치, 나를 끝장내고 싶은 거야?!"

우우~, 하고 에놋치의 풍만한 가슴에 얼굴을 묻었다.

에놋치는 언니 같은 느낌으로 옳지옳지 하고 머리를 쓰다듬고는 타이르듯이 말했다.

"전부터 생각했는데, 유 군이랑 히이는 왠지 모르게 '최고의 형태로 꿈을 이루기'를 엄청 고집하고 있어."

"……무슨 뜻이야?"

"우리 집 양과자점 이야기인데. 엄마는 처음에는 디저트

만들기가 취미라 가끔 이웃집에 나눠줬었거든. 거기에 빠져서 케이크 판매 같은 걸 시작했지만, 이렇게 번듯한 가게를 가진 건 정말 얼마 안 된 일이야. 우리가 중학생으로 올라갈 즈음이었나?"

에놋치는 그렇게 말하고 내 뺨을 양손에 끼워서 주물주물하기 시작했다. ……뭔가 디저트를 반죽하는 듯한 느낌.

"미래만 보고 있어도 발밑이 흔들리면 지칠 수밖에 없지. 커다란 가게부터 시작해야 되는 것도 아니고, 히이가 대단한 누군가가 될 필요도 없다고 생각해. 액세서리 샵이 실패해서 폐점하게 되어도 그걸로 인생이 끝나는 것도 아니야. 그때는 둘이서 우리 가게에서 일해. 셋이서 하면 즐거울 텐데?"

"……하지만 유우에게는 중요한 일이잖아."

"글쎄. 유 군에게 소중한 것이 액세서리 샵을 여는 것일까. 아니면 히이와 함께 그걸 여는 것일까."

"어……?"

에놋치의 시선이 옆을 향하고 있었다.

그 시선을 따라가자 유우가 있었다. 자전거로 달려온 듯 헉헉 거칠게 숨을 쉬고 있다. 옆에 지탱하던 자전거가 덜컥 넘어졌다.

"히마리!"

"유우……?"

왜?

분명 오늘은 더 이상 안 올 거라 생각했는데.

"어, 어떻게 된 거야? 설마 배웅해 주러——."

"가지 말아줘!"

유우가 비틀거리면서 걸어왔다.

무심결에 에놋치와 잡은 손에 힘을 담았다.

"꿈이냐 사랑이냐라니, 나는 못 골라. 어느 쪽이 옳은지도 해보기 전에는 모르잖아. 나는 그런 큰 일을 바로 결정할 수 있는 성격이 아니야. 하지만, 네가 진심으로 도쿄에 가고 싶어 하는 게 아니라는 건 알아."

"그치만 내가 유우를 위해 할 수 있는 건, 이런 것밖에 없잖아……."

"아니야! 그리고 나는 히마리에게 그런 걸 원하지 않아! 나를 위해 액서서리를 팔아주니까 같이 있는다니, 그런 건 아니잖아!"

유우가 분한 듯이 입술을 깨물었다.

"그래. 생각해 보면, 우리는 처음부터 잘못하고 있었어. 애초에 절친이라는 건 그런 게 아니잖아. 같이 있기 위해서 무언가를 해야 한다느니, 뭔가 역할이 있어야 같이 있을 수 있다느니. 사실은 그런 형편 좋은 파트너가 필요했던 게 아닌데……."

유우가 내 양어깨를 꽉 잡았다. 그 손가락이 마치 상처를 남기려는 듯이 아픔을 준다. 나를 더 이상 놓지 않겠다는 듯한, 강한 의지를 느꼈다.

"마키시마랑 얘기하다가 떠올렸어. 분명 나는 히마리에게 미움받기 싫어서 비위를 맞춰주고 있었을지도 몰라. 하지만 그건 히마리가 나를 지켜주기를 바라서가 아니야. 내 열정을 이해해주는 상대를 잃고 싶지 않아서 필사적이었던 거야. 나는 처음부터 **네가 나를 봐주기를 원했을 뿐이었어.**"

나를 향하는 눈빛.

그 불타는 듯한 눈동자에 꿰뚫려, 내 몸이 경직됐다.

"나를 정말 위한다면, 자신을 희생하려고 하지 말아줘. 옆에 네가 없는데 내가 즐거울 리가 없잖아. ……나랑 너는 계속 운명공동체(절친)니까."

"…………."

아무 말도 할 수 없었다.

그저 가슴 깊은 곳이 뜨겁고, 조여오는 듯해 괴로웠다.

하나 깨달은 것은…… 그 중학교 문화제 때, 역시 유우와 친구가 되고 싶었던 마음은 옳았다는 것.

그것만으로 나의 지금까지의 인생이 보답받는 듯한 기분이었다.

"유우. 나는……."

그리고 손을 뻗었다.

유우의 뺨에 닿으려던 손은.

옆에서 뻗어온 하얀 손에 저지당했다.

"자, 거기까지야~♪"

"쿠, 쿠레하 씨……."

쿠레하 씨는 특급열차의 표를 팔랑팔랑 흔들며 유우에게 모멸의 시선을 보냈다.

"……유~짱. 아무리 그래도 이건 아닌 것 같은데~. 승부에서 졌다는 건 유~짱도 납득했잖아~? 그걸 이제 와서 없던 일로 해달라는 건 조금 남자답지 않은 것 같네~♪"

늘 짓는 웃음.

하지만 신기하게도 그 표정이 귀신처럼 무서워 보였다.

"쿠레하 씨! 저, 역시 가고 싶지 않아요!"

"우후후. 나는 원하는 건 놓치지 않는 사람이거든~. 히마리는 나와 같이 세계 무대를 노리자~♪"

유우가 무릎을 꿇고 그 자리에서 머리를 숙였다.

"부탁드려요! 딱 한 번만 더 기회를 주세요!"

"안 돼 안 돼~. 애초에 그때 한 번도 히바리 군을 봐서 기회를 준 거거든~. 너무 끈질기게 굴면 남자의 가치가 떨어져~♪"

유우가 모욕당하는 걸 보고 에놋치가 발끈해서 되받아치——.

"언니! 히이처럼 멋대로 구는 애는 사무소에 민폐밖에

안 돼!"

"에놋치, 너무해?!"

밀어서 안 되면 당기겠다 이거야?! 역시 대단하네! 쿠레하 씨를 설득하려고 말을 꾸몄을 뿐이고, 결코 본심은 아닐 거라 믿을게!!

우리의 필사적인 호소에도 귀를 기울이지 않고, 쿠레하 씨는 입술을 삐쭉 내밀고 있었다. 그리고 팔짱을 끼고 위로 들어서, 위협하듯이 거대한 가슴을 강조했다.

"애초에 중요한 걸 잊고 있는 거 아닐까~? 히마리는 부채가 있거든~. 데려가는 걸 막고 싶다면 먼저 그걸 청산하고서 호소하는 게 도리겠지~?"

"우윽……?!"

우리가 주춤하고 있자 쿠레하 씨는 씨익 웃으며 악녀 같은 얼굴을 보였다.

"못하잖아~? 고등학생이 그런 큰 돈을 빌릴 수 있을 리가 없고, 히바리 군도 절대로 빌려주지 않겠지~? 아무리 유~짱 편을 들고 있다 해도, 집의 돈에 손대지 않고 꿈을 이룬다는 약속이잖아~? 자기가 정한 약속을 깨는 사람은 아니지~?"

쿠레하 씨가 "자, 알겠지?"라는 듯이 내 팔을 붙잡았다. 뿌리치려 해도 몸에 힘이 들어가질 않는다.

(싫어. 절대로 싫어……!)

아무리 바보 취급을 받아도 좋다. 인간 말종이라고 경멸

당해도 상관없다. 그래도 유우와 떨어지고 싶지만은 않다.

유우를 향해 손을 뻗었다.

유우도 나를 향해 손을 뻗었다.

그 손이 필사적으로 서로를 잡으려던 순간——.

"그럼, 내가 내주지."

몹시 싫어하는 목소리가 떨어졌다.

동시에 아주 잠시 햇빛이 가려졌다. 하늘을 커다란 **솔개** 같은 검은 그림자가 막았나 싶더니…… 쿠레하 씨의 가슴에, 커다란 보스턴 백이 부딪혔다.

쿠레하 씨는 갑자기 그걸 받기 위해 내 손을 놓았다. 유우가 내 팔을 끌었다. 나는 유우의 팔에 안겨 쿠레하 씨와 거리를 벌렸다.

그 등장인물에 놀라지 않은 것은 에놋치뿐이었다.

"……시이 군. 늦었어."

"나름 큰돈이라 은행에서 꺼내 오는 데 시간이 걸렸어. 그럼에도 당일에 바로 가져온 건 역시 완벽 초인답군. 나하하."

에놋치에게 꾸지람을 들으면서 마키시마 군은 손을 팔랑팔랑 흔들었다.

건너편에는 어째선지 오빠의 애차가 서 있다. 운전석에서 선글라스를 낀 오빠가 힐끗 쳐다봤다.

쿠레하 씨는 그 보스턴 백을 열었다. ……거기에는 지폐 다발이 가득 차- 있었다.

"……신지 군? 어떻게 된 걸까~?"

"쿠레하 씨가 말한 히마리의 부채. 내가 내주지."

제아무리 쿠레하 씨라도 안색이 변했다.

마키시마 군은 부채를 펼치더니 배우처럼 목소리를 끌어 올렸다.

"히바리 씨와 **거래 이야기**를 나눠서 빌려 왔지. 그 사람은 혈육에게는 특히 엄격하지만 나는 새빨간 타인이니까. 방식에 따라서 돈을 끌어내는 게 가능하다는 거다."

"……설마, 네가 나를 배신할 줄은 몰랐네."

"배신이고 뭐고, 이번에는 그쪽에서 협력을 거절했잖나. **킵 군**은 반항 안 할 거라고 진심으로 생각한 건가? 의외로 물러터진 성격이구만?"

날카로운 시선이 교차한다.

마키시마 군은 부채로 입가를 가리면서 뻔뻔스럽게 웃었다.

"원래 5월에 있던 히마리의 폭주는 내 책임이기도 하지. 그렇게 생각하면 내가 내는 것도 도리에 어긋나지는 않아."

"네가 히마리를 위해서 그렇게까지 해주는 의미를 모르겠는데~?"

"문제없지. 나에게도 이득이 있거든. 나츠와 히마리, 그리고 린의 고등학교 생활을 **내가 이 돈으로 사는 거다.**"

나와 유우가 '허?' 하는 느낌으로 쳐다봤다.

마키시마 군은 킥킥 기분 나쁘게 웃고 있었다.

"앞으로 멋대로 학교를 관두는 건 용납 못 해. 도쿄에 가

는 것도 용납 못 해. 재학 중에 액세서리 제작을 관두는 것
도 용납 못 해. 그 외에도 이것저것 약속을 해두도록 하지.
너희들의 너무 자유로운 러브코미디 생활에 다소 제약을 거
는 것도 나름의 흥 같지 않나?”

“마키시마 군. 너 진짜 성격 나쁘네……..”

“칭찬의 말에 감사할 따름이군. 히마리에게는 말했지만
나는 지루한 게 싫어. 그런 점에서 봤을 때 세 명의 지저분
한 연애 소동은 재미가 끊이질 않지. 오락을 제공받기 위해
돈을 내는 건 당연하지 않나?”

마키시마 군은 부채를 접었다.

그리고 그 끝을 쿠레하 씨의 코끝을 향해 들이밀면서, 무
척이나 유쾌한 듯한 표정을 지었다.

“이제 좀 눈치채라. 이 장래를 건 게임에 참가할 수 있는
건 우리 젊은이들의 특권이라고. 늙은이가 밖에서 말을 조
종하려 들다니 흥이 깨지는 것도 정도가 있지. 더 나가면 미
모가 빛바랠 거다?”

“…………”

쿠레하 씨가 입술을 꽉 깨문다.

그리고 팔짱을 끼고 톡톡 통굽 샌들로 지면을 쳤다. 숙인
얼굴은 모자의 차양이 넓은 탓에 가려져서 알기 어렵다.

잠시, 그 날카로운 눈동자가 건너편에 서 있는 오빠의 애
차를 똑똑히 바라봤다.

얼굴을 들었을 때, 쿠레하 씨는 무척~ 기분이 상한 듯 입

술을 삐죽이고 있었다.

"됐~어."

그리고 성큼성큼 오빠의 차로 다가가더니, 그 문을 있는 힘껏 쾅 걸어찼다!

운전석에 있던 오빠가 뛰쳐나와 달려들었다.

"쿠, 쿠레하 군?! 갑자기 무슨 짓이지!"

"쓸데없는 짓 하기는~. 히바리 군, 꽤나 물러졌네~?"

"나는 신지 군과 정식으로 계약을 나눴을 뿐이야. 뭐, 네 방식이 마음에 안 들었으니 그 계획을 정면에서 부숴서 기분이 좋은 건 확실하지만 말이지."

"하아. 이래서 이론만 따지는 사람은 싫단 말이야~. 불만 늘어놓고 싶으니까 빨리 시원한 데로 데려가 줘~."

쿠레하 씨는 그렇게 말하고 재빠르게 조수석에 올라탔다.

창문 너머로 팔을 뻗어 이쪽을 향해 크게 흔든다.

"그럼, 오늘은 해산! 바이바이~!"

"어—……."

오빠는 난처하다는 얼굴을 하고 운전석에 올라탔다. 뭔가 다투는 느낌이지만 결국에는 시동을 걸었다.

그 차를 보내고, 나와 유우는 얼굴을 마주 봤다.

"……유우. 이거 한 건 해결한 건가?"

"그, 그런 건가……?"

마키시마 군이 웃었다.

"나하하. 쿠레하 씨가 거래라고 한 이상, 돈을 낸 시점에서 끝이다. 그보다 둘 다 상당히 과시를 잘하는데?”

그러고 보니 딜착하고 있었다는 걸 눈치채고, 확 떨어진다. 서로 등을 돌리고 슥슥 머리카락 같은 걸 고쳤다.

“아니! 그 전에 그 돈은 어떻게 된 거야?!”

“그거? 히바리 씨와 계약해서 빌려왔다고 했지 않나?”

“그 계약이란 게 무슨 소린지 모르겠어! 그런 큰 돈이 엮여 있는데?!”

“그건 알 필요 없다. 어디까지나 개인적으로 주고받은 거니까.”

그렇게 말하고, 마키시마는 부채를 확 펼쳤다.

“자, 그보다 무사히 외적을 물리쳤으니 눈부신 활약을 선보인 나를 숭배하기 위한 뒤풀이라도 할까. 물론 히마리가 쏘는 거다.”

“하아?! 왜 내가 너한테 쏴야 하는데!”

“누구 덕에 살아났다고 생각하는 거지? 이 빚은 크다고. 앞으로 절대 너는 내게 말대답 못 하겠군. 나하하하하!”

“에놋치! 소꿉친구니까 어떻게 좀 해줘!”

도움 요청을 받은 에놋치는 양손을 꽉 쥐었다.

“나, 뒤풀이는 조이풀[*]에서 하고 싶어.”

“왜 이렇게 긍정적이야—?!”

패밀리 레스토랑행을 결정한 뒤, 둘은 서둘러 걸어갔다.

---

* 일본의 패밀리 레스토랑 프랜차이즈.

그 뒷모습을 바라보며 나는 어깨를 축 늘어뜨렸다. 왜지―.
도움을 받았는데, 묘하게 납득이 안 가는 느낌…….

유우의 자전거를 세우고 서둘러 에놋치의 뒤를 쫓는다.
내가 뾰로통해져 있으니 유우가 어깨를 툭 쳤다.

"뭐, 어쩔 수 없지. 실제로 엄청 도움받았잖아."

"유우는 마키시마 군한테 자상하네―. 저런 녀석이랑 사
이좋게 지내면 언젠가 아픈 꼴 본다―?"

"하긴 중학교 때 저지른 짓은 칭찬 못 하긴 해. 하지만 이
렇게 도와줬잖아. 역시 옛날의 그 싫은 녀석 그대로는 아니
라는 거 아닐까?"

"하아. 유우는 위기관리 능력이 낮아. 역시 가게를 가지
려면 내가 제대로 돌봐줘야 되겠는데―?"

그러자 유우가 멈췄다.

내가 돌아보자 유우는 진지한 얼굴로 말했다.

"나, 가게를 가지자는 꿈은 버리려고."

"허?"

처음엔 잘못 들은 건가 싶었다.

나도 모르게 유우의 옷깃을 잡고 덤벼들었다.

"왜, 왜왜왜?! 기껏 쿠레하 씨가 포기해 줬는데……!"

"아니, 미안해. 잠깐 기다려 봐. 말하는 방식이 잘못됐었어.
흔들지 말아봐. 수면 부족이랑 막 달려온 것 때문에 엄청 울
렁거려……."

덜컥덜컥 흔들던 걸 멈췄다.

유우는 머리를 짚으면서 "으으" 하고 신음했다.

"쿠레하 씨는 포기해 줬지만, 애초에 근본적인 문제는 해결되지 않았다고 생각해."

"……사쿠라 씨가 말했던 거?"

유우가 끄덕였다.

"마키시마나 에노모토 양이 도와준 건 결국 임시변통이라 해야 되나, 응급처치라 해야 되나……. 애초에 이번 일의 원인은 나의 클라이언트에 대한 자세였잖아."

"그, 그건 나도……."

"히마리의 마음은 기뻐. 하지만 역시 제일 안일했던 건 나야. 4월부터 쭉 사쿠 누나는 그 사실을 전하려고 해줬어. 그걸 형편 좋게 해석한 건 내 죄야."

그렇게 말하고, 유우는 입술을 깨물었다.

"분명 나는 요령이 좋지 않고, 꿈도 사랑도 전부 가지겠다는 건 무리야. 그걸 관철하려던 결과 이번 같은 일이 벌어진 거니까."

유우는 불편한 듯 시선을 돌렸다.

"뭐가 잘못되었는지 생각했을 때…… 그 꿈에 **너무 속박되어 있었던** 지 잘못이었다고 생각했어."

"……우리의 꿈이 나쁘다는 거야?"

유우는 고개를 저었다.

"'30살까지 가게를 가진다'는 어디까지나 **중학교 때까지의 우리**가 그린 꿈이야. 그런 꼬맹이가 그린 꿈을 실현하려고 하는 게 애초에 잘못이었던 거야.”

“그렇지 않아! 우리의 꿈은 잘못되지…….”

유우는 내 말을 가로막듯이 계속했다.

“히마리. 그런 뜻이 아니야. 중학교 때의 좁은 시야로 그린 꿈은, 어쩔 수 없이 **꿈 자체의 폭이 좁아져 버린**다는 거야.”

유우는 주먹을 움켜쥐었다.

“좁은 꿈을 이루는 것에 너무 집착하면, 그 외의 모든 걸 놓치게 돼. 초등학생 때의 그날 에노모토 양과 본 히비스커스에 마음을 빼앗겼을 때의 기분. 순수하게 그 아름다움을 누군가에게 전하고 싶다는, 그 마음을 영원한 것으로 만들고 싶다는 목표. ……사쿠 누나가 화를 내준 건 내가 그런 초심을 잃고 있었기 때문이라고 생각해.”

말에 열기가 담긴다. 그 눈동자는 찬란히 빛나고 있었다. 본 기억이 있다.

……중학생 때, 처음으로 꽃을 돌보는 유우를 봤을 때. 그때도 유우는 이런 눈부신 표정을 짓고 있었다.

유우의 이 주변이 보이지 않게 될 정도의 **올곧음**에, 나는 충격을 받았던 것이다.

“좁은 꿈을 좇고 있다간 크리에이터로서의 그릇도 좁아지는 게 당연해. 그럴 바에는 나는 더 넓은 꿈을 좇겠어. 돈만 모이면 해결되는 꿈이 아니라, 돈으로도 살 수 없는 것을 손에 넣을 수 있는 크리에이터가 되고 싶어. 가게를 가지는 건 그 도중에 **덤으로** 해결하는 과제 중 하나일 뿐이야.”

덤이라는 단언.

내가 그렇게나 고집했던 것을, 유우는 이렇게나 간단히 이야기했다.

그런데도 이상하게 싫지 않았다. 가슴이 뜨거워지는 것만 같았다. 눈치채고 보니 나는 가슴께를 꾹 쥐고 있었다.

"꿈도 사랑도 가게도 전부 원한다는 건 분명 어른의 입장에서 보면 무척 억지스러운 일이라고 생각해. 하지만 그걸 납득시킬 수 있는 강한 자신을 목표로 하는 건 내 자유야. 이번에는 사쿠 누나한테 지지 않아. 쿠레하 씨도 업신여기지 못하게 할 거고, 히바리 씨에게도 걱정 끼치지 않겠어. 히마리가 자신을 희생하지 않아도 똑바로 설 수 있는 크리에이터가 될 거야."

내 대답 같은 건 정해져 있다는 듯 유우는 즐겁게 미소 지었다.

"그러니까. 가게를 가질 때까지가 아니야. 내 어리광을 **계속** 옆에서 지켜봐 줘."

"으."

말문이 막혔다.

서둘러 얼굴을 돌리고 뜨거워진 뺨을 들키지 않으려 받아쳤다.

"……너무 민망하잖아. 바보 아냐?"

내가 두 손으로 입가를 가리고 끙끙거리고 있자니, 유우는 능청스럽게 내 말버릇을 따라 하며 웃었다.

"푸핫—. 히마리는 직구로 반격당하면 꽤 약하구나."

"시, 시끄러워! 내가 멘탈이 약해졌다고 여유 있는 척하지 마!"

유우는 웃으면서 주머니에 손을 넣었다.

"히마리. 잃어버린 거."

"앗."

그 손에 있던 것은 남바람꽃 반지.

반사적으로 뻗으려던 손을, 나는 직전에 멈췄다.

(이건, 나와 유우의 **우정의 잔해야**…….)

이걸 손에 들면 나는 다시 '절친'이 되어버릴 것 같았다.

내가 망설이는 걸 보고, 유우는 어색하게 머리를 긁었다.

"히마리. 아직도 에노모토 양이 신경 쓰여?"

……그야 그렇다.

아까 한 얘기는 어디까지나 나와 유우의 비즈니스적인 재계약 같은 것. 다른 하나는 아직 적당히 보류되고 있다.

이대로여도, 괜찮긴 하다.

하지만 거기에 결판을 지어주지 않으면, 나는 분명 앞으로 나아갈 수 없을 테니까.

"우리 관계는, 지금까지랑 똑같은 거야?"

짧은 물음에 유우의 얼굴이 굳었다.

그리고 "으음……"이나 "아, 그래도……"라고 끙끙대는 유우. 너무나도 수상한 태도에 나는 고개를 갸웃했다.

"……유우. 왜 그래?"

"아니, 그게, 대단한 건 아닌데. ……이런. 뭔가 분위기가 이상해졌네. 그냥 평범하게 말하면서 줄걸."

뭐지? 아까까지는 엄청 민망한 대사도 OK였으면서, 이 상하게 부끄러워한다. 유우는 심호흡을 하고는 각오한 듯 반지를 쥐었다.

"……애초에 **그때** 내가 겁먹었던 게 원인이니까."

그렇게 중얼거린 유우는 내 손에 초커를 쥐여줬다.

"이 남바람꽃 반지 있잖아. 아직 히마리에게 말하지 않은 게 있어."

"어?"

나는 그걸 손에 쥐고는 눈부신 태양에 대어봤다. 남바람꽃 의 프리저브드 플라워로 만든 남바람꽃 미니어처가 떠 있다.

환상적으로 위험한 우리의 관계 같은 반지. 옅은 색조 속 에 하나, 갈색의 초승달 모양을 한 꽃의 씨앗이 악센트가 되 어 있었다.

"이 씨앗 말인데……."

유우는 젠체하면서 그 뒤를 말했다.

문득 생각한다.

분명 우리는 죽을 때까지 같은 짓을 되풀이하겠구나 하고.

서로의 마음을 아는 척하면서, 하지만 알지 못하면서.

말로 전하지 않으면 모르는 것도 있다는 걸 알면서도, 세 상에서 가장 상대를 알고 있다는 이상한 자존심에 사로잡혀 실패할 것이다.

우리는 처음에 빨갛지 않은 실로 연결되어 버린 사이니까.

그것을 정성스레 덧칠하기 위해서는 분명 시간이 걸릴 것이다.

나는 분명 누구보다 죄가 깊다.

이런 나와 운명을 함께 해주겠다면, 나는 이제 결코 떨어지지 않겠어.

우리는 절친이었다.

같은 꿈을 보고.

같은 희망을 좇고.

같은 추억을 쌓아 올리며.

같은 실패를 반복해 왔다.

하지만, 더 이상은 절친이 아니다.

우리의 꿈의 꽃은…… 이 사랑의 죄 위에 필 테니까.

유우.

우리는 오늘부터 공범(운명공동체)이야.

둘이서 같은 죄마저 안고, 이 반복되는 봄을 나아가자.

후기

사쿠 누나는 아무리 봐도 말이 너무 심하다니까요. 너무 무서워요.

그런 생각을 하면서 썼습니다만, 실제로 이 나이가 되어 돌아보니 청춘 시절은 귀중했구나 싶네요. 그 시기에만 할 수 있는 사랑이 있고, 그 시기에만 할 수 있는 꿈에 대한 노력도 분명 있었을 거라 생각합니다. 어느 한쪽이 옳다는 건 없어요. 그저 유우와 히마리는 서로 함께 있는 시간을 골랐을 뿐입니다.

그런고로 최종권입니다. 거짓말입니다.
나나나입니다. 이번 권도 읽어주셔서 감사합니다!

이번 권은 히이 VS 린의 제1라운드 종료이며, 1, 2권보다 더욱 승자 없는 설교 모임이 되어 버렸습니다. 그러므로……네? 이걸로 끝난 게 아니냐고요? 설마요. 매운맛 러브코미디를 자칭하고 있는데 이렇게 간단히 끝날 리가 없잖아요.
다음 권은 제2라운드 준비를 겸해 통째로 느긋한 러브코미디를 진행해볼까 합니다. 너무 힘든 이야기만 쓰면 나나나가 지쳐버리니까요. 이런 건 대체로 쓰는 본인에게 꽂히거든요.
다음 권은 여름방학의 후반입니다. 아시겠죠? 히바리 형님께 입히고 싶은 수영복 무늬 같은 게 있으면 트위터 등으로 기탄없이 말해주시견…… 네? 그 사람이 아니라고요? 왜지.

이 뒤는 업무적인 고지입니다.

네 개 있습니다. 엄청 많지만 부디 마지막까지 읽어주세요. 다음 권의 중요한 복선 같은 게 숨어 있으니까요. 물론 거짓말이지만요.

첫 번째.

전권에서 알려드렸던 두 개의 코미컬라이즈가 시작됩니다.

이쪽 '남녀우정'은 '월간 코믹 전격대왕 10월호'에서 연재될 예정입니다. 이번 달 말에 발매 예정이네요. 나나나는 한 발 앞서 봤습니다만, 히마리에게 농락당하는 유우의 분위기가 매우 좋았습니다. 부디 꼭 봐주세요.

그리고 '다다미 넉 장 반 개척일기'는 '코믹 전격 다이오지'에서 한발 먼저 연재 개시된 상태입니다. 의연한 사회인의 분위기와 느긋한 슬로우 라이프의 양면을 아름답게 그려주셨습니다. 살벌한 '남녀우정'을 읽으신 후 부디 가슴 따뜻하게 즐겨주세요.

두 번째.

이 '남녀우정'의 PV가 만들어졌습니다. TV나 인터넷에도 나왔습니다만, 눈치채셨나요?

당초에 '희망사항은?'이라는 질문을 받고 '부디 꽃미남 목소리로'라고 대답한 결과, 엄청난 결과물이 완성되었습니다. 그렇게나 기운찬 러브코미디 PV는 처음 봅니다.

제작에 관여해주신 여러분 정말로 감사합니다. 특히 PV에 생명을 불어넣어 주신 키무라 스바루 님. 필설로는 다 표현할 수 없는 감동을 주셔서 정말 감사할 따름입니다. 이 두 달간 정신 차리고 보면 그 노래를 흥얼거리고 있었습니다.

세 번째.

전격문고 편집부에서 운영하는 '전격노벨코믹'이라는 앱에서 '남녀우정'의 단편을 월간 게재하게 되었습니다.

제1집으로 히마리와 린이 1학년일 때의 에피소드가 올라가 있습니다. 둘이 아직 사이가 좋았을 시절의 방과후 걸즈 길거리 식도락 이야기(육식계)네요. 앱에서는 기본적으로 무료이므로 부디 다운로드해서 즐겨 주세요.

네 번째.

예년과 같이 1년 간의 베스트 오브 라노벨을 정하는 라노벨 업계의 축제가 슬슬 개최될 시기인 듯합니다.

만약 투표하실 때는 부디 '남녀우정'을 선택지에 넣어주시면 감사하겠습니다.

앞으로도 잘 부탁드립니다.

그렇게 되어 다음 권부터 시작될 제2라운드도 완주할 수 있도록 힘내겠습니다.

과연 히마리가 끝까지 도망치는 데 성공할 것인가. 린의 맹추격이 작렬할 것인가. 아니면 새 캐릭터 등장으로 하렘 노선으로 떨어지게 될까?! 인연 발각으로 치열해지는 형님 전쟁의 행방은!!

이것저것, 앞으로도 기대해 주세요!

아래는 감사 인사입니다.

일러스트 담당 Parum 선생님, 담당 편집 K 님, 그 외, 제작 및 판매에 관여해 주신 여러분, 이번 권도 감사했습니다. ……그리고 정말로 죄송합니다. 다음에야말로…… 예정대로 완성할 테니…… 버리지 말아주세요…….

그럼, 또 만나뵐 날을 기다리겠습니다.

2021년 7월 나나나 나나

DANJO NO YUJO HA SEIRITSUSURU ? (IYA, SHINAI!!)
Flag 3. JA, ZUTTO ATASHI DAKE MITE KURERU?
©Nana Nanana 2021
Edited by 전격문고
First published in Japan in 2021 by KADOKAWA CORPORATION, Tokyo.
Korean translation rights arranged with KADOKAWA CORPORATION, Tokyo.

남녀의 우정은 성립할까? (아니, 하지 않아!!) 3

2025년 11월 15일 1판 1쇄 발행

저   자 나나나 나나
일 러 스 트 Parum
옮 긴 이 이지우
발 행 인 유재옥
이   사 조병권
편 집 팀 정영길 박치우 조찬희 이소의 정지원 최유정 김혜주
디자인랩팀 김보라 전세연
디지털사업팀 김지연 윤희진 장혜원
라이츠사업팀 김정미 이지현 유아현
영업마케팅팀 최원석 윤아림
물 류 팀 백철기 이새롬
경영지원팀 최정연
인쇄제작처 ㈜코리아피엔피
발 행 처 ㈜소미미디어
등   록 제2015-000008호
주   소 서울시 마포구 토정로222, 502호 (신수동, 한국출판콘텐츠센터)
판매 및 마케팅 (070) 8822-2301

ISBN 979-11-384-8847-1
ISBN 979-11-384-8665-1 (세트)